Gefördert von der Stadt Wien Kultur.

Stadt
Wien

MIX
Papier aus verantwortungsvollen Quellen
FSC® C012536
FSC
www.fsc.org

Lektorat: Elvira M. Gross
Umschlag und Satz: Jürgen Schütz
Druck und Bindung: Buch Theiss GmbH
Printed in Austria

ISBN: 978-3-99120-002-4
www.septime-verlag.at
www.facebook.com/septimeverlag | www.twitter.com/septimeverlag

Peter Marius Huemer

DIES UNFASSBARE DING

Roman

für Ganna,
ohne die ich schon lange dem Wahnsinn verfallen wäre.

»Er will, obwohl er Verwüstung betreibt,
sich in die Zukunft verlängern!

Strahlender Untergang, Christoph Ransmayr

»It's the Black Sea in a midnight gale. – It's the unnatural combat of the four primal elements. – It's a blasted heath. – It's a Hyperborean winter scene. – It's the breaking-up of the icebound stream of Time.

Moby Dick, Herman Melville

Prolog

Es erhebt sich aus der Tiefebene am Stadtrand. Seit Monaten ist das Haus streng eingezäunt, die Fenster der unteren Stockwerke sind vernagelt, das Gitter der Tiefgarage geschlossen und die Stromversorgen abgestellt, der Hauptwasserhahn zugedreht.

Das Haus mit seinen 23 Stockwerken ist nicht verlassen, es war niemals bewohnt, auch nie dazu gedacht. Die verbarrikadierten Fenster sind lediglich in den unteren Geschossen verglast worden. Die ehemaligen Buntglas-Mosaik-Scheiben liegen nun hinter den Brettern nach innen gesplittert in noch kleinteiligeren Mustern am Boden. Die Fassaden sind verputzt, wurden aber nie gestrichen, und so ragt das Haus ohne seine einst farbenfrohe Front als weißgrauer Monolith aus dem Meer einstöckiger Lagerhallen, Alteisenhalden und heruntergekommener Reihenhaussiedlungen. Ein einzelner abgestorbener Schneidezahn. So steht es ausgehöhlt, ist in die Vergessenheit zurückgefallen, noch bevor es sich daraus hätte erheben können. Was hätte es jemals werden sollen, für wen und auf wessen Weisung ist es errichtet worden? Wer ist Herr des Hauses?

Man flüstert, man dichtet, man weiß, ohne zu wissen. Wer im Schatten des Hauses lebt, hat sich an die vor- oder nachmittägliche Finsternis gewöhnt und den Turm sogar ins Herz geschlossen. Aber für solch romantische Gefühle ist kein Platz, für das Grübeln über vergangene Bestimmung keine Zeit. Das Gebäude steht nicht nur den verarmten Menschen, sondern aller Zukunft in der Sonne. Es muss weichen – Johannes Eichinger soll es niederreißen.

Erster Teil

DIE SPRENGMEISTER

I

Der Anblick einer Abrissprozession im zaghaft aufhellenden Dunkel der frühen Morgenstunden füllte Johannes' verschlafene Augen mit Reminiszenzen fantastischer Erzählungen. Ein Wurm, der sich mit hundert *glühenden* Augen durch die seichten Schluchten gewunden hatte und dessen Pupillen strahlend das Sehen in sein Gegenteil verkehrten, denn sie waren blind.

Er selbst hatte das Grundstück bereits gegen Mitternacht erreicht, hatte das Kettenschloss am Tor der Umzäunung mit einem Bolzenschneider geöffnet, weil man ihm keinen Schlüssel ausgehändigt hatte, und war mit einer Thermoskanne Kaffee im Schoß auf dem Rücksitz seines Wagens immer wieder eingenickt. Wäre die trockene Kälte dieser Nacht nicht gewesen, hätte er das Areal bereits im Dunkeln zu erkunden begonnen. Erst hatte er noch geflucht, hatte sich gelangweilt und eingeschlossen gefühlt, war dann trotzdem eingeschlafen und hatte eine Stunde lang traumlos auf die Kolonne gewartet, der er nun den Weg über die unbeleuchtete Zufahrt wies.

Johannes wurde am Vorabend eines jeden Projekts unstet, entfloh Bett und Schlafzimmer, marschierte stundenlang vor den hohen Fenstern zum Balkon auf und ab, bis ihn seine Schritte in der Stille und der Geruch seiner Zigarette in den Wahnsinn trieben und er den Fernseher einschaltete. Der Hintergrundlärm beruhigte ihn. Das Gerede, die Musik fügten sich in ein weißes Rauschen, einen arrhythmischen Singsang, und die wirbelnden Rauchfäden tanzten dazu. Nach der ersten Tasse Kaffee halfen auch die verwaschenen Stimmen nicht mehr, Johannes verließ die Wohnung, machte sich auf den Weg, es war ihm egal, wohin er führte, durch das halbe Land oder bloß durch die Stadt. Diesmal musste er nur ans Ende des benachbarten Bezirkes. Er kannte den Turm. Stets sah er ihn vom Wohnzimmerfenster aus und der Schatten des Monstrums kroch allabendlich bis an die gegenüberliegende Seite der Ausfallstraße vor Johannes' Wohnblock.

Er sog den Rauch ein, die Arbeiter deuteten ihm durch das halb herabgelassene Fenster einen Gruß, er nickte ihnen zu. Gut, dass er noch an der Tankstelle gehalten, sich Zigaretten gekauft hatte. Die Rücklichter der in Formation geparkten Kastenwägen und Baufahrzeuge strahlten hüfthoch über das Gelände und blendeten ihn. Er hielt sein Telefon in Taschenlampenfunktion vor sich zu Boden gerichtet, um in dessen Lichtkegel nach Stolperfallen Ausschau zu halten. Es half nicht. Er wandte sich zurück zum Tor, das erste Orange des Morgens war bereits hinter den Dächern zu erkennen. Er musste doch einige Stunden geschlafen haben. Mehr als sonst. Rebecca würde stolz auf ihn sein. Er würde sie mittags anrufen, stellte den Wecker auf 12:30 Uhr ein. Zu gegebener Zeit würde er ihn wie immer ignorieren. Unruhiger Schlaf hinter dem Steuer war nicht das, was Rebecca ihm ans Herz gelegt hatte. War es denn ihr Schlaf? Seinen eigenen erlaubte Johannes sich so darzustellen, wie es ihm beliebte, und das sollte ihm auch keiner nehmen. Vor allem jetzt, da er alleine war. Dass seine Frau ihn verlassen hatte, nichts mehr von ihm wissen wollte, war ihm egal. Auch die Enttäuschung der Eltern spielte keine Rolle. Sie würden weiterleben, die Frau genauso wie die Alten im Heim. Nichts davon wies in die Zukunft. Eine Konsequenz, die bereits gezogen war, bereitete ihm keine Sorgen mehr.

Er war nun seit einer Woche 45 Jahre alt und viel zu müde, um noch ein Anderer zu sein. Johannes war Sprengmeister und damit zufrieden, stolz sogar. Er erfüllte sein Werk mit eiserner Gewissenhaftigkeit. So war er an jenem wie an jedem anderen Tag der Erste, der das Abbruchobjekt betrat. Der erste

Schritt über die Rampe hinab zum vorgeschobenen Gitter der Tiefgarage, der erste Blick in die unterirdische Finsternis und das ergebnislose Betätigen des Lichtschalters, um zu prüfen, ob man den Strom auch wirklich abgestellt hatte, all das war ihm vorbehalten. Nachdem er selbst allein die erste Runde zwischen den Stützpfeilern über die leeren Parkflächen gedreht hatte, erlaubte er den Arbeitern, ihm zu folgen, und wies sie an, wo und womit sie ihr Werk zu beginnen hatten. Sobald das Stimmengewirr und der Lärm der Baugeräte die Nachtruhe durchbrach wie ein städtischer Hahnenschrei, lehnte er sich an eine der tragenden Säulen, seine flache Hand wie zum Trost am Steißbein gegen den Stein gedrückt. In diese Säule würde man in Kürze die ersten Löcher bohren.

Inzwischen hatte man außerhalb des Geländes einige umfunktionierte Baucontainer in zwei schmalen Reihen aufgestellt, rechts davon sechs mobile Toilettenkabinen, ein paar Bierbänke und Tische auf der linken Seite. Heimelig. Johannes fand seinen Container, den Schreibtisch, den niedrigen Aktenschrank, die vier klapprigen Stühle so vor, wie er sie am Ende der letzten Sprengung zurückgelassen hatte, ganz so als habe sich sein kleines Reich nicht von der Stelle gerührt. Auch die Pläne des Turms lagen fein säuberlich ausgebreitet auf der Tischplatte, an allen Ecken beschwert, doch sie zu studieren hatte er keine Lust. Der Papierkram war ihm ein Gräuel, erst gestern Nachmittag war er genötigt worden, die abgesegnete Vorgehensweise, den Zeitplan und die Sicherheitsvorkehrungen ein weiteres Mal anzusehen, zu bestätigen, der Geschäftsleitung den Abschluss der Vorbereitungen mit tausendfacher Versicherung, man werde den Sprengtermin strengstens einhalten, zu verkünden, der Chefetage, die nur noch aus Herbert bestand. Ein Gebäude dieser Größenordnung vom Stadtplan zu entfernen, versetzte wohl auch die Finanzabteilung bei dem Gedanken an berstenden Stahlbeton in freudige Erwartung von Staub und Lärm. Die Druckwelle würde die Zahlen noch vor Jahreswechsel ins Schwarze katapultieren.

Dabei war der Auftrag so unerwartet wie der frühe Frost in diesem Herbst durch die aufgerissenen Türen des bereits verlassenen Büros hereingebrochen. Er selbst war noch zwischen den Bürowürfeln seiner Kollegen auf der Suche nach einem im Arbeitsprozess verschollenen Dokument umhergeirrt, als er den Jubel des Juniorchefs durch die papieren mitschwingenden Rigipswände aus dessen Büro vernahm.

»Johannes, du wirst mir diese blöde Ruine schon sprengen. Du machst das, und dann können wir uns mal eine Weile zurücklehnen. Betriebsurlaub, irgendwohin.« Kaum hatte Johannes sich ihm gegenübergesetzt, drückte Herbert Loos ihm ein Glas Whiskey in die Hand. Sie stießen an – einen solchen Fisch habe er an Land gezogen! Herbert triumphierte über den Papieren auf seinem Tisch. Er stützte sich auf der Schreibtischkante ab und schwenkte die bereits halb geleerte Flasche vor Johannes Gesicht hin und her. »Johannes, weißt du, wie lange es her ist, dass wir von der Stadt selbst etwas bekommen haben? Von der Stadt! Das ist großartig! Weißt du, wie hoch der Turm ist? Da brauchen wir ja … ja hunderte Leute. Mindestens hundert. Ich muss gleich den alten Herrn anrufen. Und du bleibst noch hier, oder? Du musst da bleiben! Wir trinken das Ding heute noch aus.« Die Flasche entleerte sich in bodenlose Gläser. Johannes verließ das Büro erst in den frühen Morgenstunden. Herbert Loos schlief in seinem Stuhl. Im Traum brachte er das Unternehmen an die Börse. In Wahrheit sabberte er auf sein zerknittertes Hemd, der Speichel vermengte sich mit den Schweißflecken unter seinen Achseln und er erwachte nicht, um den Anruf seiner Mutter entgegenzunehmen, die ihm mitgeteilt hätte, dass der Senior soeben einem Herzschlag erlegen sei.

Johannes hatte sich krank gemeldet. Er hatte auf der Heimfahrt einen Hydranten und eine Hauswand touchiert und sich über den Teppichboden im Wohnzimmer übergeben. Durch das offenstehende Balkonfenster begutachtete er den Schaden an der Stoßstange seines Wagens und den Winkel, in dem er aus dem Parkplatz auf die Straße hinausragte. Ein Strafzettel flatterte unter dem Scheibenwischer im feuchten Wind. Herbert Loos hinterließ seinem favorisierten Sprengmeister an jenem Tag acht Sprachnachrichten. Johannes solle sich zusammenreißen. Noch heute, jetzt, am besten schon vergangene Nacht müssten die Vorbereitungsarbeiten beginnen, die Sprengsätze seien schon scharf.

Besuch hatte sich angekündigt. Ein Vertreter der Stadt hatte Herberts Sekretär angerufen, sich mit dem Chef höchstpersönlich verbinden lassen, war nach wenigen Minuten zu Johannes weitergeleitet worden, um ihm mitzuteilen, ein Beamter wolle die Sprengvorbereitungen begutachten und werde um die Mittagsstunde des ersten Tages, vielleicht auch erst nachmittags, an der Baustelle eintreffen. Er setzte eine Erinnerung im Kalender, vergaß darüber, dass er Rebecca anrufen wollte. Ungehört verhallte der Alarm, das Telefon lag auf dem Schreibtisch von Johannes' Container, vibrierte über die Tischplatte und kam im Papierkorb zum Liegen. Am Abend würde es mit den Verpackungsresten des Mittagessens entsorgt werden. Während ihn sein Handy verließ, erwartete Johannes den staatlichen Besuch an der Einfahrt zum Gelände. Eine frisch polierte pechschwarze Limousine hielt neben seinem angeschlagenen Pick-up.

»Mag. Nim – Roderik. Fragen Sie nicht, wie meine Eltern darauf kamen.« Der Ausgestiegene ergriff Johannes zögerlich hingestreckte Hand und drückte sie fest. Er zog sie ein Stück zu sich und sich einen Schritt weiter auf Johannes zu.

»Achtung! Baustelle. Finden Sie das nicht ein wenig zynisch?« Er kicherte verhalten. »Sollten Sie das Schild nicht lieber umgekehrt aufstellen? Das wäre doch eine Idee! Poetisch.« Eine Weile standen die beiden schweigend einander schräg gegenüber vor dem Schild. »Sie müssen Herr Eichinger sein.« Johannes besann sich. »Ja, natürlich, Sie wollen sich unserer Arbeit ansehen? Noch gibt es nicht viel zu sehen. Wir haben gerade einmal unser kleines Dörfchen aufgebaut und bereiten die Tiefgarage vor. Kommen Sie mit. Wir können einen Rundgang machen. Da links geht es hinunter. Wir nehmen die Rampe.« Johannes bedeutete den Arbeitern, ihm zu folgen, die eben dabei waren, die ersten Baustellenlichter unter die Erde zu bringen. »Oh, danke, aber ich kenne mich schon aus. Ob Sie es glauben oder nicht, ich war schon ein paar Mal hier.«

»Entschuldigen Sie, ich hätte mir natürlich denken können, dass die Stadt das Haus schon einmal inspiziert hat. Die Entscheidung, das Objekt abzureißen, kann ja nicht an einem Tag gefällt worden sein.«

»Oh, das wurde sie aber, mein Lieber. Ganz oben wurde das entschieden, soviel ich gehört habe, aber ich komme nicht im amtlichen Sinne von der Stadt. Ich bin natürlich der angekündigte Besuch, nur … Keine Sorge, Sie führen hier keinen verrückten Fremden umher.« Sie hielten vor Johannes Container.

»Mit wem habe ich das Vergnügen, wenn Sie nicht von der Stadt sind?«

»Mir hat dieses Prachtstück einmal gehört!«

»Ich nehme an, Sie haben Ihre Gründe, uns über die Schulter schauen zu wollen.«

»Nein, ich könnte Ihnen nicht sagen, was mich bewegt. Vielleicht ist es eine Art Therapie für mich, Ihnen zuzusehen. Lassen Sie es mich so sagen: Ich habe Jahre meines Lebens damit zugebracht, mein Geld in dieses Loch zu schaufeln. Es wird mir beim Einschlafen helfen, wenn das Ding endlich nicht mehr vor meinem Fenster emporragt wie ein riesig großer Mittelfinger. Ich habe die Idee dieses Baues für faszinierend gehalten, aber irgendwann muss sich ein solches Wolkenschloss an der Realität messen. Nun ja. Das alles hier hat anderen wohl mehr bedeutet als mir selbst. Erlauben Sie mir, noch eine Runde um das Haus zu machen. Begleiten Sie mich.«

Der Sprengmeister und Mag. Nim umschritten das Areal gemessen und ohne jede Hast. Nim wies auf die Fensterreihen, deren Glas so schwer zu beschaffen gewesen sei. Eine neuartige Sorte Panzerglas, das in Kriegsgebieten gegen Kugel- wie Granatbeschuss schützen sollte, im Rest der Welt gegen Lärm und verirrte Vögel. Die Qualität der Scheiben habe mit jeder Budgetbesprechung seine Taschen tiefer ausgebeult. Genauso wenig wie an den Scheiben habe man an allem anderen gespart, aber das wisse der Herr Sprengmeister ja bestimmt. Er habe ja die Pläne studiert und sich informiert. Johannes fühlte sich überrumpelt und ein wenig betrogen. Sein Gefühl richtete sich gegen niemand Bestimmtes, vielleicht gegen den Himmel, gegen sein Schicksal; einem Mann gegenüberzustehen, dessen ehemaliges Eigentum er im Begriff war abzureißen. Im Grunde hörte Johannes ihm gar nicht zu. Mit einem Ohr, mit einem Auge verfolgte er die ausladenden Gesten Nims und war mit dem Rest seiner selbst anderswo. Zuhause? Nein, da wollte er nicht sein. Schon lange war ihm die Wohnung zum

Gewohnheitsgefängnis geworden. Sein Heimweg, das war die Zwischenzeit, jene fünfzehn Minuten zwischen Arbeitsschluss und dem Aufsperren der Wohnungstür im dunklen Flur, die ihn in gerechter Unentschiedenheit beließen.

»Diese Wand«, sagte Nim und vollführte eine Kreisbewegung mit weit von sich gestreckten Armen. »Diese Wand, die Nordwand, ist, wie Sie sehen, gänzlich ohne Fenster. Wer baut so etwas? Es fasziniert mich, aber verstehen kann ich es nicht.«

»Vielleicht gibt es keinen Grund. Womöglich hat man einfach auf sie vergessen.« Johannes schmunzelte über seinen Scherz, war gleich darauf peinlich berührt, doch Nim schien nicht weiter auf ihn zu achten. Er sprach unbeirrt weiter. »Diese weiße Wand. Sie ist nicht mehr weiß, klar, sie war nie so weiß, wie sie es hätte werden sollen. Der Putz ist weiß, aber schmutzig, stellenweise grau. Sie hätten das Weiß sehen sollen, das wir zur Grundierung über dem Putz ausgesucht hatten. So strahlend. So eine Farbe lässt sich natürlich nicht instand halten, also hätte sie übermalt werden sollen.«

»Welche Farbe?«

»Alle Farben. Zumindest viele. Wir hatten einen Künstler engagiert. Wie hieß sie noch gleich? Den Namen könnten Sie sogar kennen. Ganz berühmt, kann ich Ihnen sagen, aber diese Dinge sind nicht meine Welt. Eine Entdeckung, sagt man. Ich hatte ihr die Hälfte für das Wandgemälde als Vorschuss bezahlt, damit sie sich nach den Vorstellungen des Architekten etwas einfallen ließe. Ausfallshonorar! Wir hatten dann ja keine Verwendung mehr dafür. Das kleine Bild für meine große weiße Wand ist mittlerweile wohl in irgendeinem Lager gelandet oder auf einer Müllhalde.«

»Schade, aber besser, dass wir jetzt kein Kunstwerk mit abreißen müssen.«

»Sie haben recht. Ein Kunstwerk pro Sprengung reicht ganz und gar.«

Sie hatten ihre Runde beendet und standen vor der Rampe zur Tiefgarage. Er glaube, er habe genug gesehen für heute. Morgen, wenn es recht sei, morgen komme er noch einmal vorbei und besehe sich das Erdgeschoss, vielleicht werfe er auch einen Blick in die Garage. Nim verschwand mit einem Winken aus Johannes Sichtfeld.

Wie war sein Lächeln zu deuten? War es Wehmut oder Vorfreude? Es mochte keines von beiden sein.

Johannes blieb eine Weile mitten auf der Rampe stehen, wand den Kopf der unterirdischen Düsternis, dann dem grauen Himmel zu und beschloss, endlich seine Leute unbehelligt ihre Arbeit verrichten zu lassen. In seinem Container bereitete er sich eine Tasse Kaffee, suchte nach dem Telefon, fand es nicht. Bis zum Abend blieb er untätig an seinem Schreibtisch sitzen, berichtete nicht von den Fortschritten des Tages und ließ sich von Herbert auch nicht noch einmal zur höchsten Eile einschwören. Der Verlust des Telefons war Glückseligkeit.

Bevor die Nacht einfiel, verließ er die Containerstadt. Es zog ihn zur Nordwand, auf die er wie zuvor auf die tragende Säule im Untergeschoss seine flache Hand presste. Dieses schartige, zeitgemusterte Weiß der Mauer, durch die der Sprengstoff in einigen Tagen schlagen sollte. Es war ihm, als befände sich dahinter nicht bloß das Innere eines verlassenen Hauses. Die Undurchsichtigkeit und Unform verweigerten ihm, so nahe an der ehemals sauber verputzen Fassade, die Hand an der Mauer, den Blick auf Anfang und Ende des Hauses, und sie waren es auch, die ihn nun beinahe in Angst und Schrecken versetzten. Er wandte sich ab, musste dringend mit Rebecca sprechen.

Im flachen Flutlicht versperrte Johannes, nachdem der letzte Arbeiter das Gelände verlassen hatte, das Tor mit einem schweren Vorhängeschloss. Als er den Schlüssel in der Zündung seines Wagens drehte, die Gedanken schweifen ließ, sich der Ruhe hingab, als das Radio zu sprechen begann und ihm freie Straßen bis nachhause in Aussicht stellte, stotterte sein Fahrzeug, der Motor protestierte und erstarb schließlich mit den Stimmen, der aufwogenden Musik. Johannes tastete nach seiner Taschenlampe und besann sich, sie im Container zurückgelassen zu haben. Was hätte es ihm gebracht, hätte er sie bei sich gehabt? Ihren Schein unter die Motorhaube zu richten, die Schläuche, die Tanks, die Kolben und Riemen zu erleuchten, hätte nichts an seiner Unkenntnis geändert und seiner Ohnmacht gegenüber der Maschinerie. Bevor er sich auf den Weg machte, zu Fuß, fröstelnd, erwog er, den Notdienst zu kontaktieren, suchte in seinen Taschen nach dem Telefon, doch es war ebenso unerreichbar fort wie die Taschenlampe.

Ein scharfer Wind war aufgekommen, zog von Osten über die Stadt und durch die Gassen. Die Temperatur war über den Tag hinweg stetig gesunken, und hätte es nun geregnet, wären die Tropfen als Schnee in den Straßen angekommen. Also schlug Johannes den Kragen seiner Jacke hoch, zog die überlangen Ärmel über seine Hände und begann seinen Marsch durch die Lagerhallenallee. Bei genügend Licht hätte er eine Abkürzung über Gässchen zwischen verlassenen Ruinen hindurch gewagt, sich anhand der Landmarke des Turmes im Rücken ausreichend zu orientieren vermocht – so jedoch folgte er lieber der breiten Ausfallstraße.

Die vierspurige Bundesstraße säumten zu beiden Seiten abwechselnd geschlossene Autowerkstätten, Gebrauchtwagenhändler, Supermärkte, geöffnete und lärmende Bars, durch deren schmutzige Fensterscheiben nur die Umrisse vornübergebeugter Trinker und Rauchschwaden zu erkennen waren. Die wenig dezenten schwarzen Fassaden von Bordellen mit rot aufgemalten Silhouetten tanzender Frauen unterbrachen diese Monotonie und stachen dennoch nicht heraus. Sie gehörten zum Bild und waren so gewöhnlich wie die Werkstätten. Johannes hatte diesen Weg oft genug bestritten, um ihre Namen wiederzuerkennen. Je weiter man der Straße von der Stadt fort Richtung Süden folgte, umso zahlreicher mischten sich diese Etablissements, die einander ebenso glichen wie der Rest der Händler, Handwerker und Bars. Je länger man ihnen folgte, umso mehr verloren sie sich ineinander, wurden zu einander, als bewegte man sich auf einem aufgeschnittenen und flach ausgelegten Armband, dessen Muster sich selbst replizierte. Das war genau, was er nicht wollte, wenn er auf dem Weg nachhause war: über seine Umgebung nachdenken. Deshalb genoss er die engen Lichtkegel auf der Straße, richtete seinen Blick auf die Füße und auf nichts als den bereits ausgestreuten Schotter auf dem Trottoir. In endlich abdriftenden Gedanken errichtete sich seine Umgebung aus deren Teilen neu und der Straßenlärm, die Musik und die tanzenden Lichter der Nacht wurden zu etwas Bedeutsamem ohne Form, wie des Morgens die herannahenden Baufahrzeuge. Die wartenden Autos an den Ampeln wurden für den Moment zu Würmern, zu über Land schwimmenden Walen.

Am Ende der Geraden teilte sich die Bundesstraße Richtung innere Stadt in spitzem Winkel in zwei schmalere Sträßchen, deren begrünter Trennstreifen sich zu einem dreieckigen Park verbreiterte, durch den zahlreiche Fußwege kreuz und quer verliefen. Auf Parkbänken lungerten Jugendliche, oft schliefen dort Obdachlose, jedoch nicht mehr um diese Jahreszeit.

Johannes folgte keinem der Wege und auch nicht den Trampelpfaden durch den Park. Er hielt inne, wechselte die Straßenseite. Vor der tiefschwarz mit Sichtschutzfolie verklebten Eingangstür streckte er seine Hand aus, sein Finger zögerte, bevor er auf die Klingel des Etablissements drückte. Ein aggressives Summen antwortete seinem Wunsch auf Einlass, die Tür gab nach und er betrat das Bordell mit klingendem Namen: *Rachel.* Eine Frau dieses Namens hatte dort wohl niemals gearbeitet.

Anders als zu Zeiten seiner Ehe begleiteten Johannes Schuldgefühle über die Schwelle, als er eintrat, gleichzeitig kindliche Aufregung, er spürte seinen Puls, die angenehme Furcht, jemand könnte ihn dabei beobachten, wie er etwas tat, das verboten, verflucht und verdammt war. Doch wer sollte hier über ihn urteilen? Er war unter Gleichen in gleicher Zone am Rand. Alles Unangenehme verflog, als er sich setze, die Beine vom Barhocker baumeln ließ, hinter ihm die Undurchsichtigkeit der Tür, die er ins Schloss fallen hörte. Rebecca beugte sich über die Bar hinweg, zwischen Erdnussschalen hindurch zu ihm, um Küsse links und rechts auf die Wange auszutauschen.

II

Sie war nicht stolz auf ihn gewesen. Rebecca hatte ihm zugehört, ihm Bier eingeschenkt, aber nichts gesagt. Erst als er fertig war, sein gesamter Tag, der Besuch des Baumeisters oder Landbesitzers, das verlorene Telefon, das verhinderte Wandgemälde, erzählt gewesen war und Johannes versonnen auf die Schaumreste am Boden seines Glases blickte, hatte sie Luft geholt und nach einem vorwurfsvollen Seufzer gefragt, ob er denn öfter im Auto schliefe? Ob das jetzt wichtig sei, hatte Johannes sie angeherrscht, warum sie das frage? Sie verschränkte die Arme, schwieg. Johannes hatte den traurigen Überrest seines Getränks zurückgelassen und war, früher als sonst, nachhause gegangen. Er hätte gar nicht hierherkommen, das Rachel unter der Woche gar nicht betreten sollen, es war eine Enttäuschung.

In Schuhen und Mantel saß er für einige Stunden auf der Couch, starrte durch das Flimmern seines Fernsehgeräts hindurch in den unbeleuchteten Essbereich und dachte an nichts. Nur an Rebeccas Blick, an ihr Seufzen. Sie war nicht stolz auf ihn gewesen. Vielleicht hatte sie ihn einfach so, ganz ohne Hintergedanken gefragt, ob er häufig in seinem Wagen schlafe. Was kümmerte es sie, wo er es tat, wenn er es endlich tat. Als ob er ihr mit seiner jähen Flucht Unrecht getan hätte. Johannes beschloss, es sei andersrum gewesen. Für einen Moment war er glücklich allein, bis er sich erinnerte, dass er das Rachel verlassen hatte, ohne vorsichtshalber den Kragen seines Mantels hochzuschlagen und sich erst durch die spaltbreit aufgeschobene Tür umzusehen, wie er es für gewöhnlich tat. Eine neue Panik, die ihn schon nach seinem ersten Besuch dort überfallen hatte, die Panik, erkannt worden zu sein, ersetzte ihm Rebeccas Verrat. Er begann eine große Rekonstruktion, ein müßiges Zusammenfügen von Erinnerungsfetzen und Bildern, ein Anfertigen von Phantomzeichnungen vorüberlaufender Passanten, in deren Gesichtern er nun nichts als Abscheu für sich sah. Retrospektiv hatten ihn alle angesehen und alle hatten ihn erkannt. Er stand auf, um sich Kaffee zuzubereiten, füllte ihn ab und verließ die Wohnung. Der Turm starrte ihn durch die unverhüllten Balkonfenster aus den *Unaugen* eines schwarzen Obelisken heraus an. In der Nacht, da er keinen Schatten warf, der bis an Johannes' Haus herankriechen konnte, wurde er selbst zu seinem Schatten und verriet sich. Doch als was er sich verriet, verstand Johannes nicht.

Es war noch nicht fünf Uhr, als Johannes das Gelände erreichte und vergeblich im Dunkeln nach dem Schlüssel für das neue Schloss tastete. Er hatte ihn zuhause gelassen. Er hatte vergessen. Er vergaß, dass er vergessen hatte, und kniete sich hin, die Arme suchend über den Schotter zu seinen Füßen führend. Der Schlüssel lag nicht auf der Ablage, also musste er hier sein, hier im Rollsplitt. Seine Suche sollte den Rest der Nacht füllen, sollte ihm zum Inhalt werden und die Zeit mit sich in den Morgen reißen.

Rebecca hatte Johannes zweimal angerufen, einmal um zwei und einmal um vier Uhr früh. Das erste Mal auf seinem Mobiltelefon, sie hatte vergessen, ob sie ihm damit Unannehmlichkeiten einbrächte, und einmal am Festnetz. Er hatte nicht abgehoben. Sie wollte ihm sagen, dass, was immer sie auch getan habe, es ihr leid tue, sie einfach um ihn besorgt sei. Er sehe müde aus, so müde, und jedes Mal, wenn sie ihn sehe, wenn er, den Kragen hoch ins Gesicht gezogen, das Bordell betrete, versinke er tiefer in seiner Kleidung. Ob er denn noch etwas zu sich nehme? Abgesehen von den Erdnüssen im Bordell. Nach ihrem zweiten Anruf gab sie auf, sie hatte vorher nie mit Johannes telefoniert und hegte den Verdacht, er wolle es nicht. Als sie einander kennengelernt hatten, hatten sie Nummern ausgetauscht, eingespeichert und niemals verwendet. Es gab nichts zu sagen. Auch weil Johannes stets verlässlich freitags und samstags ins Rachel kam, sich auf einen der samtbezogenen Hocker an die Bar setzte, um mit ihr zu sprechen. Sie sprachen über alles, was eine Woche einem Menschen an Gesprächsmaterial liefern konnte, und dann schwiegen sie fünf

Tage lang. Als seine Frau ihn verlassen hatte, war er ein Wochenende ferngeblieben, und als er dann wiederkam, redeten sie umso mehr. Rebeccas Dienste beschränkten sich auf vier Nächte in der Woche, doch selbst wenn sie frei hatte, erwartete sie ihn. Dann saßen sie an einem Tisch in der hintersten Ecke oder in einem freien Separee und ließen sich zu trinken bringen. Stets reichlich, um geschwätzig zu werden und in Maßen, um sich zu verstehen.

Sein Besuch an jenem ungewohnten Tag hatte sie noch mehr beunruhigt als sein rascher Aufbruch. Es war beinahe Freitag. In ein paar Stunden würde er wiederkommen. Oder nicht? Der Gewohnheit zum Trotz blieb Rebecca unruhig. Eine gesunde Unruhe, wie sie feststellte.

Die anrückenden Arbeiter, dieses Mal gänzlich ohne Lichterzug, fanden Johannes vornübergebeugt auf dem zurückgelassenen Drehstuhl im Büro des Nachtwächters in der Tiefgarage. Den Bolzenschneider hatte er an den Spind gelehnt, das aufgebrochene Schloss lag auf seinem Schoß. Sie weckten ihn beim Eintreten, erschraken bei seinem Anblick, entspannten sich wieder, als er die Augen öffnete und zu husten begann. Die Asche einer bis an den Filter heruntergebrannten Zigarette hatte sich auf seinem Körper im kaum merklichen Luftzug der aufgeschobenen Tür verteilt und das Loch freigegeben, dass sie in die Brusttasche seines Hemds gebrannte hatte.

Johannes hörte, wie die Arbeiter ihre Arbeitsgeräte über die schmale Treppe ins Erdgeschoss schleppten, hörte sie tuscheln, störte sich aber nicht daran. Einige Minuten später folgte er. Sie wussten ja, was zu tun war. Bis zu Mittag hatten sie das Erdgeschoss fertig zu machen, am Nachmittag den ersten Stock, ein straffer Zeitplan. Dennoch gab es ein Murren, als Johannes sie alleine ließ. Entgegen seinen Ankündigungen hatte Herbert Loos keine neuen Leute eingestellt. Mit dem Tod des Seniors hatte es sogar Entlassungen gegeben. Weder Johannes noch der Rest der Belegschaft nahmen es ihm übel. Die Bücher ließen wenig anderes zu, und Herbert versicherte stets, höchste Transparenz bei derlei Entscheidungen an den Tag zu legen. In einer weiteren Rede vor den anwesenden Mitarbeitern legte er ihnen sämtliche Zahlen offen, zwar nicht im Detail, aber doch klar genug, um den Ernst der Lage zu verstehen. Der alte Herr – betonte er immer wieder – sei eben ein alter Herr gewesen, ein Urgestein, jedoch nichtsdestoweniger ein Stein, der weder willens noch in der Lage gewesen sei sich zu bewegen. Nun da er selbst, Herbert, sich Überblick verschafft habe, gebe es einen Plan, eine klare Linie, der es zu folgen gelte.

Die Entlassenen verabschiedete Herbert mit einem Händedruck und dem Ausdruck größten Bedauerns. »Dieses Gebäude muss fallen«, sagte er, und zu Johannes: »Du musst das mit den Leuten schaffen, die wir haben. Wir können schließlich auch auf den anderen Baustellen nicht alles stehen und liegen lassen. Wir haben Verträge.« Darauf hatte Johannes nichts erwidert. Ja, natürlich. Er würde seine Arbeit tun, wie er sie immer zur Zufriedenheit erledigt hatte, und keinen Plan vorlegen, den er nicht imstande war umzusetzen.

Daher das Murren der Arbeiter. Er nahm es hin. Sie haderten mit dem Pensum, das ihnen auferlegt war. Sie sollten einfach machen, was zu machen war. Schließlich hatte er alles bis ins Detail vorbereitet, ihnen die Pläne gezeigt, die Bohrstellen an tragenden wie nicht tragenden Elementen markiert. Für den Moment musste das genügen. Zwei Stockwerke pro Tag und wenn möglich noch viel mehr. Dass Herbert ihn an diesem Morgen, während er im Drehstuhl geschlafen hatte, zweimal angerufen hatte, kümmerte ihn wenig. Der Klingelton war von einer Tonne darauf abgeladener Bäckereiabfälle erstickt worden. Weder kümmerte es ihn, ob Herbert ruhig schlafen konnte, noch, ob er ihn für seine Unerreichbarkeit zurechtweisen würde. Das alles, aller Ärger, aller Zorn, würde vergessen und bedeutungslos sein, lag erst dieser Turm in Trümmern. Und auch die Möglichkeit dessen, was der Gigant einmal sein hätte können, welche Kreatur sie vor ihrem Werden zunichte zu machen bereit waren, verlor im Angesicht ihres Verschwindens an Gewicht. Sie war nicht gewesen und würde nicht mehr werden – egal ob der Rohbau stand oder stürzte.

Noch während seiner erfolglosen Schlüsselsuche waren dem Sprengmeister die blinkend zum Leben erwachenden und sogleich wieder periodisch ersterbenden Neonschriftzüge eines Hotels gegenüber der Zufahrt ins Auge gefallen. Die Lettern hatten in jedem Augenblick, da sie ihr erbärmliches Licht über die Straße in den Schotter warfen, grausame Hoffnung geschenkt, er könnte doch noch entdecken, wonach er suchte. Das flache Kieselschatten werfende, zwischen Rot, Blau und Grün changierende Farbenspiel hätte allerdings kaum zur Wiederauffindung beigetragen. Die Farben verfremdeten mehr, als sie offenbarten. Jedoch hatten sie gerade dadurch eine Idee geweckt – einen Fluchtplan.

Als er an seinem Pick-up vorüberkam, stieg Johannes noch einmal auf den Fahrersitz, drehte den Schlüssel. Ein erbärmliches Röcheln, ein ermattendes Seufzen. Beide sanken vorn über. Das Auto und der Fahrer. Er umkreiste die nutzlose Karosserie und ihren toten Geist. Eine Schlaufe seines Mantels verfing sich an einem klingenförmig abgebrochen abstehenden Stück der Rückspiegelfassung, dem Zeugnis einer verschwommenen Heimfahrt. Tiefe Frustration, eine natürliche Erweiterung des Seufzens der Maschine, wanderte vom Hals her durch die Brust, in den Arm und Johannes' Faust fuhr von oben nach unten auf den Spiegel nieder, der ihr, angeschlagen wie er war, keinen Widerstand mehr bot, abgerissen wurde und in ein Scherbenbild zerbrach. Ein loses Kabel verband die Splitter noch mit dem Gefährt.

Johannes querte die Straße, die Handkante pochte, aber er sah sich nicht nach seinem Auto um, dessen Eigentümerschaft er verwarf und verfluchte. Die Rückkehr zur Idee des frühen Morgens, der Entscheidungsschluss waren genug, solange er nur nicht zögerte.

Die Eingangstür verkündete Johannes' Eintreten freudig, wie ein lange verlassener Hund, mit einem jaulend auf- und abschwellenden Summton, während ein Bewegungsmelder eine grelle Leuchtstoffröhre zum Erglühen brachte. Die schummrige Leuchte hinter der Rezeption erstarb obsolet und automatisch. Aus dem Hinterzimmer drang ein leidendes Husten zur Begrüßung, ein Ächzen. Der Rezeptionist schirmte seine Augen gegen die Helligkeit ab. Er grüßte. Johannes grüßte. Einen peinlichen Moment lang hatte er vergessen, weshalb er gekommen war, versank in Gedanken und Beobachtungen der merkwürdig verschlissenen modernen Einrichtung, bis der Rezeptionist erneut, diesmal ungeduldig, hustete, beinahe ein Räuspern, wenn nicht schmerzhafter Zwang dem Kratzen innegewohnt hätte. »Ich brauche ein Zimmer … auf unbestimmte Zeit.« Johannes drehte sich dem leeren Raum zu, ließ den Blick bedeutungsschwer von links nach rechts schweifen. »Ich gehe davon aus, Sie sind nicht voll belegt.« Nein, nein, es sei nichts frei. Oder frei sei eigentlich jedes einzelne Zimmer, aber das Hotel habe nicht geöffnet. Der Rezeptionist senkte den Kopf und verzog sein gelangweiltes Gesicht, das schwer über die Jahre von dicken Falten nach unten gezerrt worden war, zu einer missbilligenden Grimasse, die ihn noch älter und gleichermaßen abweisender erscheinen ließ. Das Haus habe bereits vor einem Jahr den Betrieb eingestellt und würde in vorhersehbarer Zukunft auch keine Zimmer mehr anbieten. »Entschuldigen Sie.« Johannes hatte sich bereits wieder zum Gehen gewandt, da hob der Rezeptionist noch einmal den Blick von seinem Bildschirm. »Sie kommen von dem scheußlich Hochhaus, nicht wahr? Ich habe gestern die ganzen Lastwägen anrollen sehen. Bauen Sie das Ding jetzt endlich fertig?«

»Ich muss Sie enttäuschen. Wir reißen es ab.«

»Das enttäuscht mich nicht. Ganz und gar nicht. Nur weg damit! Das Monstrum hat uns nichts als seinen Schatten beschert. Im Sommer ist das ganz nett, aber eben manchmal recht finster.«

Johannes wusste nicht so recht, weshalb – doch die Stimme des alten Mannes schmerzte, es drängte ihn zur Tür. Es war nicht nur die Stimme – es war dieser Ort und seine Nutzlosigkeit. Vielleicht würde er ihn irgendwann zerstören dürfen. Jetzt war ihm, als verbreitete sich fauliger Gestank und entzöge ihm die Luft zum Atmen. Das Foyer war das Maul einer lange verstorbenen Kreatur. »Das Hochhaus werden Sie bald los sein.«

»Nicht, dass es noch irgendwas ändert. Aber haben Sie schon einmal Rachegefühle gegen einen Haufen Steine gehegt? Es ist ermüdend und sinnlos.«

»Sie scheinen ja ein rachsüchtiger Mensch zu sein.«

»Ja, vielleicht ist es das.« Der Rezeptionist warf die Tür zum Hinterzimmer ins Schloss und verweilte halb hinabgebeugt hinter der Theke. Er sah nicht mehr hoch, nickte abwesend, als

Johannes sich ins Freie schob, ohne sich über das Scheitern seines Fluchtplans zu grämen. Er erinnerte sich kaum noch daran.

III

Als Johannes das angelehnte Tor erreichte, blockierte Herbert Loos' schmale Limousine quer parkend die Zufahrt. Er würde wieder fort sein, bevor die Fahrzeuge neben den Containern am Abend das Tor passierten. Hatte er also endlich die Nerven verloren. Johannes hatte es nicht darauf abgesehen. Klar hätte er gleich am Morgen ins Büro fahren sollen, noch bevor die Arbeiter an der Baustelle angelangt waren. In der Nacht hatte er nicht daran gedacht, und ohne Auto hätte er ein Taxi bestellen müssen, oder jemanden bitten, ihn durch die halbe Stadt zu kutschieren. Das wiederum hätte unweigerlich die Arbeiten verzögert. Ja, genau! Das wäre, den rigorosen Zeitplan bedenkend, nicht vertretbar gewesen. Bevor er den Container betrat, war er seine Argumentation durchgegangen in der Erwartung, Herbert mit dem Fuß wippend und an seinem Hemd zupfend, dabei alle paar Sekunden auf die Zeitanzeige seines Telefons schielend, vorzufinden, stattdessen saß dieser jedoch weit zurückgelehnt, beinahe apathisch in dem abgewetzten Drehstuhl, hatte die Augen geschlossen und öffnete sie auch nicht, als Johannes geräuschvoll über die Schwelle trat. Ein Räuspern, das sich zum Husten auswuchs, riss seinen Chef dann doch aus dessen Tagträumen. »Johannes! Du arbeitest ja doch noch für mich!« Hätte er dabei nicht gelächelt, gelacht gar, der Sprengmeister hätte gefürchtet, tatsächlich seine Verlegenheitsgeschichte abspulen zu müssen. Wo er denn gewesen sei? Warum er sich nicht gemeldet habe? Johannes log instinktiv. »Du bekommst endlich mal ein Firmenhandy. Du kannst dir im Büro eines abholen. Wie stehen die Dinge? Ich gehe davon aus, alles verläuft nach Plan.« Johannes erklärte, dass heute noch die erste Etage fertig sein werde und es gleich morgen mit zwei weiteren Stockwerken weitergehe. Drei, wenn man sich denn ranhielte. Auch das war gelogen. Mit den Ressourcen, die ihm zu Verfügung standen, waren drei Stockwerke pro Tag nicht zu schaffen. Herbert brauchte jedoch weder zu erfahren, woher Johannes kam, noch musste er sich Sorgen um Dinge machen, die er von seinem Thronsessel aus nicht beeinflussen konnte. Nun, da er schon einmal entspannt und hoffnungsvoll zu sein schien, war Johannes fest entschlossen, diesen Zustand nicht zu gefährden. »Sollen wir uns die Sache mal ansehen? Ich sehe diese Schönheit«, er wies durch das staubige Fenster auf die blinden, vernagelten Mosaikfenster des Erdgeschosses, »zwar jeden Tag vom Fenster aus, aber von so nahe betrachtet, sieht man alles mit anderen Augen. Würde es uns nicht ganz so viel einbringen, würde es mir im Herzen wehtun, so etwas niederzureißen.«

Da die Mittagsstunden nahten, hatte man bereits den Sprengstoff für das erste und alle darüberliegenden 21 Stockwerke in fest verschlossenen Truhen vor dem Treppenabsatz gestapelt. Die Arbeiter saßen darum herum im Kreis, teils an die Stapel angelehnt, packten mitgebrachtes Mittagessen aus. Als Herbert und Johannes die wenigen Stufen zur für die Ausmaße des Bauwerks recht schmalen Eingangstür erklommen, sprangen sie wie auf Kommando auf und standen stramm.

Zunächst hielt Johannes es für eine glückliche, sogar göttliche Fügung, dass Mag. Nim in eben jenem Moment hinter ihnen im Türrahmen erschien, gegen das Metall klopfte, um sein Eintreten anzukündigen. Herbert Loos wandte sich überrascht dem Besucher zu, der schließlich von der Stadt kam, wenn auch nicht in offizieller Mission, und streckte ihm bereits aus einigen Schritten Entfernung den Arm zum Händedruck entgegen. Eine Sekunde lang hielt er ihn gestreckt, bis Mag. Nim entsprechend reagierte. Johannes beließ es bei einem Nicken in Richtung des einstigen Bauherrn, wies zugleich die Arbeiter in seinem Rücken mit knapper Geste an weiterzumachen. Sie verstauten ihren Proviant in Boxen und Tüten und hievten sogleich die ersten Sprengladungen durch das Treppenhaus. In ihrer Eile kamen sie unter dem Gewicht ihrer unhandlichen Last ein ums andere Mal ins Straucheln. Johannes war es, als stellten sie sich besonders ungeschickt an, doch der Bauherr und Herbert waren derart in die gegenseitig angetragenen Floskeln und Höflichkeiten vertieft, dass sie davon nichts bemerkten. Also floh er dem Sprengstoff hinterher ins erste Stockwerk. Eine Stunde noch, versicherte er ihnen, dann könnten sie essen, ihre wohlverdiente Pause fortsetzen. Der Chef würde ja nicht jeden Tag nach dem Rechten sehen.

Johannes stand auf einer der bereits entleerten Truhen, dirigierte seine Untergebenen wie ein Admiral von der Brücke eines Ozeanriesen. Er rief Anweisungen quer durch den Raum und darüber hinaus und erlaubte sich bloß in den Atempausen einen Seitenblick auf Nim und Herbert, die an einem Biertisch neben dem Eingang vom Treppenhaus her einander gegenüber saßen und sich angeregt unterhielten. Sie waren über Formalitäten hinausgekommen und deuteten immer rings umher, als sprächen sie von den Himmelsrichtungen und dem Wind. Der Anblick dieser beiden Männer in ihren dunkelblauen Anzügen vor dem Grau der Mauern weckte seinen Zorn, er spürte einen Knoten in der Brust. Sie waren umgeben von glatten geraden Wänden, von rechten Winkeln und gekleidet schienen sie in die Uniform der Tätigen. Es war die Uniform jener, die im Dienst der Zukunft standen, die Neues erschufen und Altes dafür vernichteten. Nun wusste Johannes nicht, welche Riege Zukunftsmenschen er mehr verabscheute. Herbert Loos, den Organisator des Verschwindens, dessen Handlanger er war, oder Mag. Nim, dessen Geschäft es war, immer mehr und immer neue mathematisch perfekte quadratische Monolithen zu erschaffen. Herbert konnte es natürlich nicht sein, schon weil er sich dabei auch selbst hätte hassen müssen. Und Nim, der doch an diesem Haus gescheitert war, ebenso wenig. Aber vielleicht war er an den bunten Fenstern und dem gewaltigen Wandgemälde gescheitert. In der Unzuweisbarkeit von Schuld verlor sich Johannes' Wut im bunten Licht eines der letzten unversehrten Fenster. Der Sims reflektierte drei Strahlen, die durch die Spalten der vernagelten Scheibe drangen. Einer grün, einer rot und einer blau. Johannes trat an die Fensterbank, er fühlte sich gespalten. Erneut wollte er seine Handfläche gegen den steinernen Leib des Ungeheuers legen, doch war es seinen Trost überhaupt wert? War, was sie zerstörten, mehr als eine Anhäufung von Stahlbeton? Genügte die Idee, was daraus hätte werden können, um Mitleid zu empfinden? Wenn der Turm niemals mehr sein sollte als ein weiterer Meilenstein des Neuen, dann würde er gern derjenige sein, dessen Knopfdruck ihm ein Ende setzte. Dann war sein Finger auf- und gegen den Bauherrn gerichtet. Wenn das Scheitern der unbekannten Bestimmung, die mit dem Ende der Bauarbeiten begraben wurde, eines Mahnmals bedurfte, dann würde Johannes in seiner Funktion zum Zukunftsmenschen werden. Zum Kannibalen der Zeit. Dann hätten die Mauern sein Mitleid verdient. Johannes konnte es nicht entscheiden, also zog er sich für den Moment mit dem Hinweis seiner baldigen Rückkehr in den Container zurück. Er wollte eine Zigarette rauchen, für einige Minuten die Augen schließen.

Johannes lebte bereits seit Längerem außerhalb der Zeit. Weder betrachtete er Vergangenes mit Wehmut noch Zukünftiges mit Zuversicht. Wenn er sich erinnerte, dann nur an sich selbst.

Seine Vergangenheit war ein unbebautes Grundstück voll Schotter und Staub, seine Zukunft eine weiße Wand oder eine Fassade aus spiegelndem Glas, deren Enden nicht zu erahnen waren. Die Wand riss er nieder, nur um zuzusehen, wie neue Mauern sich formierten. So lag seine Berufung darin, gegen die einförmige Ewigkeit, die sie sich erdreisteten einzufordern, aufzubegehren. Immer öfter kam ihm jedoch der Gedanke, dass auf jene doch nur wieder nächste Mauern folgten und dass der Ewigkeit die Chance genommen war, ihr Weiß abzustreifen. Trotzdem verlor sich sein Drang nicht zu zerstören, was immer vor ihm aufragte, weil ihm beides gleich widerstrebte – was gebaut war und was gebaut werden würde. Zumindest konnte er entscheiden, ob es von Mal zu Mal wert war, sein Bedauern auszudrücken.

Johannes' Zorn verschwand aus seinen Augen. Über der Kleinteiligkeit des Treibens verlor er das große Ganze aus den Augen, und erst abends erinnerte er sich daran, Herbert lange nicht mehr gesehen zu haben. Er hatte ihm zum Abschied die Hand geschüttelt, hatte ihm noch einmal, wie er es noch viele Male tun würde, versichert, alles liege im Plan und nichts im Argen. Dabei war er in Gedanken bei sich selbst, im Mikrokosmos der bohrenden und ächzenden Männer im ersten Stock. Als Mag. Nim ihm abends entgegentrat, den Durchgang hinaus in die aufgezogene Kälte und den damit von Osten gekommenen Sturm freundlich verwehrend, pendelten sich Johannes zwischen Stein und Zeit schwingende Abwägungen wieder in der Realität ein. Das sich plötzlich aufdrängende Jetzt pochte in seinen Schläfen. Er ließ sich davon nichts anmerken, antwortete maschinell und präzise auf Nims Smalltalk, bevor er sich an ihm vorüberdrängte und in den eisigen Wind hinaustrat. Der Mangel an Schlaf und fester Nahrung brachte Johannes' Glieder mit jeder Böe, die ihm trotz hochgezogenen Kragens in den Nacken fuhr, zum Zittern. Die Gerade des Weges nachhause zog sich in seiner Vorstellung mehr und mehr in die Länge, und schon als das Ende der Zufahrt erreicht war, erschien es Johannes unmöglich, diesen enormen Fußmarsch zu bestreiten. Während er sich ratlos umwandte und überlegte, wie lange es dauern würde, bis ohne Telefon ein Taxi aufgetrieben war, ob er nicht besser die Nacht in seinem Container verbringen sollte, näherte sich Mag. Nim in seinem Rücken. Er legte dem schlotternden Gestrandeten die Hand auf die Schulter: »Ihr Wagen sieht danach aus, als würden Sie nachhause laufen müssen. Soll ich Sie vielleicht fahren? Es ist kein Umstand für mich.« Johannes zögerte nicht, dem Angebot zuzustimmen. Sein Nicken war vom Zittern kaum zu unterscheiden. Er folgte Nims Blick der Grundstückumzäunung entlang, wo ein schwarzer Straßenkreuzer geparkt stand, und setzte sich unter dem sanften, aber entschlossenen Griff der fremden Hand in Bewegung.

Beide nahmen einander gegenüber auf der rundum geschwungenen Rückbank Platz, Nim mit dem Rücken zum Fahrer, der den gesamten Nachmittag über auf seinen Fahrgast gewartet haben musste. Er fragte Johannes nach seiner Adresse. Der Fahrer setzte das Gefährt ohne weitere Anweisung in Bewegung. »Herr Eichinger, wissen Sie, ich wollte eigentlich heute mit Ihnen sprechen. Ihr Chef ist uns da ein wenig dazwischen gekommen, und ich habe es nur für höflich empfunden, ihn nicht abzuweisen. Was er nicht alles zu erzählen hat! Vor allem zu prahlen oder – wie soll ich sagen – sich selbst anzupreisen. Er hofft wohl, dass nach diesem noch mehr Aufträge von der Stadt zu erwarten sind. Ich habe es nicht übers Herz gebracht, ihn zu enttäuschen. Da kann ich nichts machen. Ich meine, ich könnte vermutlich was tun, aber das ist nicht mein Ressort und ich mische mich ungern ein. Ich bin ja neu im öffentlichen Dienst. Er ist in seiner Aufdringlichkeit auch ganz nett.«

»Was machen Sie eigentlich genau?«, fragte Johannes ohne eigentliches Interesse.

»Ach vieles, vieles. Es ist nicht sehr spannend. Vor allem berate ich. Wenn es eine Entscheidung zu treffen gibt, dann gebe ich den Anstoß, damit man sich der Prioritäten bewusst wird.«

»Und wie kamen Sie zu dem Posten?«

»Ich wollte ihn. In meiner Position ließ sich das ohne Aufwand bewerkstelligen.«

Die Straße mit den Bordellen und Autowerkstätten rauschte zu einer einzigen grauen, neonrot-durchwobenen Schliere verwaschen am Seitenfenster vorüber. Als sie die Gabelung vor dem Rachel erreichten, vermeinte Johannes sich selbst in der gegen den beißenden Wind verhüllten Gestalt eines Mannes an der Ampel zu erkennen.

»Wir sind gleich da«, bemerkte er.

»Ja, wenn das Wetter nicht so fürchterlich wäre, hätte ich Sie den Weg zu Fuß machen lassen«, kicherte Mag. Nim augenzwinkernd. »Hören Sie, ich habe vor, heute Nacht nicht direkt nachhause zu fahren. Kann ich Sie überreden, mich zu begleiten? Ich treffe mich mit ein paar Leuten, deren ungefilterte Gesellschaft mich zur Verzweiflung treibt. Ich würde die Gelegenheit, Sie eingehender kennenzulernen, sehr gerne ergreifen, und für Sie könnte es durchaus interessant sein. Der Abend geht natürlich ganz auf mich.«

»Wen treffen Sie denn, dass Sie mich für bessere Gesellschaft halten?«

»Ach, alte Kollegen. Glauben Sie mir, es gibt gute Gründe, warum sie es heute nicht mehr sind. Es sind Kleingeister, selbst für einen wie mich, der ich mich außerhalb des Bauwesens für nicht sehr weltgewandt halte.«

Es war noch früh und Johannes dachte mit Grauen an die Stille und Schlaflosigkeit seiner Wohnung. Er willigte ein. Der Fahrer schlug auf einen Wink hin das Lenkrad nach links ein, rollte im Rückwärtsgang über den Randstein und wendete den Wagen, wobei er ein geparktes Auto schrammte. Weder Nim noch der Fahrer reagierten auf das kreischende Kratzen von Lack auf Lack. Das Geräusch drang tief in Johannes' Schädel. Er legte eine Hand an die Schläfe, bis es vorüber war. Die klirrende Kälte hatte sich wirbelnd zum Schneesturm ausgewachsen.

»November-Schneesturm, das bedeutet«, bemerkte Nim, den Kopf in den Nacken gelegt, »dass es wohl erst im Jänner wieder Schnee geben wird. Keine weißen Weihnachten dieses Jahr.«

Hinter einem in Chrom gerahmten Portal am Fuß eines historistischen Stadtpalais wurden Johannes und Mag. Nim von einem überfreundlich grinsenden Anzugträger durch einen schmalen Korridor, der sich hinter einer unsichtbar in die Rückwand des Raumes eingelassenen Schwingtür befand, bis zum Absatz einer steilen Treppe geleitet. Ein roter Samtteppich kroch ausgefranst in die Tiefe. Johannes duckte sich hinter Nim, ihm schien es, als senke sich die Decke mit jedem Schritt weiter auf sie herab.

Unten angekommen, schlug ihnen der Stimmenlärm einer ungeahnt gewaltigen Menschenmenge entgegen. Um acht Uhr abends tummelten sich hier bereits über hundert Gäste, die tanzten, die tranken und sich ungehemmt ineinander verwoben, sich aneinander vorbeischoben, pulsierten, eine Masse, die sich zusammenzog und wieder abstieß. Eine in tiefes Schwarz gehüllte Heerschar von Kellnern schlängelte sich prekär mit hochgehobenen Tabletts hindurch, darauf abenteuerlich getürmte Gläser, Eis und Wodkaflaschen. Von dem Moment an, als er über die Schwelle in den kavernenhaften Raum trat, rollte eine Welle des Unbehagens über Johannes hinweg. Die Farbenflut blendete ihn, die hämmernde Musik nahm ihm den kläglichen Rest seiner Sinne. Er schrumpfte in sich zusammen, krümmte den Rücken, verschränkte die Arme vor der Brust, sein Gesicht verzog sich rosinenhaft. Nach wenigen Schritten fühlte er sich so zwergenhaft, dass er nach Nims Anzugsaum griff, um sich blind von dem Baumeister durch die Ausgelassenheit, die ihm wie Schlachtenlärm erschien, führen zu lassen. Da teilte sich die Menschenflut vor Nims ausgestreckten Armen und eine junge Frau, wie ihre kindlich schrille Stimme verriet, tauchte im Musikrauschen auf. Johannes hatte immer noch nicht gewagt, den Kopf zu heben. Als er es endlich tat, offenbarte sich ihm, dass es nicht Magie, sondern aufgeschwungene Flügeltüren und die kräftigen Körper zweier Securitys waren, die den wogenden Tänzern Einhalt geboten.

»Neuer Leibwächter? Und in Zivil noch dazu. So richtig inkognito! Aber fällt doch bei Abendveranstaltungen ein wenig auf, nicht wahr?« Die junge Frau warf einen abschätzigen Seitenblick auf Johannes. »Ordnet er sich dir immer unter, egal wo du hingehst?«

»Oh nein, meine Liebe. Das ist Herr Eichinger, ein Kollege oder für mich wohl ein ehemaliger. Die Bauzeiten sind vorbei. Ich habe ihn heute ganz ohne Vorwarnung von seiner Baustelle hierher entführt.«

»Ach, du hättest ihm doch zumindest Zeit geben können, sich etwas Gesellschaftsfähiges anzuziehen. Wir hätten euch ja auf jeden Fall erwartet.« Sie blieb mit ihren Pumps an einer Teppichfalte hängen. »Auch wenn wir schon die eine oder andere Flasche genossen haben.« Sie kicherte zurückhaltend und fing sich wieder. Johannes blieb stehen. Er sah an sich herab, folgte den Falten in seinem Hemd, strich sie glatt, klopfte sich Bohrstaub vom Hosenbein seiner dunkelblauen Jeans. »Ach, das hat sie nicht böse gemeint«, versuchte Mag. Nim ihn aus der Verlegenheit zu ziehen. »Das ist Frau Dr. Herzog und ironischerweise behauptet sie tatsächlich von ehemaligem Adel abzustammen. Außerdem ist sie eine widerwärtig dumme Person. Man möchte nicht glauben, dass man mit solch einem Intellekt«, Nim deutete mit Mittel- und Zeigefinger Gänsefüßchen an, »überhaupt zu akademischen Ehren kommen kann. Kommen Sie!« Er zeigte auf eine im hinteren Teil des Raumes befindliche halbkreisförmige Lederbank, auf der wie aufgefädelt Frauen und Männer unterschiedlichen Alters saßen. »Lassen Sie mich die illustre Runde vorstellen!« Dann ging er reihum: Bauunternehmer, Industrielle, Kaufhausbesitzer und Funktionäre, Söhne und Töchter ebensolcher und, auf der geschwungenen Armlehne, Frau Dr. Herzog. Ihre Profession blieb verschwiegen. Man grüßte Johannes freundlich. Einige streckten ihm die Hand zum Gruß entgegen, andere nickten und man rückte zusammen, um den Neuankömmlingen Platz an der alkoholisch reich gedeckten Tafel zu machen. Gläser wurden eingeschenkt, wurden erhoben, wurden zum Gruß und zur Feier des Tages angestoßen und in einem Zug geleert, wieder nachgeschenkt. Ein Gespräch floss nahtlos in das nächste über, die Themen kollidierten, verschmolzen, bis die Äußerungen und Erwiderungen unverständlich und sinnlos erscheinen mussten, wenn man ihnen nicht von Beginn an zu folgen in der Lage gewesen war. Während sich Dr. Herzog über Johannes' eingezogenen Kopf hinweg angeregt unterhielt, trank er sein zweites Glas ebenso zügig wie sein erstes und bereitete sein drittes bereits mit dem letzten Schluck, schüttete halb Wodka, halb Saft auf das Eis. Das Getränk brannte ihm im Hals, er würgte. Johannes erstickte den Protest mit einem noch kräftigeren Zug, dann beschloss er, dass eine Zigarette die Balance wiederherstellen musste. Er wollte nichts tun, als zu trinken, um sich nicht an der Unterhaltung beteiligen zu müssen, denn er hatte diesen Leuten nichts zu sagen. Es zwang ihn zwar niemand, doch er konnte auch nicht gehen. Die Verheißung guten Alkohols und die Flucht vor der stummen Dunkelheit zuhause hatten ihn in Nims Angebot getrieben, doch nun, umzingelt von schrägen Rhythmen, teurem Parfüm und Gelächter – dieses scheußliche Gelächter! – vermisste er *sie*.

»Oh, kann ich vielleicht eine schnorren?« Dr. Herzog, die bei naher Betrachtung beträchtlich älter erschien, als ihre Stimme es Johannes hatte glauben lassen, erwartete keine Antwort und zog eine Zigarette aus dem geöffneten Päckchen in seiner Hand. Als er die Flamme eines Streichholzes zum Mund führte, streckte sie den Hals danach aus, steckte den Tabak an und blies das Flämmchen mit der ersten Rauchschwade aus. Johannes entzündete ein zweites Hölzchen. Er fixierte seine Nachbarin, die seinen Blick eisern, aber immer noch strahlend erwiderte. »Entschuldigen Sie. Das wollte ich nicht!« Sie lachte auf, viel zu laut, warf den Kopf in den Nacken und klopfte ihrem Spender auf die schweißnasse Schulter. »Herr Eichinger, wie kommen Sie eigentlich dazu, unseren Roderik kennen zu dürfen?«

»Ich bin von der Stadt beauftragt, ein Haus abzureißen, das er einmal gebaut hat.«

»Von der Stadt oder von Roderik, ist doch das Gleiche! Sie sprengen also endlich dieses hässliche Stück? Wie heißt Ihre Firma? Womöglich habe ich auch bald was zum Abreißen für Sie. So viel dummes altes Zeug steht hier überall in der Landschaft herum.«

»Es ist nicht meine Firma. Ich bin nur der Sprengmeister.« Johannes leerte sein drittes Glas und bereitete sich auf eine unterschwellig herablassende Antwort oder peinlich berührtes Schweigen vor, da er seine Rang- und Namenlosigkeit offenbart hatte.

»Noch besser! Da haben Sie den ganzen Spaß und nichts von der Verantwortung. Eine durch und durch noble Berufung. Sprengmeister! Wie das schon klingt. Sie, mein Freund, sind tatsächlich ein Meister und Sie reißen alle Barrieren ein, die der Zukunft im Wege stehen. Denken Sie nur daran, was man auf dem Grundstück alles bauen könnte! Ich denke ernsthaft darüber nach, es zu kaufen, wenn Sie damit fertig sind.« Johannes' Stimmung hob sich, die Enge in der Brust verflog. Und sogar sein Magen entkrampfte sich. Ob vom Rauch oder vom Wodka, das war ihm egal. Ein viertes Glas, begleitet von der Stimme der jungen Frau, die ihm darzulegen begann, wie sie sich die Zukunft des Grundstücks, ja des gesamten Bezirks, ausmalte, dazu der Beat aus den die Bank flankierenden Boxen. Die Rhythmen hörten auf zu stottern, das Licht entkam seiner flackernden Kraftlosigkeit und beides stimmte sich gemeinsam auf das heroische Stampfen eines Viervierteltaktes ein. Oder war es dasselbe Lied? Womöglich waren es Johannes Ohren, die sich eistimmten. Nun fühlte er sich angekommen. Dr. Herzog hatte ihn in die Runde aufgenommen und sprach mit ihm als mit einem von ihnen. Sie lehnte sich an seine Schulter, flüsterte ihm etwas über einen der Gäste zu, Johannes tat so, als wüsste er, wen sie meinte, nickte und lachte über die Spitzfindigkeit. Flaschen leerten sich. Weitere erreichten den kniehohen Tisch. Gin und Rum und Whiskey und Schnaps. Dr. Herzog war für den Moment Johannes' Vertraute. Sie erzählte und erzählte und er hörte mit solchem Interesse zu, dass er ihr an Ort und Stelle geschworen hätte, niemals auch nur ein Wort des Gesagten wieder zu vergessen. Ein paar der Leute erhoben sich, verteilten sich über den Raum, von der Bank bis zur Flügeltüre, streckten die Hände zur niedrigen Decke und tanzten. Die Zurückgebliebenen breiteten sich aus, streckten ihre gestauchten Glieder. Dr. Herzog blieb an Johannes' Seite, sprach in einem fort, ihm war, als verschluckte ihre Stimme alles andere, dabei verformte sich das Gesprochene in seinem Kopf zu Größerem, zu Gewaltigem, zu Türmen und Burgen.

IV

Wenn sich am Morgen das erste Licht über den nahe gerückten Horizont in die Tiefebene ergießt, ruht der Schatten des Turmes, einen Moment lang zur vielfachen Länge seines Ursprungs ausgestreckt, exakt an der Gehsteigkante vor Johannes' Wohnblock. An dieser Kopfsteinlinie sah der Sprengmeister entlang. Er hatte die Schläfe an die Kante gelegt, seine Beine über die Parklücke, in der er sich zur Ruhe begeben hatte, ausgestreckt, die Arme vor sich im Rinnstein. Sein Zeigefinger strich immer wieder über denselben Stein- und Schattenabschnitt. Er erfühlte jede Unebenheit und war sich sicher, dass die Kanten des Schattens, nicht die des Trottoirs, rau und abgesplittert waren. Wie er hier gelandet war, konnte er nicht mehr sagen. Er erinnerte sich an den Aufgang über den roten Teppich aus der Tiefe des Clubs, dann an nichts mehr, nein, da war noch etwas. Die versperrte Eingangstür des Rachel und ein geöffnetes Fenster im vierten Stock. Seine Stimme, die um Einlass bat, und jene einer Frau. Rebecca, die ihn fortjagte? Nein, eine alte Dame. Sie hatte etwas nach Johannes geworfen, dann hatte sie die Polizei gerufen und er war vor den herannahenden Sirenen nachhause geflohen – aber nicht ganz. Nur bis hierher, bis zum jungen Ende des Schattens, der zuvor dichte Nacht gewesen war und sich, definiert in Form gegossen, langsam zurückziehen würde. Schon deckten sich Schatten und Gehsteigkante nicht mehr. Die Dunkelheit lag nun mit Johannes' Armen im Rinnstein. Als wollte er den Stand der Sonne daran von Sekunde zu Sekunde mitverfolgen, kroch Johannes dem Schatten hinterher. Wenig später lagen seine Hände an der Parkplatzmarkierung, dem noch nachtgrauen Streifen. Weiter konnte der Sprengmeister nicht mehr folgen. Das vage Abbild des Turmes begann die Fahrbahn zu überqueren. Johannes vermochte noch nicht aufzustehen und wagte es nicht, sich der Mitte der Straße, dem bereits heranrollenden Morgenverkehr auszusetzen. Wie sehr wünschte er sich, er könnte ihn greifen, ihn sich überziehen, sich damit zudecken, um darunter zu schlafen, endlich zu schlafen. Nachdem er sich zweimal in kurzem Abstand übergeben hatte, klärte sich Johannes' Blick, seine Sinne sammelten sich. Es war spät, überdies ein Wochentag. Keine Zeit zu schlafen. Keine Zeit zu duschen und zu essen. Gerade einmal blieb ihm Zeit für eine Zigarette, bevor er ein herannahendes Taxi herbeiwinkte, sich stinkend und zitternd auf den Rücksitz fallen ließ. Beschämt wandte er sein Gesicht vom Taxifahrer ab, während er mit ihm sprach, bat ihn, ein Fenster herunterzulassen, und unterdrückte den Brechreiz. Sollte er sich trotz aller Scham aus dem Fenster hinaus auf die Straße übergeben müssen? Die Nähe der Baustelle hielt ihn aufrecht, er schaffte es sogar durch das Tor, das er am vergangenen Abend nicht verschlossen hatte, schaffte es über den Platz und bis in eine der Baustellentoiletten, wo er sich über den Unrat des Vortages beugte, dabei auf die Knie sank. Der Geruch von Kot und Urin ließ ihn erneut würgen, überdeckte seine eigenen Ausdünstungen. Säure quälte sich in schmerzhaften Rinnsalen aus seinem Hals und über die Zunge, und als er glaubte, diese Qual fände gar kein Ende mehr, holte er tief Luft, hielt sie an, um das Miasma des engen Raumes zu verbannen, und stolperte rücklings zurück auf den Schotter. Er setzte sich auf, die Nässe des Bodens kühlte ihn angenehm, und eine Böe, ein Nachzügler des gestrigen Sturms, fuhr ihm erfrischend in die Kleider. Erst jetzt spürte er den scharfen Kiesel, dann vernahm er die Schritte der herannahenden Arbeiter. Sie mussten bereits am Tor sein. Er fand nicht den Mut, ihnen den Kopf zuzuwenden. Die Scham kehrte zurück, verlängerte seinen Schatten, der nun parallel zu jenem des Turmes verlief und, so sehr er sich auch vor- und zurücklehnte, nicht mit diesem verschmolz.

Im zweiten Stockwerk, dem letzten mit ehemals verglasten, vernagelten Fenstern, deren Scherben auf und unter den Fensterbänken verstreut lagen, bestieg der Sprengmeister seinen Kommandoposten auf einer geleerten Sprengstoffkiste. Er dirigierte die Ouvertüre des Vernichtungswerks, jedoch war es eine allzu sanfte, allzu zaghafte. Nach einem energischen Auftakt gaben seine Arme schon bald das Gestikulieren auf, seine

Stimmbänder erschlafften. Er schwieg und hustete sich den Staub aus der Lunge, wandte sich ringsum und versuchte, mit Blicken zu wirken. Doch keine der Bemühungen zeigte Einfluss auf die Arbeitsmoral seiner Untergebenen, und je mehr er versuchte, über seinen eigenen Zustand hinwegzutäuschen, umso öfter vermeinte er Flüstern zu vernehmen und spürte das Missbilligende ihrer Blicke. Nein, für heute hatte er seine Autorität verspielt und es würde Tage dauern, um den Männern ihre Anflüge von Respektlosigkeit wieder auszutreiben – wenn er seine Kraft wiedergefunden hätte und dieser Tag im Strom der Folgenden langsam verblasst wäre.

Obwohl der Wind durch die hohlen Fenster pfiff, glaubte Johannes bald keine Luft mehr zu bekommen. Er trat ans Fenster, legte die Hände auf die Scherben, ohne sich darum zu kümmern, ob er sich daran verletzte. Draußen vor dem Hotel schlurfte der Rezeptionist auf und ab. An der Brust vor dem gesenkten Kopf hielt er die Zeitung, zwischen den Fingern eine dampfende Tasse eingeklemmt. Johannes versuchte ihren Duft durch die Nase einzuziehen, doch er nahm nur den beißenden Gestank seines Atems wahr und fühlte umso mehr seine schweißnassen Achseln, das durch und durch getränkte Hemd. Unter allergrößter Anstrengung bellte er einen letzten Befehl um vieles lauter als zuvor in den Raum, der die beinahe wortlos Werkenden zusammenzucken ließ, und hastete, eine Hand am Geländer, die steilen Treppen hinab, brach förmlich zur Tür hinaus und lief, soweit er laufen konnte, über das Gelände, über die Zufahrt, über die Straße auf den Parkplatz des Hotels, wo der Rezeptionist ihn bemerkte und unsicher eine Hand zum Gruß erhob.

»Guten Tag. Ich habe immer noch geschlossen. Seit gestern hat sich an meiner finanziellen Situation nichts verändert«, rief er ihm entgegen. Eigentlich sprach er gelassen, doch jeder Laut hallte hinter Johannes' Augen vielfach verstärkt wieder. »Das dachte ich auch nicht.« Der Sprengmeister hob abwehrend die Hand gegen den abweisenden Blick.

»Erlauben Sie mir vielleicht doch eine Bitte?«

»Ich kann Sie ja nicht abhalten.«

»Ist das Wasser in Ihren Zimmern noch aufgedreht?«

»Ja, aber das war keine Bitte.«

»Ich habe eine etwas, nun ja, – ausschweifende Nacht hinter mir und könnte eine Dusche und eine Zahnbürste vertragen. Ich wäre Ihnen sehr verbunden.« Der Rezeptionist musterte den schmutzigen Mann vor seinem Hotel, streckte ihm den Kopf entgegen und schnüffelte in seine Richtung. »Man kann Ihre Ausdünstung tatsächlich bis hierher riechen. Das ist ja furchtbar!« Er lachte, um seine Unhöflichkeit zu übertünchen. »Sie haben recht. Sie sehen erbärmlich aus. Na gut. Gehen Sie rein und nehmen Sie sich irgendeinen Schlüssel vom Brett. Die Zimmer sind auch noch ausgestattet. Sie sollten eine Zahnbürste und Duschgel im Alibert über dem Waschbecken finden. Ich vertraue Ihnen, dass sie es nicht nötig haben, mich zu bestehlen.« Johannes antwortete nicht, nickte dankend und passierte den Rauchenden.

In der Duschkabine von Zimmer zwölf schloss der Sprengmeister die Augen. Er ließ das viel zu heiße Wasser über sein Gesicht in seinen Mund laufen, gurgelte damit und spuckte aus. Der üble Geschmack von Erbrochenem stürzte mit dem Schwall auf die Keramik. Johannes fühlte, wie sich seine Muskeln entspannten, fühlte, wie seine Haut, von Schmutz und Schweiß befreit, wieder atmete, doch ihn begann zu schwindeln, also stütze er sich mit beiden Armen an der Duschwand ab. Er setzte sich in den Schneidersitz und verharrte vornübergebeugt einige Minuten in der dampfenden Hitze. Dann öffnete er die Kabine, kippte das angelaufene Badfenster und griff sich eine in Plastik eingeschweißte Zahnbürste, um auch noch den letzten Rest der vergangenen Nacht aus sich zu verbannen. Er hüllte sich in einen Bademantel, den er in einer Schublade im Schrank entdeckt hatte, und ließ sich auf dem Bett nieder, aus dessen Polstern kleine Staubwolken aufstiegen. Es kümmerte ihn nicht. Die Matratze war weich, die Daunen federten, als er sich zurücklegte.

An der Decke rankten sich die Rosen der Tapete um einen Wasserfleck, rahmten ihn ein wie ein Gemälde. Es musste ein Kunstwerk sein, so wie sich alles wellte, unharmonisch aufgerissen und verfärbt. Womöglich eine topografische Karte. Ein unbekanntes Land, abgebildet an einem Ort, den niemand je mehr hätte betreten sollen. Da begannen sich die Rosen zu winden und schoben sich fort vom Fleck, der wuchs und wuchs, dessen Berge und Täler auseinanderstrebten. Johannes war es, als ob er in die Landschaft hinabstürzte. Er erkannte Bäume, ein Dorf und eine Straße, die ein stetiger Menschenstrom entlangmarschierte. Wandernde, die Säcke auf ihren Rücken trugen und Wägen hinter sich herzogen. Bei seinem Aufprall schrak er hoch und starrte in ein Gesicht, das sich ebenso entsetzt verzog.

»Meine Güte, haben Sie mich erschreckt!«

Der Rezeptionist war bis an die gegenüberliegende Wand zurückgewichen. »Wollen Sie einen Kaffee?«

Der Sprengmeister lehnte ab. Er hatte die Arbeiten bereits zu lange unbeaufsichtigt gelassen.

Es sei doch sehr langweilig hier den ganzen Tag über. Als das Motel noch geöffnet war und er hin und wieder die Wünsche und Beschwerden der Gäste betreuen, ihr Ankommen und

Abreisen beaufsichtigen musste, sei ihm nie aufgefallen, wie wenig Freude er an Zeitvertreiben wie Büchern und Fernsehen hatte. Wenn er abends endlich in sein Zimmer zurückgekehrt war und sich in seinen Stuhl hatte fallen lassen, dann sei ihm das monotone Stimmengewirr aus dem Bildschirm wie eine Erlösung erschienen. Nun wisse er aber, dass es bloß die Erschöpfung war, die Erleichterung darüber, sich einige Stunden lang nicht um Wünsche und Beschwerden ankommender oder abfahrender Gäste sorgen zu müssen.

Johannes wäre gerne geblieben. Hätte ihn der als Hotelbesitzer offenbarte Rezeptionist nicht geweckt, hätte er vermutlich den Rest des Tages in dem wohlig düsteren Zimmer verschlafen. Er würde vielleicht morgen Mittag noch einmal vorbeikommen, einen Kaffee trinken, sich unterhalten. Der Rezeptionist winkte ab, bekräftigte jedoch noch einmal seine Einsamkeit, die er Langeweile nannte.

Während Johannes im Traum den Rosen gefolgt war, hatten die Arbeiter, Erfüllungsgehilfen der Sprengung, einen ebenso unbekannten, jedoch realen Ort entdeckt. Genauso wenig wie die leblosen Pflanzen und das Tapetengebirge hätte dieser Ort jemals wieder besucht werden sollen. Einst hatte er wohl, wie auch der Turm selbst und der Stahlbeton, der ihn verbarg, einem Zweck oder auch mehreren dienen sollen. Doch seine Entdecker, die verärgerten, verlassenen Arbeiter, wussten nur, dass er eigentlich nicht existieren sollte, denn die Baupläne leugneten ihn, und was dem Plan widersprach, widersprach der Wahrheit.

Nachdem Johannes verschwunden war, hatten sie erst gescherzt, dann geschimpft und dann, obwohl sie immer noch über ihn sprachen, hatten sie ihm verziehen. Sie neideten ihm den vergangenen Abend. In ihren größten Neid, das brennende Verlangen nach kühlen Getränken, obwohl es auch im Innenraum eisig und die Luft feucht war, brach ein Hohlraum, in den ein Bohrkopf stieß, wo er solides Mauerwerk erwartet hatte.

Kaum zwei Meter breit, einen Meter tief, eins sechzig hoch, lag eine lichtlose Kammer. Ihre Kanten, die Winkel und der hölzerne Hocker in der Mitte strahlten beinahe in ihrer geometrischen Perfektion, und als endlich die Strahlen der Baustellenlichter darauf fielen, wurden sie von den stumpfen Oberflächen reflektiert. Unscharfe Flecken wanderten über den Beton und über das grob gehobelte Holz. Die vier Füße des Hockers standen in exakt gleichem Abstand zu den Ecken der Kammer sowie zu ihrer Mitte und ein präziser Bruchteil davon war ihre Entfernung zueinander. Es war nicht die geheime Kammer an sich, es war die Möglichkeit einer Kammer, welche die weitere Arbeit zum Erliegen brachte. Wenn hinter einer solide geglaubten Wand unerwartet ein Hocker existieren konnte, so war den Plänen, allen Blaupausen, nicht mehr zu trauen. Sie waren betrogen worden, und als Johannes erfrischt und endlich nüchtern aus dem Treppenhaus in den zweiten Stock trat, wurde er von einem Spalier erwartungsvoller Männer in Empfang genommen. Sie wollten erfahren, was nun zu tun sei, es war ihr gutes Recht, doch Johannes wusste nichts zu sagen, denn diese Entdeckung bedeutete, dass er, genau wie der Bauplan, bei einer Lüge ertappt worden war.

Als sie vor einigen Wochen den Auftrag bekommen hatten, als der Anruf, dann das Mail, dann noch einmal die Bestätigung eins nach dem anderen eingelangt waren, hatte Herbert alle Räder der Firma angehalten, alle Baustellen und Projekte für einen

Tag still gelegt, um die Arbeitskräfte neu zu verteilen. Es war der Tag der Trauerrede, der Tag seines Umzugs gewesen und trotzdem erlaubte er weder sich noch Johannes einen Augenblick des Luftholens. Das alternde Uhrwerk wollte aufgezogen werden, die Zeiger neu eingestellt, denn weder konnte man neue Kräfte einstellen, noch durften all die anderen Unternehmungen aufgegeben werden, also türmten sich auf Johannes' Tisch die Baupläne. Herbert legte ihm ein Budget vor, das ihm zur Verfügung stehe, und setzte die Deadline, er wolle das Bauwerk eine Woche früher, als es die Stadt erwartete, in Trümmern sehen. »Johannes, wir müssen diese Leute beeindrucken, wir müssen sie überrumpeln mit unserer Effizienz«, hatte er gesagt. »Wenn ich den Schaden, den der alte Herr angerichtet hat, wiedergutmachen soll. Sonst sperren wir in einem Jahr zu und deine Pension kann ich dann genauso wenig garantieren wie meine.« Wie immer, genau wie Herbert es von ihm erwartete, nickte Johannes bloß und versicherte, dass alles so geschehen werde, wie es vonnöten sei. Diese Leute, von denen Herbert in solcher Ehrfurcht – oder bloß Furcht – sprach, deren Namen und Gesichter er nicht kannte, interessierten Johannes wenig. Die Stadt hatte mit dem, was er tat, nichts zu tun. Ihre monströse Präsenz hinter den Verträgen versetzte ausschließlich Herbert in Angst und Schrecken. Sie hatten die Pläne, die Blaupausen, das Material und die Arbeitskraft. Auf dem Papier, und das Papier hatte Johannes selten belogen, war es eine zu bewältigende Aufgabe, und war sie es nicht, so musste das Haus doch irgendwann fallen. Er war sich sicher, die Stadtregierung war nicht derart unnachgiebig, wie Herbert es sich ausmalte. Ein paar Tage, eine Woche, das würde auch dieses Mal keinen Unterschied machen – weder für die Bezahlung noch für den Ruf der Firma. »Noch heute, Johannes, musst du deinen Rundgang machen. Noch heute!

Und geh sicher, dass alles stimmt. Wir können denen nicht einen Tag, bevor wir anfangen, einen neuen Zeitplan schicken. Nimm ein paar Leute mit, wenn du sie brauchst, und überprüft alles.« Also verließ Johannes das Büro noch zur selben Stunde, setzte sich in seinen Wagen und umfuhr den Stadtkern, verfing sich im Verkehr und erreichte das Gelände, als es bereits dunkel zu werden begann. Arbeiter hatte er keine mobilisiert. Das hatte er noch nie getan. Der Sprengmeister bevorzugte es, die ersten Besichtigungen neuer Abrissobjekte alleine durchzuführen, genoss es, die verwaisten, zerfallenden Gemäuer zu durchstreifen, Baurisse mit ihren Realitäten abzugleichen. Dafür nahm er sich für gewöhnlich einen ganzen Tag Zeit. So viel Zeit war nicht notwendig, doch er nahm sie sich, hielt dann am Morgen auf dem Weg, um einen Kaffee zu trinken, um zu frühstücken, erreichte die Baustellen nicht vor zehn und machte mittags nach dem Essen Spaziergänge. Niemals fühlte er sich so erholt wie an solchen Tagen. Diese Besichtigungen waren seine größte Freiheit. So hatte er es gehalten. Das war lange her.

Vor Jahren, er erinnerte sich, es hatte stark geregnet, musste eine aufgegebene Lagerhalle am anderen Ende der Stadt begutachtet werden. Wenige Schritte hinaus in die Regenflut, mehr brachte Johannes nicht zustande, dann kehrte er wieder um. An der Türschwelle besann er sich. Seine Frau und die Kinder schliefen noch. Er dachte mit Schrecken daran, ihnen zu erklären, warum er nicht zur Arbeit ging, er hätte lügen müssen, hätte schon wieder lügen müssen. Eine jener Lügen, die er stets ersann, wenn ihm die Wahrheit zu anstrengend erschien. Einige Minuten lang stand er regungslos unter dem Vordach und starrte durch die Regenschnüre über den Parkplatz zur Ausfahrt. Sein Wagen stand direkt zur Linken der Aussparung in den Thujen. Der Schauer flaute nicht ab, und bis er sich ein Herz gefasst hatte, den Kragen hochschlug und zum Sprint ansetzte, waren die Schleier noch dichter geworden. Johannes war klitschnass, als er beim Auto ankam, sich fluchend auf den Fahrersitz hievte und den Motor, vor allem aber die Heizung in Gang setzte. Widerwillig fuhr er los, bog am Ende der Straße in die breite Hauptstraße ein, hielt mitten auf der Kreuzung. Hinter ihm hupte niemand. Rechts und links blickte er die Piste entlang und sah nur ein Paar weit entfernte Scheinwerferlichter. Um diese Uhrzeit, die Stunde, zu der er täglich der Wohnung entfloh, nicht bloß um fortzukommen, sondern auch der gewöhnlich langen Anfahrtswege wegen, noch dazu bei solchem Wetter, füllten sich die Verkehrsadern der Stadt erst später. Der Sprengmeister manövrierte den Geländewagen in eine Parklücke gleich nach der Kreuzung, und begann nach Lokalen zu googeln, die um diese Stunde bereits geöffnet hatten und wo er Zuflucht finden konnte, bis seine Frau und die Kinder die Wohnung für den Tag verlassen hätten. Die Lagerhalle würde er auch sprengen können, ohne sie zuvor gesehen zu haben. Was verriet ihm ein Blick, ein Rundgang, das sporadische Klopfen gegen Wände, was ihm das Papier nicht längst verraten hatte? Noch nie hatte er bei einer seiner einsamen Besichtigungen Abweichungen entdeckt, zumindest nicht solche, die für den Abriss von Bedeutung gewesen wären. Rachel. Alles in der Gegend hatte noch geschlossen, außer einem Ort mit Namen »Rachel«. Ein Bordell im ganztägigen Betrieb. Bestimmt war ein solches Etablissement morgens bis auf einige Nachzügler der Nacht verwaist. Und zu trinken würde es dort geben. Ein Lokal, und wenn es ein Puff war, musste bei solchen Öffnungszeiten über eine Kaffeemaschine verfügen. Was war schon dabei? Er wollte doch nur warten, bis er zuhause alleine sein konnte. Also das Rachel.

Hinter der schwarzen Tür eröffnete sich ein kurzer Schlund, der Johannes trotz des roten Samtteppichs undurchsichtig dunkel erschien. Drei Stufen wand sich die Treppe nach links, dann versperrte ihm erneut eine Tür den Weg, dieses Mal war sie aus halb transparentem Glas. Trotzdem konnte er nichts von dem Geschehen dahinter erkennen. Milchglas erlaubt stets nur Schemen und der Sprengmeister konnte die Menschen nicht von den Einrichtungsgegenständen unterscheiden. Der Raum war zu einem tanzenden Ölgemälde verschwommen. Nun zögerte er doch. Was, wenn dort drinnen jemand saß, den er kannte, ein Freund, ein Kollege? Was, wenn hier eine Freundin seiner Frau oder, noch schlimmer, seine Tochter einen Frühdienst verrichtete? Johannes gehörte nicht zu den Menschen, die eine solche Profession verurteilten. Arbeit war Arbeit, und wenn er sich selbst und sein Wissen zur Statik verlassener Bauten prostituierte, warum sollte jemand anders nicht Gewinn aus einem schönen Körper schlagen? Er urteilte nicht, und auch über ihn würde niemand urteilen, der sich um sechs Uhr morgens in einem Bordell aufhielt. Die Schweigeregeln der Welt galten und sie galten vor allem an Orten wie diesem. Also stieß er die milchige Schwingtür auf, trat ein, nahm einen tiefen Atemzug der rauchigen Luft, fühlte, wie seine Lungen ihm für die Befriedigung der beinahe vergessenen Sucht dankten, und steuerte seine unsicheren Schritte auf den der Tür nächsten Barhocker zu, bevor ihm der Gedanke kam, lieber nicht die erste Person sein zu wollen, die ein nach ihm eintretender Gast zu Gesicht bekam. Dabei überhörte er fast den Gruß aus dem Hinterzimmer der Bar und die Versicherung, gleich bedient zu werden. Eine dünne, zugleich zarte und raue Stimme, die sich in die Musik einfügte. Im Eck saß eine Blondine, deren Augenbrauen man ansah, dass sie eigentlich brünett sein wollten. Sie ist nackt, dachte der Sprengmeister irritiert, bevor er sich ihres hautfarbenen Büstenhalters gewahr wurde. Sogleich zweifelte er an der Qualität seiner Idee, hierherzukommen. Er hatte bloß einen Kaffee trinken wollen und gaffte bereits Augenblicke später einer jungen Frau hinterher, die aufgestanden war und den Gastraum durch einen schweren schwarzen Vorhang verließ. Ihre Haut war rot vom Licht.

»Nun, was kann ich dir bringen?« Gebannt nahm er ihr sanftes Timbre wahr. »Gefällt dir, was du siehst? Es tut mir leid, aber ich schenke nur Getränke aus.«

Johannes fiel aus seiner Starre, er hätte schwören können, nicht einen Gesichtsmuskel gerührt zu haben. »Nein, nein, es war nur Ihre Stimme …«, und weil er nicht erklären konnte, was ihm daran gefiel, fügte er hinzu: »Sie kam mir bekannt vor.«

Die Barkeeperin kicherte. »Keine Sorge, mein Lieber, ich kenn dich nicht. Hier drinnen kennt man schon aus Prinzip niemanden. Man ist ein anderer Mensch. Also was darf es sein für den Anfang?«

Johannes nahm ein wenig Haltung an. »Es ist nicht notwendig, mich nicht zu kennen. Ich bin nicht hier, um mich zu vergnügen. Ich hätte nur gerne einen Kaffee. Sonst hat alles noch geschlossen.«

Die Barkeeperin zwinkerte ihm zu, »Verstanden, kein Spaß erlaubt«, und wandte sich zur Kaffeemaschine um. »Ich kann leider keinen Cappuccino oder Latte Macchiato anbieten. Kaffee mit Milch oder ohne, wie es dir lieber ist, muss reichen. Ich schalte das Ding meistens nur für mich oder die Mädchen ein. Die Gäste bevorzugen Alkohol.« Sie sprach mit dem Rücken zu Johannes weiter, was ihre Stimme schwerer verständlich und gleichzeitig im Rhythmus der Musik noch interessanter machte. »Die meisten müssen sich merkwürdigerweise zu ihrem bereits vorhandenen Pegel noch Mut antrinken, bevor sie sich mit unseren Mitarbeiterinnen beschäftigen. Obwohl sich das bekanntlich eher kontraproduktiv auswirkt.« Sie zwinkerte erneut, diesmal mit dem anderen Auge. »Du würdest nicht glauben, wie viel Sekt ich täglich ausschenke. Bei den Preisen erstaunt es mich immer wieder, wie leicht manche Männer sich überreden lassen.« Es war hypnotisch, wie sie sprach, wie die Worte unablässig zwischen ihren Lippen hervorsprudelten. »Hier bitte, ein Rachel-Spezial-Kaffee! Schwarz und bitter. So trinke ich ihn am liebsten.«

Endlich ein Moment der Stille, doch sie schmerzte Johannes mehr, als dass sie ihn erleichtert hätte. Jemand rief aus einem Separee nach Bier. Die Barkeeperin, Rebecca, wie ihr Trinkgeldglas sie auswies, folgte dem Ruf und Johannes versenkte seinen Blick in dem Strudel, den er mit dem Löffel in seiner Tasse erzeugt hatte. Sechs Uhr dreißig. Er würde noch eine Weile weitertrinken müssen, bis er endlich heimgehen konnte, sich in seinen Lehnstuhl fallen lassen und die Ruhe einer menschenleeren Wohnung genießen, ein Buch aufschlagen, seinen eigenen Kaffee trinken und irgendwann ein Nickerchen machen durfte. Damals liebte Johannes sein Heim noch. Warum es jetzt nicht mehr so war, wusste er nicht, er gestand es sich nicht einmal ein, dass es nicht bloß die Schlaflosigkeit war, die ihn zum stetig Fliehenden machte.

Um sicherzugehen, nicht ertappt zu werden, würde er bis neun Uhr ausharren. Bis neun und nicht länger, denn obwohl er keinerlei Schuld auf sich lud, indem er ein Bordell betrat, nur um Kaffee zu trinken, fürchtete er doch, entdeckt und unschuldig verurteilt zu werden. Rebecca war aus dem Separee zurückgekehrt mit einem Tablett leerer Gläser und hatte die Unterhaltung dort wiederaufgenommen, wo sie abgerissen war. Dann begann sie Johannes Fragen zu stellen. Es war auf einmal ein ausgewogenes Gespräch, das ihn die Zeit vergessen ließ, bis der frühe Nachmittag gekommen und Johannes endlich, da seine Hände bereits zitterten, er vom Übermaß an Koffein unruhig, aber müde geworden war, aufstand, bezahlte, sich für die Gastfreundschaft bedankte, den drei leicht bekleideten Mädchen winkte, welche glücklicherweise nicht an ihn herangetreten waren, und ins Sonnenlicht trat. Nicht eine Wolke am Himmel. Er kaufte sich eine Straße weiter eine Schachtel Zigaretten, beendete damit eine zehnmonatige Abstinenz und besichtigte von da an nie wieder ein Abrissobjekt.

Johannes war bemüht, Haltung zu bewahren, während er die Arbeiter anwies, einfach weiterzumachen, an einer anderen Stelle des Stockwerks ihre Löcher zu bohren und an den Hohlraum mit dem Hocker keine Gedanken zu verschwenden, bis er sich selbst ein Bild von der Entdeckung gemacht hatte. Der Fund, der Stolperstein, den er selbst den Arbeiten in den Weg gelegt hatte, musste verheimlicht werden. Die Männer zögerten, bevor sie sich schließlich zerstreuten. Zwar waren sie keine Sprengmeister, trotzdem wussten sie genug, um sich Sorgen zu machen. Was, wenn sie in einigen Tagen den Auslöser betätigten und der Turm zu kippen begann? Und warum wollte Johannes um jeden Preis Stillschweigen bewahren? Er versicherte ihnen, er werde sich darum kümmern und sei bereit, die Verantwortung für alles Weitere zu übernehmen. Sie glaubten ihm für den Moment. Sie sahen über den Schweiß auf seiner Stirn hinweg, entschieden sich, ihm zu vertrauen.

Johannes warf einen flüchtigen Blick auf den Hocker und die Kammer, bevor er, mehrere Stufen überspringend, ins nächste

Geschoss hastete, um Wände abzuklopfen. Eine Stunde später kehrte er zu den Bohrenden zurück und gab Entwarnung, was den vierten Stock betraf. Die Mauern seien solide, und da sie eben das letzte ihrer Bohrlöcher gestochen hatten, packten sie ihre Geräte zusammen, schlossen die Sprengstoffkisten und setzten ihr Werk fort. Erst jetzt zwängte sich Johannes durch die Öffnung. Er durchsuchte seine Taschen nach dem lange verlorenen Telefon, erinnerte sich und tastete schließlich nach dem Hocker, setzte sich. Seine Arme konnte er nach allen Seiten lediglich halb durchstrecken. Die Decke des Raumes hing hoch genug, um aufrecht zu sitzen, nur seine Haare fingen sich am unverputzten Mauerwerk. Durch die vernagelten Fenster fiel kaum Licht und noch weniger drang bis zu ihm in das Loch. Auch die Bohrgeräusche über ihm verstummten. Sie klangen wie das ferne Summen einer leicht befahrenen Straße. Er hatte vergessen, was Stille war. Die Stadt, wie jede Stadt, verschlang diese zuerst. Der Sprengmeister beruhigte sich langsam. Die rotierende Welt kam zum Stehen wie sein eigener Körper. Die Ruhe erlaubte es Johannes, zum ersten Mal an diesem Tag einen Gedanken zu fassen, der über ihn und die nächsten Minuten hinausging. Einen Gedanken, der nicht nur aus Angst und Scham bestand, obwohl es sich beständig darum drehte. Wie würde er dies alles vor Herbert verbergen? Und die Antwort, so unbequem sie ihm erschien, folgte der gerade erst gedachten Frage auf dem Fuß. Er musste dieses Haus, den ganzen Turm, jedes der 23 Geschosse, überprüfen, musste mit Messgeräten, Werkzeug, dem Bauplan und seinen Berechnungen Meter für Meter abklopfen. Gegebenenfalls mussten die Sprengladungen für die verbleibenden Stockwerke neu aufgeteilt werden. Das Wochenende stand vor der Tür. Am Montag war Feiertag. Es blieben ihm also etwas mehr als 72 Stunden, um seine Nachlässigkeit zu verschleiern. Johannes beglückwünschte sich für seinen Scharfsinn und den rasch gefassten Plan und beschloss, noch eine Weile sitzen zu bleiben, sich eine Zigarette anzuzünden. Der Rauch umhüllte ihn, kroch über seine Haut und wirbelte zwischen den vier Beinen des Hockers. Er hörte nichts als das Knistern des verbrennenden Tabaks, sah nichts als das Grau seines Atems. Alles war gut, nichts schien unlösbar.

V

Am Anfang seines Abenteuers, seines glorreichen Auszugs aus den verhassten vier Wänden, und war es nur für drei Tage, stand lustloses Packen. Johannes warf wahllos Kleidungsstücke in eine Sporttasche. Ein Paar Schuhe und eine Daunenjacke, für den Fall, dass es schneien sollte, stopfte er in einen Nylonsack, der für gewöhnlich der Aufbewahrung von Schmutzwäsche diente. Beides, den Sack und die Tasche vergaß er im Vorzimmer, als er die Wohnung verließ, und beschloss, ihres Fehlens auf halbem Weg gewahr geworden, nicht umzukehren. Nein, keinen Schritt mehr zurück. Wenn es galt, sich vor Bloßstellung zu bewahren, war Johannes stets konsequent. Der Startschuss zu seiner Mission war gefallen. Nach vorne und kein Gedanke mehr daran, Zurückgelassenes zu bergen.

Er hatte den Weg bis zur Kreuzung vor dem Rachel zu Fuß zurücklegen und von dort mit dem Taxi weiterfahren wollen. Ohne Gepäck sah er aber keinen Grund, nicht den milden Morgen zu genießen, die Hauptstraße entlang zu schlendern und seinen weiteren Schlachtplan zu schmieden. Eigentlich war alles klar. Sein Container war nicht beheizt. Dort hätte er nicht einmal mit warmer Kleidung und einem Schlafsack die kommenden Nächte verbringen können. Genauso wenig im Turm selbst oder in der Tiefgarage. Das geschlossene Hotel! Der Rezeptionist musste ihm Unterschlupf gewähren. Johannes war zuversichtlich, den Mann überzeugen zu können. So groß war dessen Einsamkeit gewesen, zu groß, um sie zu verbergen. Hatte er ihn nicht eingeladen, vorbeizukommen? Hatte er ihn nicht angefleht, sich mit ihm zu unterhalten? Das Bett im Rosenzimmer war so weich, so warm gewesen. Die Welt auf der Tapete hatte er bereits erforscht.

Vor dem Rachel hielt Johannes an. Er wollte Rebecca von seinem Plan erzählen, auch wenn er fürchtete, sie würde über ihn lachen. Obwohl – sie hatte auch nicht verstanden, was er ihr bei seinem letzten Besuch hatte sagen wollen, hatte ihm, statt wahrhaft zuzuhören, geraten, er solle schlafen. Schlafen! Nichts lag Johannes ferner, als zu schlafen. Auch in der vergangenen Nacht hatte er nicht geschlafen. Natürlich war er sich der Notwendigkeit von Ruhe bewusst, doch hatten ihm Gedanken an die verborgene Kammer und die Möglichkeit weiterer hinter Gipsplatten auf ihn wartender Geheimnisse, die Furcht davor, den Arbeitern nicht vertrauen zu können, und das Grauen, die alleinige Schuld für eine Verzögerung der Sprengung zu tragen, auch die Handvoll Stunden gestohlen, die er sich nächtlich in den Tiefschlaf zwang. Vor der Tür wandte er sich ab und ließ das Bordell unbesucht. Was suchte er auch in einem Gespräch an der Bar unter den neugierigen Augen von Freiern und Prostituierten?

Als Johannes den Parkplatz vor dem Hotel erreichte, saß der Rezeptionist auf einem Klappstuhl auf der Veranda vor dem Eingang, rauchend, Kaffee trinkend, er winkte ihm zu, als ob er den Sprengmeister bereits erwartet hätte. Es war gerade sieben Uhr, der Himmel dunkelblau, noch kein Tageslicht. Vier nackte Glühbirnen, die unter dem Vordach baumelten, warfen diffusen Schein auf den Stuhl und den Getränkeautomaten auf der anderen Seite der Tür. »Sie folgen meiner Einladung? Das freut mich.« Er sprang auf und verschwand im Inneren des Hauses. Noch bevor Johannes die drei Stufen erreicht hatte, erschien der Rezeptionist bereits wieder und überreichte ihm eine Tasse dampfenden Kaffee. »Ich mache immer eine ganze Kanne. Mehr als eine, um ehrlich zu sein. Der Tag wird lang, wenn man sich langweilt.« Das Getränk wärmte Johannes Finger, schmeckte aber bitter. »Haben Sie Hunger? Ich kann Ihnen ein Frühstück anbieten. Nichts Besonderes, aber die Gäste haben sich nie beschwert.« »Nein, danke. Kaffee genügt mir.« Johannes wog ab, erst noch einige Minuten um sein Ansuchen herumzureden. Ein Blick auf die Uhr, auf die Zeiger, die stets vier Minuten hinter den Digitalanzeigen der Welt zurücklagen, drängte ihn, endlich an die Arbeit zu gehen. 72 Stunden genau waren es jetzt, bis am Dienstagmorgen seine Lüge vergessen oder offenbart sein würde. »Ich muss die nächsten drei Tage drüben arbeiten«, sagte Johannes. »Es sind Kontrollen durchzuführen und kann es mir zeitlich nicht leisten, jeden Tag heimzufahren. Ich habe daher eine zugegeben dreiste Bitte an Sie.« Der Rezeptionist legte demonstrativ den Kopf schief. »Wären Sie bereit, mir bis Dienstag in Ihrem Hotel Unterschlupf zu gewähren? Ich bezahle Sie natürlich dafür. So viel Sie für angebracht halten.« Er ließ ihm keine Gelegenheit, den Vorschlag abzuschmettern. »Nummer zwölf würde mir sehr gut passen, wo ich mich gestern frisch machen durfte.« Zu Johannes' Überraschung bedurfte es keiner weiteren Worte. Der Rezeptionist nickte nur, während er einen tiefen Lungenzug machte und die Zigarette dann achtlos auf den Parkplatz schmiss. »Warum nicht? Wenn es hilft, das hässliche Ding schneller loszuwerden … Nehmen Sie sich den Schlüssel einfach! Bezahlen können Sie mich, wenn Sie gehen, aber bitte in bar, weil ich das Kartenlesegerät schon abgemeldet habe.« Sie tranken wortlos ihre Tassen leer und Johannes verabschiedete sich. Er würde abends nicht zu spät wiederkommen. Ob er dann etwas essen wolle, fragte ihn der Rezeptionist. »Ja, vielleicht.« »Gut, dann bis später.« »Ja, bis später.«

Zwölf Stunden und zehn Stockwerke später kehrte Johannes zurück. Es war dunkel und sein Rücken schmerzte. Nachdem er noch einmal die Kammer ergebnislos Winkel für Winkel untersucht und mit einem Baustellenlicht ausgeleuchtet hatte, den Hocker angehoben, ihn hin und her gedreht hatte, hatte Johannes sich Etage für Etage vorangekämpft. Jedes Mal, wenn eine Wand bloß eine Wand war, wenn er nichts weiter gefunden hatte, zweifelte er daran, gewissenhaft genug gewesen zu sein. Einige Male wiederholte er sein Klopfen und Horchen an bereits erledigten Stellen, kam durcheinander, vergaß, wo er begonnen hatte und wo er enden wollte, fing noch einmal von vorne an. Je höher er hinaufstieg, umso verwinkelter, zahlreicher und dunkler wurden die Räume. Die Fenster schienen zu schrumpfen, schienen weniger und weniger Sonnenlicht einzulassen, obwohl die Scheiben hier weder aus Buntglas noch vernagelt waren. Trotzdem der Sprengmeister jedes dieser Zimmer bloß auf dem Papier nach dessen Schwachpunkten und tragenden Elementen untersucht hatte, wusste er, welche Bausteine entfernt werden mussten, um das Ganze zum Einsturz zu bringen. Das Fehlen rechter Winkel und die labyrinthischen Korridore faszinierten, die scheinbar zufällige

Anordnung von Durchgängen, die Durchreichen, die einmal viel zu breiten, einmal viel zu schmalen, bis zur Decke reichenden und dann wieder so gedrängt niedrigen Türrahmen, dass man glaubte sich bücken zu müssen, verunsicherten ihn. Von der Offenheit, der Lichtflut der unteren Stockwerke, war nichts mehr geblieben. Nur der allgegenwärtig gleiche Zugang zum Treppenhaus bot Johannes einen Rückzugspunkt, um gegen den Schwindel, den dieser Ort in ihm erzeugte, etwas auszurichten, einen erholsamen Blick über Geraden und befriedigende Proportionen wandern zu lassen. Warum sollte man so etwas bauen, warum solche Mauern errichten? Und warum hatte Nim diese Bauweise zugelassen? Welchem Zweck konnte man ein solches Chaos widmen? Johannes zweifelte daran, dass der Bauherr davon gewusst hatte. Oder war das der Grund gewesen, den Turmbau zum Stillstand zu bringen? War es der Wahnsinn des Architekten gewesen, der das Budget endlich an seine Grenzen gebracht hatte? Es hätte den Sprengmeister nicht überrascht. Er traute demjenigen, der Hocker hinter Gipswänden verbarg, zu, auch den reichsten Mann von seinem Größenwahn abzubringen. Im vierzehnten Stockwerk schließlich gab es überhaupt kaum noch erkennbare Räume. Im kahlen Weiß des Rohbaus erhoben sich rundum wenige Mauerstrecken als Verlängerung darunterliegender, für die statische Integrität des Bauwerks unverzichtbarer Stützen, die das Gewicht der darauf getürmten Etagen stemmten, Quader und Zylinder unterschiedlicher Größe, wie in einem Stück aus dem Fußboden gewachsen. Sie waren nicht in den Bauplänen verzeichnet und folgten keiner Abstandsordnung, erfüllten keinen ersichtlichen Zweck. Sie ragten und sonst nichts. Als Johannes die Figuren abtastete, mit dem Stiefel dagegentrat, prallte sein Schuh stumpf und geräuschlos zurück. Immer weniger glaubte er, einen Büroturm abzureißen. Konnte einer, der so etwas zu errichten befahl, überhaupt bei Sinnen sein? Unter derlei Gedanken stieß Johannes die Tür zum Foyer des Hotels auf. Hinter seinen Schläfen pochte das Blut, das ihm in den kribbelnd beinahe eingeschlafenen Beinen fehlte. Er hatte sich zu oft zu tief gebückt. Das musste der Grund sein. Bilder geometrischer Formen zogen vor Johannes' Augen vorbei. Obwohl er versuchte, einen klaren Gedanken zu Sinn und Zweck oder nur ästhetischem Wert des Labyrinths und der Skulpturen zu fassen, verschwamm alles und blieb unfassbar. Ein Glas Wein! Anstatt den Schlüssel mit der goldgerahmten Nummer zwölf vom Haken zu nehmen, trat Johannes um die Rezeptionstheke herum und klopfte dreimal energisch gegen die Tür. Durch den Türspalt flackerte das Licht einer Kerzenflamme oder eines Fernsehgerätes.

Möbelschatten tanzten im Kerzenlicht in geisterhaften Figuren über die Wände. Auf dem Tisch stapelten sich abgegriffene Bücher und in einem Lehnstuhl gegenüber einer nahezu leeren Wohnwand saß der Rezeptionist, trank aus einem Whiskey-Glas und starrte in das Flämmchen eines der auf dem Couchtisch angeordneten Teelichter. Johannes begrüßte den Mann, dessen Augen glasig das Licht widerspiegelten. Er schreckte nicht hoch, stand auch nicht auf, sondern wies mit dem rechten Arm auf einen zweiten Lehnstuhl zur anderen Seite des Tisches. Johannes setzte sich. »Ich wollte nur fragen, ob Sie womöglich etwas zu trinken für mich hätten? Ich würde mich sehr über ein Glas Wein freuen.«

»Ich kann es Ihnen zum Abendessen servieren«, antwortete sein Gastgeber, ohne von der Flamme aufzusehen. »Möchten Sie im Speisesaal oder in Ihrem Zimmer essen?« Der

Sprengmeister zögerte. »Sie können natürlich auch hier essen. Ich freue mich über Gesellschaft.« Er bemerkte den verunsicherten Blick seines Gastes. »Oh, Sie wundern sich über die Kerzen. Ich genieße ihr natürlicheres Licht. Jeden Abend drehe ich den Strom fast im gesamten Hotel ab. Diese Ruhe hilft mir beim Einschlafen. Es ist eine ganz andere Art von Langeweile, in eine Kerzenflamme zu starren, als den ganzen Tag durch die Korridore hier zu wandern.« Johannes senkte den Blick in den Schoß.

»Ist es das, was Sie den ganzen Tag tun?«

»Ja, seit Neuestem. Ich habe alle Bücher, die ich besitze, schon viel zu oft gelesen und das Fernsehen ertrage ich nicht mehr. Davon verliere ich bloß den Verstand.«

»Sie könnten sich neue Bücher kaufen.«

»Vielleicht mache ich das, wenn ich das Hotel los bin.« »Sie verkaufen also?« »Vermutlich. Falls sich jemand findet, der bereit ist, dafür noch Geld zu bezahlen. Um jemals wieder aufzusperren, ist es zu spät. Ich kann kaum noch die Stromrechnung bezahlen. Und Bücher sind ein Luxus, den ich mir ebenso wenig leisten kann.«

»Ich habe ein Buch im Auto, das ich bestimmt niemals lesen werde. Wollen Sie es haben?«

»Nur wenn Sie sich davon trennen möchten.«

»Ich hole es später.«

»Das Abendessen sollte bald fertig sein. Zehn Minuten noch.«

Der Rezeptionist erhob sich, löste jedoch den Blick nicht von den Teelichtern, bis er rücklings die Tür zur Küche aufgestoßen und dahinter verschwunden war. Durch das ins Schloss gefallene Holz drang seine Stimme gedämpft, wie weit entfernt. »Ja, zehn Minuten.«

Johannes versuchte die Titel auf den Rücken der um den Couchtisch ringförmig gestapelten Bücher zu entziffern. Er kniff die Augen zu Schlitzen zusammen, vermochte aber nichts zu erkennen. Die Buchstaben nahmen keine Form an. Sie lagen wie sinnlose Zeichenschlangen auf dem Leder und dem Papier. Der wieder eintretende Rezeptionist lachte einen Augenblick hell auf und schnappte gleich darauf nach Luft, als wollte er die ausgestoßenen Laute wieder einfangen. »Es ist kyrillisch, Sie werden es nicht lesen können.«

»Ich hätte Sie für einen Landsmann gehalten.«

»Das bin ich.« Sein Blick verfinsterte sich oder war es der Schatten, den die Kerzen auf seine Züge legten, als er sich halb dem Tisch zuwandte? »Ich habe die Schrift und Sprache an der Universität gelernt und die meisten Bücher von Reisen mitgebracht. Es erfüllte mich damals mit Stolz, sie zu verstehen, und später wurde es für mich zur Gewohnheit. Es sind nur Krimis, nichts Aufregendes. Ich bin kein Literaturkenner und habe auch nicht fertig studiert.«

»Was hat Sie davon abgehalten?« Johannes bemühte sich, seine Unhöflichkeit im Fluss des Gesprächs zu begraben.

»Nichts wirklich. Ich habe mir eines Tages in der Kopf gesetzt, ein Hotel zu eröffnen, und das habe ich getan.«

Der Sprengmeister meinte Wehmut in der Stimme des Rezeptionisten zu hören. »Mit Erfolg«, sagte er.

Seinem Gastgeber entrang sich ein Lächeln. »Sie werden nicht glauben, wie viele Leute mir davon abgeraten haben. Meine Eltern, bevor sie gestorben sind, und Freunde, die ich nicht mehr habe. Hätte wohl auf sie hören sollen.«

Johannes widersprach, denn er habe schließlich getan, was er sich vorgenommen habe. Und nichts, auch kein Hotel, könne ewig bestehen.

Der Rezeptionist nickte und reichte ihm ein Weinglas vom Regal neben der Küchentür. »Rot oder weiß?«

»Weiß.« Der Wein duftete süß und korkte ein wenig. Johannes beklagte sich nicht.

»Sie können schon in den Speisesaal gehen. Den Gang nach rechts und dann die letzte Tür links. Wenn ich es recht bedenke, habe ich hier gar keinen Platz für uns beide, um gemütlich zu sitzen. Ich bringe das Essen in ein paar Minuten. Suchen Sie sich einfach einen Tisch aus.«

Nachdem sie gegessen hatten, der Rezeptionist Teller, Gläser, Besteck und die Servierplatte, auf der noch Reste des kunstvoll angerichteten, aber trockenen Bratens in einer Mischung aus Fett und Soße umhertrieben, abzuräumen begann und die erste Fuhr waghalsig hinausbalancierte, saß Johannes zurückgelehnt, den Blick satt umherschweifend und öffnete unter dem Tisch seinen Gürtel, der ihm in den verdauend expandierten Bauch schnitt. Der Speisesaal wirkte trotz der warmen Farben und der bunten Kunststoffblumen aus wasserlosen Vasen in der Mitte jedes Tisches karg und kalt auf ihn, während sein eigener Körper glühte, als verbrenne das verschlungene Fleisch in ihm. Er schwitze und fror zugleich. Viel lieber, als bewegungslos zu verweilen und sich seiner Trägheit hinzugeben, hätte Johannes den Rezeptionisten bei seinen Abbauarbeiten unterstützt, doch der Gastgeber verbat sich jede Hilfe. Zwei Balanceakte später erschien der Rezeptionist mit einer frischen Flasche Wein in Händen wieder im Saal. Er schenkte dem Sprengmeister ein, sprach davon, wie sehr er es genoss, in Gesellschaft zu speisen und nicht nur für sich selbst zu kochen. Dann hob er das Glas, als wollte er eine Rede halten, stieß es aber bloß klirrend gegen jenes seines Gegenübers und leerte es in einem Zug. Auch

Johannes fühlte eine Genugtuung, als hätte er etwas geleistet, fühlte Entspannung in seinen Schultern, es drängte ihn zu erzählen, wie er zuletzt Rebecca erzählt hatte. Also begann er zu sprechen, zu beschreiben, formte mit den Armen Torbögen, spitze Winkel, schließlich Quader und Zylinder, malte dem Rezeptionisten das Bild seiner in den vergangenen Stunden erlittenen Sinnlosigkeit. Auch durch das Erzählen offenbarte sich ihm nicht mehr, als dass der Architekt ein Geisteskranker sein musste. Der Gastgeber fiel ihm ins Wort: »Ein Visionär!«, und sie lachten, erhoben die neu befüllten Gläser. »Ein Visionär!«

Der Rezeptionist holte die halb abgebrannten Kerzen aus seiner Stube. Johannes half ihm, sie um das Plastikgesteck herum zu verteilten und anzuzünden, dann löschten sie das elektrische Licht. »So unterhält und trinkt es sich besser. Das lernt man mit dem Alter«, sagte der Gastgeber, und Johannes stellte rasch fest, wie der Speisesaal um sie mit jeder verlöschenden Glühbirne zu schrumpfen begann und mit den flackernden Schatten zum Leben erwachte. Unverständlich schienen ihm nun der Ekel und die Furcht, die dieses Haus, dieses wunderbar verlorene Hotel beim ersten Betreten in ihm geweckt hatten. Schon als es ihm in seiner Not Zuflucht geboten hatte, hatte er begonnen zu vergessen, dass er sich einmal gewünscht hatte, irgendwann das Heim dieses Mannes, der ihm nun gegenüber saß und um Jahre jünger wirkte als noch vor wenigen Tagen, einreißen zu dürfen. Im Wein verschworen sich die beiden. Sie verschworen sich gegen Mag. Nim, seinen Turm, den wahnsinnigen Architekten und die ganze Welt, denn weder die Stadt noch der Landbesitzer und auch nicht die Fieberträume eines Baumeisters vermochten hier in ihrem eng und warm gewordenen Speisesaal an sie heranzukommen.

Vierzig Jahre lang, sagte der Rezeptionist, habe er das Hotel betrieben. Mit fünfundzwanzig habe er die Universität, ein Semester nur vor seinem Abschluss, hinter sich gelassen, habe einen Kredit aufgenommen, das sei damals noch viel einfacher gewesen, und habe ein Abbruchobjekt am damaligen Stadtrand erstanden, es renoviert und in das verwandelt, was es heute sei oder vor zwei Jahren noch gewesen war. Vor vierzig Jahren habe es hier gleich um die Ecke noch einen großen Regionalbahnhof gegeben und jede Woche seien so viele Pendler bei ihm abgestiegen, dass er mit dem Geld all seine Kosten decken konnte. »Gute alte Zeit?«, fragte Johannes. »Nein, nicht wirklich.« Er habe nie verstanden, wie glücklich er gewesen sei. Er habe nicht begriffen, dass es nicht selbstverständlich war zu haben, was er besaß. Was genau das sei? »Ich weiß es nicht und jetzt ist es fort.«

In der Stille, die auf diese Feststellung folgte, begann Johannes zu rechnen. Eine einfache Subtraktion. Es fiel ihm schwer, sich Zahlen und Jahre vors innere Auge zu rufen, und für einen Augenblick scheiterte er daran, sich seines eigenen Alters zu entsinnen, und als er endlich errechnet hatte, der Mann ihm gegenüber musste 65 Jahre alt sein, hatte er bereits den Beginn der nächsten Erzählung seines Gastgebers überhört und beschloss, dass es nun auch nicht mehr wichtig war einzusteigen. Stattdessen hob er sein Weinglas vors Gesicht, neigte es hin und her und folgte der schwappenden Flüssigkeit in ihrem alternierenden Schwall. Ein gefangener Fluss. Zum ersten Mal stellte der Sprengmeister Überlegungen an, was er in zwanzig Jahren tun würde, wie er aussehen mochte, was es bedeuten mochte, ein solches Alter zu erreichen. Im Verlauf seines gesamten Erwachsenenlebens, das seinen Anfang mit seinem fünfzehnten Lebensjahr genommen hatte, mit seinem selbstverständlichen

Einstieg in eine Arbeitswelt, deren Regeln ihm stets simpel und logisch erschienen waren, hatte die Zukunft aus der nächsten Minute, dem nächsten Tag bestanden, denn die Ferne eines Jahres hatte niemals Mysterien verborgen. Er würde auch in einem Jahr in der Stadt wohnen, würde arbeiten, Tag für Tag nachhause kommen, seine Frau auf die Stirn küssen, die Kinder umarmen und ansonsten weitestgehend ignorieren. Der Moment, die Entscheidung zwischen Fleisch und Fisch, zwischen Wein und Bier, zwischen Buch und Film, waren es, die ihn bestimmten und die ihn interessiert hatten. Vielleicht mied er deshalb sein Zuhause, seit er alleine war. Niemand hatte ihn gefragt, was er Essen wolle, noch, was er zu trinken wünsche. Was würde er also in zwanzig Jahren tun? Er würde Gebäude sprengen. Aber was, wenn die Firma zugrunde ging, wenn der Turm ihn und Herbert in die Knie zwang? Daran mochte Johannes nicht denken und senkte sein Glas zurück auf die Tischplatte, sah dem immer noch Erzählenden in die Augen und gab zu, nicht zugehört zu haben, in Gedanken gewesen zu sein.

»Nicht so wichtig«, sagte der Rezeptionist sichtlich enttäuscht.

»Nein, nein, bitte erzählen Sie es noch einmal. Ich verspreche, aufmerksam zu sein. Der Wein steigt mir nur etwas zu Kopf.«

»Nun gut. Sie haben ja noch nicht viel verpasst, nochmal von Anfang an. Also fing der alte Mann an - alt musste jemand sein, der von vor vierzig Jahren als von einer Zeit berichtete, die keine Kindheit gewesen war, - vom Tod zu erzählen.

Bevor ich in jungen Jahren die glorreiche Idee hatte, studieren zu müssen und später Geschäftsmann zu werden, lebte meine Familie in einem Dorf. Sie werden es nicht kennen, selbst wenn ich Ihnen den Namen nennen würde. Vier Generationen lang hatte keiner meiner Vorfahren den Ort für mehr als ein paar Wochen verlassen. Meine Großeltern waren als Kinder Nachbarn gewesen und meine Mutter war die Tochter des Schneiders gegenüber. Sie waren eine Familie von Malern gewesen, bis ich kam und mich dem Pinsel verweigerte. Keine Künstler um der Kunst willen. Sie portraitierten die reichen Bauern und fertigten Heiligenbilder für die Pfarre an. Als meine Großmutter im Sterben lag, Jahre nach ihrem alkoholkranken Ehemann, erzählte sie meinem Vater, dass sie ein Bild gemalt habe, ein Selbstportrait, das von ihrer Mutter begonnen worden war. Sie habe sich selbst neben der Verstorbenen am Tisch sitzend gemalt und habe den Stuhl zur anderen Seite meiner Urgroßmutter frei gelassen. Es sei eine Erinnerung und ein Band, das meine Familie in der Welt verankern, sie als jene zeigen sollte, die sie im Leben zu ihren besten Zeiten gewesen war. Sie habe das halbfertige Gemälde im stets verschlossenen Keller entdeckt, als sie dort die Habseligkeiten ihrer Mutter verstaute. Damals sei die Leinwand bis auf den Tisch und die Urgroßmutter noch beinahe gänzlich weiß gewesen und diese Leere hätte sie nicht mehr ertragen. Sich selbst in dieses Bild einzufügen, sei ihr nur richtig erschienen. Sie wolle, dass auch ihr Sohn seinen Platz im Öl einnehme und sich zu ihnen an den Tisch setze. Nachdem er ihr Krankenzimmer verlassen hatte und nachhause gefahren war, erzählte er mir, er habe das Gemälde aus dem Atelier seiner Mutter geholt und noch am selben Abend damit begonnen, sich selbst im Spiegel betrachtend zu malen, und ein Jahr später, da war ich fünf oder sechs Jahre alt, habe er es wieder in den Keller gebracht, mit einem Leintuch bedeckt und hinter ein Vorratsregal geschoben. Dort stehe es noch und nun, obwohl er wisse, dass ich kein Künstler sei und auch nichts mehr mit ihm zu tun haben wolle – ich sei schließlich geflohen –, habe er nur den einen Wunsch, dass auch ich mich zu ihnen an den Tisch setzte. Das Bild sei nicht nur eine Erinnerung an ihn. Es sei ein Blick in die Vergangenheit und sollte auch noch lange nach meinem eigenen Tod und dem Ende unseres Namens daran erinnern, dass es unsere Familie einmal gegeben habe.«

Der Rezeptionist bewegte sich durch seine Geschichte, als hätte er sie schon viele Male vorgetragen. Vermutlich hatte er bereits früher mit seinen Gästen an diesem Tisch gesessen oder an der Bar gestanden und seine Lebensgeschichte bei Wein und Kerzenlicht vor ihnen ausgebreitet. Nun diente Johannes ihm als Publikum, und der gebeugte Mann wurde zum Schauspieler, der, wenn er von seinem Vater sprach, niemand anderes als dieser Sterbende war, den er selbst heute noch mit jedem Gesichtsmuskel deutlich zu verabscheuen schien.

»Ich verließ ihn, bevor es mit ihm zu Ende war. Ließ ihn die letzten erbärmlichen Stunden alleine zubringen. Mich, der ich doch tatsächlich geflohen war, zu bitten, meinen Platz in dem Portrait am Tisch mit ihm einzunehmen, erschien mir wie ein Hohn. Ich sollte mich also freiwillig an den Tisch setzen, von dem er mich fortgejagt hatte, als ich ein junger Mann war, und zwar für immer?« Der Rezeptionist atmete schwer aus.

Johannes vermutete, wichtige Details zu Beginn der Erzählung überhört zu haben, beschloss aber, den Gastgeber nicht zu unterbrechen.

»Unser Haus war nicht versperrt, auf den Regalen und Fußböden lagen pelzig verklebte Staubschichten. Das Bild fand ich eben dort, wo mein Vater es verstaut hatte, in ein Leintuch eingeschlagen. Das Tuch war fleckig von ausgelaufenen Konserven aus dem Vorratsregal. Ich schleppte das Gemälde die Kellertreppe hoch und lehnte es an den Tisch, der bereits seit fünfzig Jahren in unserer Küche stand. Dann enthüllte ich es. Meine Großmutter erkannte ich nicht. Ich hatte sie so jung, braunhaarig und ohne Falten nie gesehen. Für mich war sie immer nur ein stummer Klumpen gewesen, der im ersten Stock im Bett lag, ein Glockenton, der meinen Vater von mir und meiner Mutter fort rief und erst Stunden später zu uns zurückkehren ließ. Eigentlich kannte ich auch ihr altes Gesicht nicht mehr. In den wenigen Bildern meiner Kindheit fand sie keinen Platz. Sie war doch eigentlich gar nicht da gewesen. Die Urgroßmutter war mir eine gänzlich Fremde, die sich im Öl über eine Tasse Kaffee neigte. Sie bedeutete mir nichts. Beide Frauen thronten in dem Bild auf samtgepolsterten roten Stühlen und hinter ihren Köpfen leuchtete das Weiß der Leinwand wie Heiligenscheine. Sie hatten niemals die Küche, das Fenster und den Garten dahinter gemalt. Der Raum spielte scheinbar keine Rolle, nur der Tisch, die Stühle und sie selbst waren wichtig. Vater stand am Kopf des Tisches, den Körper seitlich, den Kopf mir zugewandt, die Augen stechend, als sähe er mich an, nicht wie meine Vorfahrinnen, die ins Leere starrten. Ein Stuhl am anderen Ende war unbesetzt. Als hätte man ihn niemals bewegt. Die drei Figuren auf dem Bild waren dünn, dünner, als sie in Wirklichkeit wohl gewesen waren. Vater trug einen Bart, den ich niemals an ihm gesehen hatte, sein Haar reichte bis an die Schultern und um seinen Kopf strahlte das ergraute Leinwandweiß. Sie waren Maler. Ihre Heiligenbilder hingen in der Pfarre und hatten mir früher Angst eingejagt, wenn ich die gemarterten Menschen darauf betrachtete. Da verstand ich, wie verlockend es war, selbst zu entscheiden, wie man sich an einen erinnern würde, wenn man sich denn überhaupt erinnerte, falls man dieses Portrait jemals zu Gesicht bekäme. Als ich so davorstand, wollte ich meinem Vater den falschen Bart aus dem Gesicht reißen und meiner Großmutter Falten ins Gesicht zeichnen oder das ganze Bild verbrennen, am besten gleich mit dem Haus.«

Der Rezeptionist stockte in seiner Erzählung. Dann nahm er sein Weinglas, trank es aus und sah mich an.

»Wie Sie sich denken können, habe ich nicht an dem Bild weitergemalt.«

Er war wieder in der Gegenwart angekommen. Seine Stimme kippte innerhalb eines Wortes aus dem kraftvollen Vortragston zurück in ihr üblich rauchiges Kratzen. Seine Sätze verloren alles Prosaische.

»Haben Sie es verbrannt?«

»Nein. Ich habe es dort gelassen und das Haus verkauft. Ich weiß nicht, was damit geschehen ist.«

»Das ist traurig.«

»Ich finde es nicht traurig. Ich kann nicht über meine Großmutter und schon gar nicht über meine Urgroßmutter urteilen, aber mein Vater hat es ganz bestimmt nicht verdient, sich zu verewigen. Ich könnte es nicht ertragen, so ein Bild zu besitzen oder auch nur zu wissen, dass es sich in meinem Keller befände. Man kann in solchen Erinnerungen auch nicht weiterleben. Sie würden ja zu meinen Erinnerungen werden, und darin waren sie niemals die Menschen, die sie gemalt haben. Ich selbst, abgesehen davon, dass ich gar nicht malen kann, möchte nicht auf diese Weise an der Vergangenheit festhalten. Was macht mein Gesicht schon aus? Das bin doch nicht ich. Vielleicht dieses Hotel, vielleicht mein Besitz, aber kein Bild von mir. Eigentlich auch diese Dinge nicht.«

»Was bleibt dann von Ihnen? Woran kann man Sie erkennen?«

»An meinem Leichnam? Und dann nicht mehr. Ist ja auch nicht notwendig, sich an mich zu erinnern.«

»Es wäre schon ein schöner Gedanke, irgendwo verewigt zu sein. Aber ich verstehe, was Sie meinen. Ich sehe es ähnlich.«

Der Rezeptionist fragte nicht näher nach, wie Johannes es denn genau sehe, und der Sprengmeister verspürte keinen Drang, eine Erklärung zu versuchen. Er hatte das nur so gesagt und nicht wirklich darüber nachgedacht.

»Wie bin ich eigentlich auf diese Geschichte gekommen?«

Er griff sich an die Stirn. »Der Wein steigt mir zu Kopf. Können Sie sich erinnern?«

Johannes legte den Kopf in den Nacken. Er tat so, als denke er nach. »Nein, kann ich nicht.« Warum verabscheute der Rezeptionist seinen Vater so sehr? Was war der Grund, dass dieser ihn aus dem Haus gejagt hatte? Hatte er es ihm erzählt? Johannes wollte sich seine Unaufmerksamkeit nicht anmerken lassen, sie war ihm peinlich. Also spülte er die Fragen mit dem letzten Rest Rotwein hinunter.

Der Rezeptionist erhob sich, machte das große Licht an und blies die Kerzen aus. »Na dann …«

»Gute Nacht!« Johannes zog sich in sein Zimmer zurück. Raum Nummer zwölf. Der Bademantel lag noch so auf dem Bett, wie er ihn hingelegt hatte.

VI

Auf dem staubigen Leintuch, eingehüllt in die staubige Daunendecke, den Kopf tief in den staubigen Polster vergraben, war seine Ruhe rein und traumlos gewesen. Anders als Zuhause, wo er, wenn überhaupt, nur ein oder zwei Stunden Schlaf fand, welcher jedes Mal zu einer den Sprengmeister mit Albträumen quälenden Tortur geriet. Dieser fremde Ort, an dem er bereits einmal geträumt hatte, ließ ihn eine ganze Nacht lang, siebeneinhalb Stunden, in Frieden ruhen. Dementsprechend frisch und wohlig benommen blieb Johannes noch einige Minuten nach dem Erwachen liegen und wog ab zu warten, bis auch der Rezeptionist aufgestanden sein würde, um mit ihm gemeinsam zu frühstücken. Er hatte sich diesem Mann und seinen Geschichten und auch seinen eigenen Gedanken, denen der Alte so geduldig zugenickt hatte, verbunden gefühlt. Ob es an dem Wein gelegen war oder dem Kerzenlicht oder ob ihn tatsächlich die Erzählung eines Gemäldes, das es wohl nicht mehr gab, so fasziniert hatte, war ihm keine Unterscheidung wert. Was auch immer ihn zum Schlaf, zur Ruhe geführt, seinen rasenden Schädel beruhigt hatte, war im Grunde gleichgültig. Er streifte mit Schwung die Tuchent ab, ging unter die Dusche und fand am Fußende seines Bettes nicht bloß den Bademantel, der am Vorabend noch achtlos über der Bettkante gebaumelt hatte, fein säuberlich gefaltet, sondern auch ein graues Hemd, das ihm der Rezeptionist, während er geschlafen hatte, gebracht haben musste. Es passte ihm nicht; doch der Stoff fühlte sich so weich und warm auf seiner trocknenden Haut an, dass er ihn einfach tief in die Hose steckte. Es war sieben Uhr. Auf einem Kärtchen in der Schublade des Nachttisches stand, dass Frühstück von acht bis zehn serviert werde, und obwohl Johannes wusste, dass der Rezeptionist kein Buffet für ihn auftragen würde, wollte er warten und sehen, ob die Gewohnheit seinen Gastgeber um halb acht zum Aufstehen zwang. Zumindest Kaffee würde er bekommen, vielleicht auch eine Kleinigkeit zu essen. Seinen Zeitplan vergaß der Sprengmeister darüber beinahe. Zehn Stockwerke mussten überprüft werden, bevor er sein Abenteuer, seine heimliche Infiltration des eigenen Arbeitsplatzes, vollenden durfte, um danach zu verschwinden, am Dienstag die Baustelle zu betreten, als habe er lediglich neue Berechnungen angestellt, und um zu verkünden, auf welche Weise die Arbeiten voranschreiten sollten. Ohne Aufschub, ohne Verzögerung! Sein Verbrechen würde ohne Konsequenzen und damit ungeschehen sein.

Da erinnerte er sich an das Buch auf der Rückbank seines nutzlos am Baustellentor abgestellten Wagens. Er hatte versprochen, oder zumindest angeboten, es dem Rezeptionisten zu schenken, und nach diesem vergangenen Abend fühlte er sich verpflichtet, seinem Gastgeber ein Gastgeschenk zu machen. Rasch zog der Sprengmeister seine zerknitterte Hose noch einmal aus, schüttelte sie, verteilte Kleingeld über den Teppichboden, klopfte den Staub – ob er vom Bett oder der Baustelle stammte, war nicht auszumachen – aus den Fasern und zog sie hoch, er verließ das Zimmer ohne Gürtel, da sein etwas aufgeblähter Bauch den Hosenbund festhielt. Es war wärmer als in den letzten Wochen. Beinahe, als wäre der Sommer noch einmal gekommen. Eigentlich bewegte sich die Temperatur lediglich knapp im zweistelligen Grad-Celsius-Bereich, doch die Sonne schien und nur eine Handvoll Wolken trieb vorüber. Haselnussblätter hatten sich unter dem Scheibenwischer des Pick-ups gefangen. Einige klebten feucht an der Motorhaube und dem Dach. In dieser Gegend gab es keine Haselnussbäume, aber auch keine Birken oder Linden, keine Eschen, überhaupt fehlte diesem Ort jede Vegetation, abgesehen von ein paar Grasbüscheln. Der Nachtwind musste die Blätter vom Stadtrand hergetragen haben oder von einem der Parks, die die innere Stadt umgaben.

Das Buch lag noch da. Johannes wusste nicht, warum er sich darüber verwunderte. Die erhabenen Stellen des Plastikreliefbuchcovers schimmerten im flachen Sonnenlicht. Weil er es nie aufgeschlagen hatte, konnte der Sprengmeister nicht sagen, wie der Titel des Buches lautete oder wer es geschrieben hatte. Das Buch strahlte aus einem Auge, wie der Lindwurm am ersten Tag der Abrissarbeiten. Johannes schloss die Lider und griff blind durch die spaltbreit geöffnete Rücksitztür. Es dauerte eine Weile, bis er das Buch ertastet hatte, dann klemmte er es unter den Arm, immer noch ohne es angesehen zu haben, und wandte sich wieder dem Parkplatz vor dem Hotel zu, auf den in eben jenem Moment zwei Limousinen einbogen. Eine schwarze, dezent gestreckt, sowie eine weiße von normaler Länge, die sich von den vorüberfahrenden Autos und den am Straßenrand geparkten lediglich durch ihre erschütternde Sauberkeit, ihr perfektes Elfenbeinweiß, unterschied.

Die Wagen hielten Seite an Seite und aus beiden stiegen zuallererst jeweils zwei turmhohe Anzugträger mit Sonnenbrillen, die gleichzeitig den Fahrgästen der Limousinen die Türen öffneten. Johannes fühlte sich beim Anblick der schwarz-weiß-schwarzen Choreografie an ein Ballett erinnert. Der weißen Limousine entschwebte eine Frau in ebenso weißem Trenchcoat, mit einem schwarzen Gürtel, eng um die Taille geschnürt. Ihre flachen Schuhe klapperten auf dem Asphalt. Der Sprengmeister hörte ihre trippelnden Schritte bis über die Straße. Es war Dr. Herzog, der er sich nun, anders als im Keller, in keiner Weise verbunden fühlte. Sie stand überlegen am Treppenabsatz, starrte abwesend oder abwägend über den Parkplatz und wartete auf den Fahrgast des anderen Gefährtes. Mag. Nim entstieg dem schwarzen Wagen in einem grauen Anzug und watschelte seiner Begleiterin die Stufen hinauf hinterher. Er versuchte die ihm entgegengestreckte Hand zum Gruß zu ergreifen, doch sie entwich ihm. Johannes vernahm nur im Wind verwehte Fetzen der gewechselten Worte, bevor die beiden im Inneren des Hotels verschwanden. Die Bediensteten,

Leibwächter, Chauffeure, oder wer immer sie waren, lehnten sich gegen die Motorhaube von Nims Limousine, zündeten sich Zigaretten an und begannen zu plaudern. Ihre Schultern sanken entspannt nach unten, ihre Sonnenbrillen nahmen sie ab, wurden wieder zu Menschen.

Der Sprengmeister löste sich aus der Verwunderung, die ihn zu nichts als Augen degradiert hatte, und erinnerte sich seiner Beine und des Buches unter seinem Arm. Dass Mag. Nim die Baustelle auch am Wochenende besuchte! Woher mochte Nim wissen, dass er an einem Sonntag an der Sprengung tätig sein würde? – Dass der Mann von der Stadt, Mag. Nim, und Dr. Herzog, von der Johannes immer noch nicht wusste, was sie tat, einfach direkt den Parkplatz des Hotels angesteuert und weder nach links oder rechts geschaut hatten, ihn also vor seinem Wagen gar nicht bemerken konnten, kam dem Sprengmeister nicht in den Sinn. Er überquerte die menschenleere Straße, ebenfalls ohne nach links oder nach rechts zu sehen, marschierte zwischen den Limousinen und den plaudernden Leibwachtchauffeuren hindurch, die kurze Treppe empor und über die Veranda und stieß die Türflügel zum Foyer mit beiden Händen auf.

Mag. Nim erschrak nicht unter dem metallischen Scheppern der Türflügel, die am Ende der 180 Grad, die ihnen ihre Konstruktion erlaubte, gegen Fensterglas stießen und hinter Johannes, der mit dem Schwung seiner Arme drei Schritte weit ins Foyer trat in der Erwartung, als Beweggrund für Herzogs und Nims Besuch im Zentrum zu stehen, wieder ins Schloss fielen. Johannes war bemüht, seinem Gesicht den Ausdruck der Selbstverständlichkeit zu geben. Er war schließlich hier, um seine Arbeit zu verrichten, und nichts daran, auch nicht der Wochentag, stand zur Debatte. Mag. Nim hatte sich ruhig und gemessen aus seiner über die Rezeption gekrümmten Haltung erhoben und sich dem vermessenen Sprengmeister zugewandt. Dr. Herzog und der Rezeptionist blieben über einen Stapel Papiere gebeugt und flüsterten miteinander. Nein, sie sprachen in normaler Lautstärke, doch das Schnalzen der Türflügel hallte in Johannes' Ohren wider, sodass er auch Nims Gruß kaum wahrnahm.

»Woher wussten Sie, dass ich hier bin?«, fragte er forsch. Mag. Nim lachte ihn freundlich an: »Ich weiß es erst jetzt und hätte auch nicht erwartet, Sie heute zu sehen. Ich dachte, ich begleite meine gute Freundin zu einem Geschäftstermin«, dann flüsternd zu Johannes gebeugt, »zu einem Geschäftstermin, der auch für mich von äußerstem Interesse ist, wie Sie sich denken können.«

Johannes achtete nicht auf die Diskretion des Baumeisters: »Was ist für Sie von Interesse?«

»Dieser Geschäftstermin.«

»Ich meine: Worum geht es dabei?«

Unbemerkt hatte sich Dr. Herzog umgewandt.

»Ich habe soeben zu meiner großen Freude dieses wunderschöne kleine Hotel erworben.« Sie strahlte, wie sie Johannes an dem Abend, als sie einander zum ersten Mal getroffen hatten, angestrahlt hatte. »Was für eine schöne Überraschung, Sie hier zu sehen, mein Freund.«

Der Sprengmeister erwiderte, dass auch er freudig überrascht sei.

»Roderik! Du musst den Herrn Sprengmeister unbedingt wieder einmal mitbringen. Der kann trinken und er hat mich inspiriert.« Sie strebte, während sie sprach, bereits der Tür zu. »Ich habe leider überhaupt keine Zeit mehr. Diese Sache sollte so schnell wie möglich erledigt sein.« Sie schwang den schweren Stoß in ihrer Hand wie einen Fächer. Während sie sich rücklings hinausschob, wünschte sie dem Sprengmeister und dem Rezeptionisten, der wortlos hinter seiner Theke stand, den Kopf immer noch gesenkt, obwohl dort nichts mehr lag, einen schönen Tag und erinnerte Mag. Nim an einen Termin an einem Ort, den Johannes nicht kannte.

Der Rezeptionist sprach kein Wort mehr, bis Johannes an Nims Seite das Foyer verließ. Er starrte nur immer weiter auf die zerkratzte Maserung der Tischplatte, starrte durch sie hindurch, durch das Parkett bis in den Keller und darüber hinaus. Der Sprengmeister verspürte kein Mitleid. Er empfand den Verkauf des Hotels, das sich wie eine Heimat angefühlt hatte, wie es bei seinem Zuhause niemals oder schon lange nicht mehr der Fall war, als persönliche Beleidigung. Wie konnte man ihm diesen Ort wieder entreißen, das Abendessen, die Gesellschaft des Rezeptionisten, das weiche, warme Bett? Der Baumeister sprach von dem Moment an, als die Tür hinter Dr. Herzog ins Schloss gefallen war, auf Johannes ein, und obwohl dieser den Floskeln und der merkwürdig freundschaftlichen Hand auf seiner Schulter keine Beachtung schenkte, verstand er, dass Mag. Nim eine Einladung für ihn aussprach. Er solle zu ihm kommen. Morgen. Dieses Mal in Zwirn und Krawatte, gepflegten Schuhen und vorzugsweise im eigenen Auto, da der Baumeister erst kurz vor Beginn der Veranstaltung die Arbeit würde verlassen können. Das werde nicht möglich sein. Der Wagen war noch so tot wie am Tag zuvor. Eine Zusammenkunft zu Ehren eines guten Freundes sollte es sein. Johannes kannte ihn nicht und sagte dennoch zu, da er sich nicht vorstellen mochte, von nun an wieder jede Nacht alleine zuhause in der Bedrängnis seines Heims zu verbringen. Abgeholt würde er aber werden müssen. Schon fasste er den Beschluss, sich zu betrinken, um womöglich die

Momente im unterirdischen Rausch der hämmernden Musik noch einmal aufleben zu lassen.

Ein Ikosaeder, ein Dodekaeder und dahinter, am Ende des Raumes, dessen Seiten keinerlei Regel folgten, sich keinem Verhältnis verpflichtet sahen, ein halber Ellipsoid erhoben sich nahtlos aus dem in sanften Wellen auf und ab verlaufenden Fußboden, wie zur Erinnerung an eine verwirrte Furcht, die er über die vergangenen zwölf Stunden vergessen hatte, als der Sprengmeister aus dem Treppenhaus in den fünfzehnten Stock trat. Die Körper waren so glatt. Johannes fröstelte. Er fühlte die Flächen kaum, als er darüberstrich, sein Gesicht ganz nahe an den weiß eingefärbten Gips, wie er vermutete, hielt, um ihn nach Unebenheiten zu untersuchen. Es gab sie nicht. Sie waren perfekt in dem, was sie waren, was auch immer es war. Gipsaufbauten inmitten eines Stahlbetonraumes, die ihre Fremdheit auch nicht durch Imitation des sie umgebenden Gesteins verbergen konnten. Johannes zog einen Hammer aus der Tasche, den er unten aus seinem Container mitgenommen hatte, um auf etwaige Hohlräume, die er sich sicher war zu entdecken – es wäre eine Schande gewesen, hätte er seine geheime Mission bloß wegen einer einzigen Kammer im vierten Stock gestartet und müsste schließlich erkennen, dass all seine Sorgen umsonst gewesen waren –, einzuschlagen, sie aufzubrechen und ans Licht zu bringen, was sie verbargen.

Ein Schlag, und der Hammer prellte zurück, entwand sich seinen Fingern. Johannes schloss den Griff fester, umklammerte den Stil mit beiden Händen. Der zweite Hieb schnellte ebenso zurück, brach jedoch die Farbe von der getroffenen Stelle. Sie stob als feiner Staub in die Luft und tanzte zum nahtlosen Fuß der verhassten Form. Johannes fühlte sich schwach. Er musste schwach sein, denn dass er sich erneut geirrt haben konnte und der Dodekaeder, gegen dessen steinerne Haut er nun immer wieder und immer schneller den Kopf des Hammers fahren ließ, aus solidem Beton und nicht brüchigem Gips bestehen konnte, erlaubte er sich nicht zu erwägen. Immer neue Farbwolken stoben auf, während vorhergehende sich über den Fußboden legten. Die Hände des Sprengmeisters, seine Ärmel, die Ärmel des geschenkten Hemdes, das er sich am liebsten wieder vom Leib gerissen hätte, waren wie weiß bezuckert. Die Arme wurden ihm schwer und ihre Knochen vibrierten jedem Schlag schmerzhaft hinterher. Der Staub legte sich in einer Atempause, legte sich zurück auf jene Stelle, von der er aufgewirbelt worden war, und rieselte über die Kanten des Körpers dem Rest seiner selbst hinterher. Der Sprengmeister strich über die geschlagene Fläche, die bis auf das Pulver seiner Oberhaut noch ebenso glatt erschien wie zuvor. Er wischte darüber, um sie vom Staub zu befreien und um zu sehen, ob er etwas Grau, etwas von dem, was unter dem Farbmantel liegen musste, freigelegt hatte. Als sich nichts dergleichen zeigte, leerte er den Rest aus seiner Trinkflasche, die er dem winzigen Getränkekühlschrank unter seinem Schreibtisch entnommen hatte, über die Stelle, um alles, was seinem Blick auf den Kern des Dodekaeders im Weg sein konnte, fortzuwaschen. Er schob den weißen Wasser- und Farbfluss über die Kante, der unten zu Brei eindickte. Kein Krater hatte sich am Ort des wiederholten Einschlags gebildet. Kein Grau hatte sich offenbart. Der Körper blieb makellos. Kaum zu glauben schien dem Sprengmeister die Menge an abgeschlagener und fortgespülter Farbe, die doch keinen Kratzer, keine Scharte verursacht hatte.

Johannes setzt sich. Er sank im Schneidersitz zu Boden und steckte seine Finger in den Brei aus Trinkwasser und Wandfarbe. Er knetete die Masse mit den Fingerspitzen, dann zwischen den Handflächen und schloss dabei die Augen, ließ die

Sekunden vorbeiziehen. Minutenlang hantierte er damit. Sein Geist driftete ab und er ließ es geschehen. Die Ziellosigkeit des kindlichen Aktes verlieh ihm Ruhe, wo er Augenblicke zuvor noch zornig auf die Leblosigkeit des Turmes eingeschlagen hatte, da er sich wünschte, das Haus würde im Schmerz gegen sein Hämmern aufschreien, ihn packen und zur Seite schleudern. Doch es ließ alles über sich ergehen, bis der Sprengmeister seines eigenen Zornes müde wurde. Nun saß er da und spielte alleine im Dreck. Für einen Augenblick vergaß er sogar, wie ihn die Geschehnisse des Morgens bis hinauf in den fünfzehnten Stock verfolgt hatten und plagten. Drücken, drücken, drücken.

Den ganzen Morgen lang verharrte Johannes auf seinem Platz und knetete den Brei, der ölig zwischen seinen Finger hin und her glitt. Er drückte ihn, bis er glaubte, damit zu verschmelzen, zerdrückte winzige Klumpen, die sich in der Masse gebildet hatten, und ein Wahn überkam ihn von Fingerdruck zu Fingerdruck, dass er nicht eher damit aufhören könne, bis alles wieder fein und schließlich trocken, wieder Staub geworden war. Das tat er fast liebevoll. Kurz glaubte er, glücklich sein zu können, dürfte er nur für immer hier sitzen und kneten. Gegen Mittag blieb so gut wie nichts mehr von dem Brei übrig, das Wasser war verdunstet und die Farbe hatte sich zu spröden Steinchen verhärtet. Er musste aufstehen und erinnerte sich an alles, was noch zu tun war, und daran, dass er nicht mehr in das Hotel zurückkehren konnte, ohne den Rezeptionisten seiner gesamten Verachtung und Enttäuschung zu versichern. Zuerst jedoch lagen noch acht Geschosse vor ihm und sie alle, so fürchtete er, würden von geometrischen Monstrositäten bewohnt sein, die in sich noch mehr Fragen und furchterregende Grundlosigkeit trugen.

Immer wieder hatte Johannes auf seinem gewundenen Weg durch das Treppenhaus nach seinem Telefon gegriffen. Der Drang, Rebecca anzurufen, war ihm bereits zur Notwendigkeit geworden. Allerdings hatte er niemals ihre Stimme gehört, ohne sie dabei anzusehen, sorgte sich, sie womöglich nicht zu erkennen. Telefon hatte er ja immer noch keines und er kannte auch ihre Nummer nicht. Ein neues lag wohl bereits auf seinem Schreibtisch im Büro. Er wollte es nicht haben. Es musste also ein Besuch sein. Er würde einfach auf dem Heimweg ins Rachel gehen, würde läuten, würde die schwarze Tür und dann die milchige aufstoßen und sich an seinen Platz an der Bar setzen, als wäre nichts gewesen, als hätte Rebecca ihn niemals mit ihren Ratschlägen gekränkt. Überhaupt erschien ihm sein Groll, nun da dieser mehrere Tage alt und fern war, nichtig neben dem verlorenen Hotel und den unwirklichen Räumen, die ihn zweifellos erwarteten.

Nicht eine Form wiederholte sich. Stockwerk für Stockwerk, einen verwinkelten Raum nach dem anderen füllten Polyeder und Rotationskörper, die sich niemals in Eckenanzahl, Ausmaß oder Winkel zum Grund glichen. Im sechzehnten Stock lagen sie allesamt um eine zentrale Wand gedrängt. Im siebzehnten Stock an der nördlichen Gebäudeseite. Im achtzehnten waren sie winzig klein. Im neunzehnten zum Kreis um die Mitte jeden Raumes ausgerichtet, im zwanzigsten zum Stern. Im einundzwanzigsten Geschoss ragte je eines aus der äußersten Ecke des Stockes. Im zweiundzwanzigsten gab es keine Trennmauern, nur einen einsamen Körper, der mittig und mächtiger als alle tieferen scheußliche Erhabenheit heuchelte. Eine Sphäre! Sie thronte einzig in dieser undurchbrochenen Halle, wo sie von keiner schiefwinkelig angelegten Wand, keinem spitzen

Eck, keinerlei scheinbarem Zufall, wie in den vorhergehenden Stockwerken in stetigem Rückzug gegenüber den Körpern doch noch geherrscht hatte. Die Sphäre stand allein und ihre Haut war noch makelloser als die der anderen Formen. Johannes wandte sich ab. Er konnte sie nicht ansehen und das erzürnte ihn. Hätte er nicht gewusst, wie fruchtlos es gewesen wäre, er hätte den Hammer gegen sie gerichtet. Stattdessen verließ er die Halle und erklomm die letzte Treppenflucht in das dreiundzwanzigste Stockwerk. Oben angekommen, musste er feststellen, dass die Stufen an einem einige Schritt langen Absatz und schließlich in massivem Mauerwerk endeten.

Im Separee des Rachel, welches zu jener Tageszeit stets frei und ein gelegener Rückzugsort für einsamen Kaffee inmitten einer ermüdenden Schicht war, lehnte Rebecca auf beide Ellbogen gestützt über dem Aschenbecher und schenkte Johannes Gehör. Er hatte sich entschuldigt. Es tue ihm ja grundsätzlich leid, dass er so rasch verschwunden und wütend auf sie gewesen sei, wo sie doch nur, und das verstehe er jetzt, in Sorge um ihn gewesen war. Er sagte es und meinte es nicht gänzlich ernst. Ja, es tat ihm leid, nicht mehr zurückgekommen zu sein, aber nicht, weil er Rebecca damit verletzt hatte. Wenn er daran dachte, wie sie ihn angesehen hatte, während er vergeblich auf Zuspruch gewartet hatte, musste er sich mitten im Satz unterbrechen, um seinen Gefühlen Herr zu werden. Johannes brauchte Rebecca. Sie war ihm stets eine gute Freundin gewesen, war für ihn eine Notwendigkeit gewesen, und zumindest so weit war er sich ihrer menschlichen Fehlbarkeit bewusst, dass er bereit war, ihr zu verzeihen.

Der Sprengmeister hatte etwas zu erzählen. Seinen Abend mit dem Rezeptionisten schilderte er in blumigen Worten, sprach von seinen Gedanken und gab die Geschichte seines Gastgebers viel ausführlicher wieder, als sie ihm erzählt worden war. Dass er nicht alles davon mitbekommen hatte, nicht wusste, warum der Rezeptionist seinen Vater so sehr verachtete, umschiffte er. Es war nicht von Belang, weil es ihn nicht betraf. Als er auf die Formen und krummen Mauern der oberen Stockwerke des Turms zu sprechen kam, legte Rebecca den Kopf schief. Sie sei besorgt, sagte sie, ob es Johannes gut gehe. Ließ unausgesprochen, dass sie für einen Moment fürchtete, er habe den Verstand verloren. Die Beschreibung der Absurdität seiner Funde klang in ihren Ohren nach Fieberfantasien. Immer wieder versicherte er ihr jedoch, dass er nicht fabuliere und dass er es selbst nicht geglaubt hätte, wäre er nicht dort gewesen und hätte er die Körper nicht mit eigenen Händen berührt. Ja, ein Wahnsinniger musste sein, wer so etwas ersann. »Ein Visionär!«, rief der Sprengmeister spöttisch aus, und das Bild des reich gedeckten Tisches verschwamm mit einem Stapel Papieren, einem Kaufvertrag. Rebecca verstand ihn nicht. Ein Visionär? »Ein Verrückter«, sagte sie, und Johannes senkte, peinlich berührt und schmerzlich an seine Enttäuschung erinnert, den Blick. Das Gespräch erleichterte ihn, doch insgeheim hätte er lieber gemeinsam mit dem Rezeptionisten zu Abend gegessen. Da wurde er wieder zornig und lamentierte über die Ereignisse des Morgens, wobei er den Moment im Foyer des Hotels insistierend hervorhob, ihn immer wieder von vorne zu erzählen begann, jedes Detail vom Anfang her abspulte. Und je näher er die Facetten seiner Erinnerung betrachtete, je weiter er diese wenigen Augenblicke ausbreitete, desto größer wurde das Mitleid, das er für den Mann und das Haus empfand. Dr. Herzog würde es einreißen lassen. Sie würde ihn einreißen lassen. Wie konnte der Rezeptionist sein Hotel verkaufen, wenn es doch nur der Turm und sein Schatten waren, die ständigen Baustellen, die seine Gäste vertrieben hatten? Nein, es war auch das Verschwinden des Bahnhofs, das Wuchern und Überwuchern der Lagerhallen, das gemeinschaftliche Verkommen der Gegend. Das Leben des alten Mannes, so wie es einmal gewesen war, war nicht mehr zu retten, genauso wenig das Hotel. Sie mussten Neuem weichen.

Rebecca folgte Johannes' Gebärden und ihrer wilden Jagd durch alle Abwägungen, Spekulationen, Verurteilungen und Begnadigungen. So wenig sie von seiner Tirade verstand, fühlte sie sich vorerst erleichtert, Johannes wohlbehalten zu sehen. Und er hatte sich entschuldigt, also blieb ihr kein Grund, nicht zu vergeben. Es war doch auch gar nicht so wichtig gewesen. Wie viele Freunde hatte sie schon seit Jahren nicht mehr gesehen? Vielleicht war es nur die gebrochene Regelmäßigkeit seiner Besuche gewesen, die seinem Fernbleiben den Anschein einer Tragödie gegeben hatte. In den beiden Besuchstagen, die Johannes ausgelassen hatte, hatte Rebecca beschlossen, ihn nicht wieder zu seiner Nacht im Auto zu befragen. Es ging sie nichts an, wenn er nicht davon sprechen wollte. Sie hörte ihm gerne zu, und obwohl sie wusste, dass er ihr nicht die gleiche Aufmerksamkeit schenkte, es ihn nicht interessierte, wie ihr Tag, ihr Arbeitstag, ihr Leben verliefen, nahm seine Anwesenheit ihr eine Last von den Schultern.

Rebecca war, wenn sie nicht im Rachel hinter der Bar stand, eine späte Studentin. Rausch und Unrast hatten sie aus dem Elternhaus und von einer unbedachten Entscheidung zur anderen getrieben. Die Jahre vergehen schnell, wenn man niemals stillhält, um auf die Uhr zu sehen. Und nachdem sie einen Abend lang ins Gesicht des Sprengmeisters geschaut, mit ihm gesprochen und in ihm ihre eigene verirrte Unrast erkannt hatte, blickte sie auf die Uhr und fürchtete, aus »spät«, könnte bald »zu spät« werden. Also inskribierte sie sich wenige Tage später, wählte ihr Fach – die Psychologie –, weil Finger und Blick beim Gleiten über die Liste im Studienverzeichnis daran hängen blieben. Johannes sollte ihr ein heimliches Mahnmal werden und als Erinnerung an die stetige Eile des Lebens wollte sie ihn verstehen lernen. Er hegte kein Verlangen nach ihrem Körper, das konnte sie spüren, es war ihr neu und faszinierte sie. Ein Mensch, kein Mann, kein Kollege – ein Freund.

Diese Freiheit, die sie in der Abwesenheit jeder Leidenschaft gefunden hatte, trieb Rebecca an. Vier statt der sieben Tage die Woche bewirtete sie von nun an die Freier im Rachel und versenkte sich ins Studium. Die Dankbarkeit, die sie dem Sprengmeister entgegenbrachte, der doch gar nichts für sie getan hatte, verschwieg sie ihm. Stattdessen hörte sie ihm zu und machte sich heimlich Notizen, wenn sie abwesend auf einem Stück Serviette zu kritzeln vorgab. Rebecca war noch keine Psychologin, wusste auch nicht, wann sie je eine sein würde, sah noch Jahre therapeutischer Schulungen vor sich, wenn sie nicht bloß an Schreibtischen sitzen und Testbögen auswerten wollte, trotzdem erkannte sie in Johannes ihren ersten Patienten. Auch deshalb hielt sie sich zurück.

Am Ende ihrer Sitzung, als Johannes sichtlich erschöpft das Separee verließ, seinen Mantel nahm, sich von Rebecca ohne Wangenkuss verabschiedete und noch einmal sein Bedauern bekräftigte, hatte sie drei Servietten doppelseitig beschrieben und verließ zeitgleich mit ihm das Bordell durch die Hintertür, sprang mit drei Sätzen über den Hof und zur anderen Seite in die Gasse hinaus. Sie musste nachhause, um ihre Notizen um einige Seiten zu ergänzen.

Über die Anrichte, die Johannes' Küche vom Essbereich trennte, hatte sich in den vergangenen Wochen eine pelzige Staubschicht gelegt. Sie war ehemals weiß lackiert gewesen, nun war sie ebenso grau wie die Fassade des Turms. Der Sprengmeister unternahm den Versuch, mit Schwamm und Allzweckreiniger ihren alten Glanz wiederherzustellen, zeichnete jedoch nur wirbelnde Schlieren darauf. Daraufhin löschte er das Licht in der Küche, um sein Werk nicht betrachten zu müssen. Vermutlich stand es um den Esstisch nicht besser, um den Couchtisch, die Regale, die Oberseite des Kühlschranks ebenso. Auf ihren braunen und schwarzen Flächen fiel es nicht weiter auf. Er würde sich nicht mehr bemühen um die Sauberkeit, die seine Frau imstande gewesen war zu bewahren. Johannes hatte diese Reinheit verabscheut und, obwohl sie es niemals ausgesprochen hatte, dass er sich dafür ebenso verantwortlich zu fühlen habe wie sie selbst und die Kinder, hatte vermieden, damit in Konflikt zu geraten. Da sie nun fort war, war es ihm egal. Da die Kinder fort waren, freute er sich nicht mehr über die Ruhe in den Zimmern. Da er alleine war, gehörte ihm dieser Ort nicht mehr. Was tat er also an einem fremden Ort? Auf keinen Fall konnte er hier schlafen. Das hatte die Erfahrung gezeigt; genauso wenig gelang es ihm, seit die Sprengarbeiten begonnen hatten, ruhig in seinem Lehnstuhl zu sitzen. Was blieb, war, auf dem Balkon hin und her zu tigern, eine Tasse Kaffee zwischen den Fingern wiegend. Er beobachtete die lächerliche Sturmflut, die er in seinem Häferl erzeugte, und schüttete das Meer kurzentschlossen über das Geländer hinab auf die parkenden Autos. Er wisse genau, warum sie gehe, hatte seine Frau zu ihm an jenem Morgen gesagt, als sie ihren Koffer gepackt hatte. Er nickte, obwohl er es nicht wusste, und hörte, wie die Tür ins Schloss fiel. Johannes hatte nicht einen Versuch unternommen, sie anzurufen, ihr zu schreiben oder seine Kinder zu sehen. Es beschäftigte ihn nicht weiter. Nur jetzt, da er die Stimme seines Nachbarn vernahm, der vom Balkon unter ihm zu Johannes hinauf schimpfte und drohte, die Polizei zu rufen, erinnerte er sich, dass er gerne seine Frau vorgeschickt hätte, um mit dem Aufgebrachten zu verhandeln. Es wurde also nicht verhandelt.

Der Sprengmeister zog seine Schuhe an, streifte den Mantel über und verließ sein Heim, ohne abzusperren. Auf der Straße löste er die Schlüssel für Haus- und Wohnungstür vom Schlüsselbund und warf sie in den Rinnstein, durch den ein Sturzbach das Regenwasser des Nachmittags in die Kanalisation trieb, die Schlüssel erfasste und mit sich in den Untergrund riss.

Zweiter Teil

EINER DES ANDEREN

VII

Johannes beobachtete von seiner Parkbank aus, auf der er im Schneidersitz über eine Dose Bier und einen Karton Nudeln vom Chinesen gegenüber dem Rachel gebeugt saß, eine Gruppe Jugendlicher, wie sie flaschenweise roten Wodka im Kreis gehen ließen und sich danach einer nach dem anderen rücklings auf ein Sitzkarussell legten, um, von den anderen angestoßen, wild zu rotieren, bis Fliehkräfte sie von dem Gerät herunter und in den feuchten Rindenmulch warfen. Dort blieben sie dann für einige Augenblicke liegen, streckten die Arme wie auf den Rücken gedrehte Käfer in die Luft, bis man ihnen auf die Beine half. Die Gedrehten wankten um das eng stehende Grüppchen, griffen nach der nächstbesten Schulter, um sich zu stützen. Schließlich übergab sich ein Mädchen über das Karussell. Man lachte, man johlte und zog weiter, als habe das Spiel damit seine Verliererin und sein Ende gefunden. Der Sprengmeister folgte ihnen noch eine Weile mit den Augen einen der Pfade entlang, bis sie den asphaltierten Fußweg erreichten und aus seinem Sichtfeld verschwanden. Er sah suchend umher, ob sich nicht eine andere Gruppe, ein anderes Spiel fand, um sich mit dessen Beobachtung die Zeit zu vertreiben. Für gewöhnlich streunten abends unzählige Gruppen Betrunkener durch diesen Park. Er hatte ihnen oft vom Balkon aus gelauscht, hatte versucht ihre Gespräche aufzuschnappen, deren kindliche Banalität ihn stets mit Zuversicht erfüllt hatte. Es war beinahe Dezember, und auch wenn in der Stadt selten Schnee fiel und schon gar nicht liegen blieb, ohne sich in grauen Morast zu verwandeln, roch es nach Eis. Das störte die Jugendlichen scheinbar nicht. Ihre Stimmen hallten auch im Winter nachts durch die Grünanlage. Hören konnte Johannes sie auch jetzt, aber sie mussten hinter ihm oder im Schutz eines Dickichts ihre Kreise ziehen.

Ein Obdachloser nickte und prostete Johannes von der gegenüberliegenden Bank aus zu. Er trank Bier derselben Marke, der einzigen, die die Tankstelle am Ende des Parks gekühlt verkaufte. Der Sprengmeister konnte sich nicht erklären, warum er bei diesen Temperaturen nach einem eiskalten Bier gegriffen hatte. Mit jedem Schluck fröstelte es ihn mehr. Er prostete zurück, nahm Augenkontakt auf und warf die leere Plastikbox hinter sich ins Gras. Das Bier trank er aus, behielt die Dose aber in der Hand, erhob sich und marschierte los, als wüsste er genau, wohin er wollte. Er hatte, nachdem er seine Schlüssel in der Kanalisation hatte verschwinden lassen, den Gedanken gefasst, in den Park zu gehen, zu sehen, was er sonst nur hörte, und die Wege zu gehen, die er sonst nur von der Kreuzung am Ende der Bundesstraße aus beobachtete. Diese Fußwege hatten ihm früher bloß ein Kopfschütteln entlockt und den Gedanken, dass die Leute nicht einmal kürzeste Pfade zu gehen imstande waren, ohne achtlos Abkürzungen zu erzwingen. Jetzt verstand er, dass hier niemals jemand ging, der tatsächlich irgendwohin wollte. Es war eine Freizeitanlage, ein Ort, der von asphaltierten Straßen in seinem Sinn infrage gestellt wurde und in der geschwungene, Winkel durchkreuzende und an Teichufern, Erdhügeln und mitten in Wiesen endende Trampelfade eine Notwendigkeit darstellten. Er wandelte an diesem Abend über jene Pfade, kam ein ums andere Mal an immer denselben Stämmen vorüber und bewegte sich keinen Schritt irgendeinem Ziel entgegen. Wenn er müde wurde, setzte er sich auf eine Parkbank und wenn er rauchen wollte, zündete er sich eine Zigarette an. Als schließlich die sanfte Leichtigkeit des Biers seinen Schädel verließ, verließ er den Park und seine unsinnigen Wege, um sich etwas zu trinken aufzutreiben.

Johannes' Schritte führten ihn von Tankstelle zu Tankstelle stetig geradeaus, erst an einer Reihe Wohnblöcke vorüber, dann durch die verwinkelten Gassen um den Stadtkern, die ihn Richtung Zentrum kreuzen ließen, wie einen Ozeansegler bei Gegenwind, bis er endlich aus dem Straßenlaternenzwielicht auf den grellen Platz um einen stetig eingerüsteten Dom trat. Hier strahlten Flutlichter von den das Gotteshaus umgebenden Fassaden gegen die Buntglasfenster und den Kalkstein. Der Sprengmeister sah nicht auf zu den Wasserspeiern und den gotischen Giebeln. Das Ewigkeitshaus war ihm keinen Blick wert.

Er verließ den von Souvenirläden und teuren Cafés gesäumten Platz so rasch und zielstrebig, wie er ihn betreten hatte, drängte sich, so nahe er konnte, am Mauerwerk vorbei, um nicht vom Kurs zu abzukommen. Auf der anderen Seite der Stadt, an ihrem zerrspiegelhaften Ebenbild, setzte er seinen Weg fort und erreichte am Ende einer fast vierstündigen Wanderschaft betrunken, aber in keiner Weise erschöpft, das Firmengelände, entsperrte das Tor, überquerte den Parkplatz, presste seinen Chip gegen den Sensor an der Eingangstür, erklomm die Treppe in den ersten Stock, schritt zwischen den Bürowürfeln hindurch und ließ sich in seinen Stuhl fallen, hob die Beine auf den Schreibtisch und lehnte sich zurück. Bald schon langweilte ihn der Anblick des Plafonds und auch jener seines leeren Tisches. Sämtliche neuen Unterlagen hatte er sich in rollbaren Aktenschränken in seinen Container bringen lassen. Die alten hatte er archiviert. Johannes verließ sein Büro und drehte eine Runde zwischen den Würfeln, besah sich die Arbeitsplätze seiner Kollegen und Untergebenen und verspürte diebische Freude dabei, Familienfotos von den Tischplatten zu heben, in Händen zu wiegen und an anderer Stelle abzulegen.

Doch auch das verlor schnell seinen Reiz, also schob der Sprengmeister die Tür zu Herbert Loos' Büro auf und schlüpfte mit eingezogenem Bauch und angehaltenem Atem durch den schmalen Spalt hinein. Es war stockfinster im Zimmer. Die Rollläden waren hinabgezogen, sodass nicht einmal Mondlicht und das andauernde Strahlen der Stadt eindringen konnten. Johannes tastete sich an der Wand entlang, bis er den Lichtschalter fand. Die Leuchtstoffröhre flutete den Raum unter widerwillig lautem Summen mit sterilem Licht und Johannes schrak zurück, stieß gegen einen der unbequemen Stühle mit lederner Sitzfläche und kippte einen Papierkorb um. Herbert Loos kauerte, die Augen geschlossen, einen Speichelfaden bis in den Kragen hängend, in seinem Bürosessel. Johannes nahm entsetzt wahr, wie er blinzelte, sich schmatzend am Kopf kratzte und dann die Spucke vom Gesicht wischte. »Johannes … Wie spät ist es?«, fragte er schlaftrunken.

»Es ist drei Uhr morgens.«

»Gott sei Dank! Ich dachte schon, ich hätte verschlafen.«

Der Geruch von kaltem Schnaps haftete seinem Atem an und breitete sich mit jedem Wort weiter im Büro aus. »Ich möchte nicht, dass mich die Mitarbeiter sehen, bevor ich mich zurechtgemacht habe.«

»Was machst du hier mitten in der Nacht?«, fragte der Sprengmeister.

»Ich habe mein Haus verkauft. Für mich allein brauche ich nicht so viel Platz und jetzt, da meine Mutter alleine lebt, dachte ich, es wäre keine schlechte Idee, zu ihr zu ziehen.«

»Und warum bist du dann nicht dort?«

»Ich hasse es bei meiner Mutter. Zwei Tage hat es gedauert, mich daran zu erinnern. Sie hat ein Bild des alten Herrn über dem Esstisch aufgehängt und ein zweites über dem Kaminsims.

Das allein reicht schon, um dort nicht übernachten zu wollen. Da bekommt man ja Albträume.«

Herbert Loos konnte nicht verbergen, dass er das Haus nicht seiner Mutter wegen verkauft hatte. Sein Anzug sah aus, als hätte er ihn tagelang getragen. Sein Hemd war nicht gebügelt und draußen war die Hälfte der Bürowürfel verwaist. Johannes fragte nicht weiter nach. Wenn einmal der Auftrag der Stadt ausgeführt war und laufend weitere kamen, dann würde man das Büro auch neu bevölkern. Er machte sich darum keine Sorgen und sah auch keinen Grund, den Finger in die Wunde zu legen. Stattdessen setzte er sich und nahm ein Kristallglas von dem Tablett hinter Herberts Bildschirm. Er streckte sich nach der Flasche und Herbert schob sie ihm entgegen. »Schenk mir doch auch etwas ein. Zigarre? Die sind noch vom Senior. Du wirst nicht glauben, wie viele Schachteln er davon in seinem Keller gebunkert hat. Die sind nicht mal billig. Zurückgeben kann man sie nicht und sie weiterzuverkaufen ist mir zu dumm. Sie steckten sich die Zigarren an, der Qualm zog zur Decke, füllte den Raum mit Schlieren wie schmutziges Wasser, das die Schwerkraft vergessen hatte. Toast sprachen sie keinen aus, stießen an, und Johannes war froh, dass Herbert ihn nicht fragte, warum eigentlich er zu einer solchen Stunde ins Büro gekommen war. Die beiden sprachen kaum. Darüber wurde es hell, und als die Flasche geleert und die Zigarre aufgeraucht war, erschienen die ersten Mitarbeiter im Gebäude. Draußen machten sich die Arbeiter bereit auszurücken, und Johannes verabschiedete sich, um die Gelegenheit wahrzunehmen, mit ihnen zum Turm zu fahren. »Willst du heute Abend mit zu Mag. Nim kommen? Er hat mich eingeladen, und ich glaube, ich ertrage diese Gesellschaft nicht alleine!«, rief Herbert ihm hinterher. »Ja, gerne. Er hat mich auch schon eingeladen.« Sein

Chef hob eine Augenbraue, doch Johannes zog einfach die Bürotür hinter sich ins Schloss.

Durch das Fenster des Containers konnte Johannes die Männer beobachten, wie sie ihre Mittagspause bei ein paar Dosen Bier und Jausenbrot verbrachten. Sie standen einander im Kreis gegenüber, prosteten, lachten. Einen Moment lang verlangte es den Sprengmeister, zu ihnen zu gehen und ebenfalls ein Bier zu öffnen, ein Brot zu essen. Er besann sich. Getrunken würde am Abend noch genug und er sollte erst den Alkohol der vergangenen Nacht verdauen. Zu seiner eigenen Überraschung fühlte Johannes sich ausgeruht, als hätte er ausreichend geschlafen. Er schrieb seinen Zustand den rastlosen Gedanken zu, in deren Strom geometrische Formen, ein Schlüsselpaar, Rebecca, wie sie gespielt unaufmerksam auf ihrer Serviette herumkritzelte, und ein Stapel Papiere, deren Seitenenden die zittrige Unterschrift des Rezeptionisten zierte, wirbelten. Und scheinbar hatten all diese Dinge nichts miteinander zu tun. Er selbst brachte sie in Zusammenhang und hielt sie fest. Er zog diesen Wachzustand, diesen Rauschzustand, dem quälenden Dösen vor, das sonst seine Nächte beherrschte.

Am Vormittag hatte man den übrigen vierten Stock fertig gestellt und die Hälfte aller Löcher im fünften gebohrt. Noch hatten die Arbeiten nicht den Wahnsinn der oberen Geschosse erreicht. Noch war er der einzige Zeuge. Was, wenn er gemeinsam mit den Arbeitern die Sicherheitstür vom Treppenhaus her aufstieße und dort nur rechte Winkel und ebenmäßige Türrahmen vorfände? Nicht nur würde Rebecca dann recht behalten, denn er hatte es ihr angesehen, dass sie ihm nicht ein Wort geglaubt hatte, sondern auch all seine Kontrollarbeit am Wochenende wäre umsonst gewesen. Johannes malte sich aus, wie die

Bohrköpfe in Hohlräume stießen, der Bohrende stolperte und seine Inkompetenz ans Licht brachte. Nein, er würde sie nicht begleiten, würde nicht dirigieren, stattdessen einfach hier sitzen bleiben, alten Papierkram durchgehen und darauf warten, dass man verwirrt und verstört zu ihm käme, um ihm von der Eigentümlichkeit des Bauwerks, auf die man nicht vorbereitet gewesen sei, zu berichten. Aber so weit würde es heute ohnehin nicht kommen. Zwei Stöcke höchstens waren noch zu schaffen, bevor der Arbeitstag zu Ende ging. Beim Gedanken daran erinnerte er sich, dass Mag. Nim einen Abend in bester Gesellschaft und vor allem im Zwirn angekündigt hatte. Johannes besaß keinen Anzug, und das Hemd des Rezeptionisten, das er trug, ebenso wie sein Mantel und seine Altherren-Khakihose waren schmutzig und stanken nach dem Schweiß zweier Tage und einer nächtlichen Wanderung. Er zuckte innerlich mit den Schultern, eine lächerliche Art von Gedanken, die ihn zwang, über sich selbst zu lachen. Wenn man ihn wegen seiner Erscheinung aus der feinen Runde ausschließen wollte, sollte man es tun. Herbert Loos müsste die gefürchtete gesellschaftliche Unterlegenheit in diesem Falle allein ertragen. Er würde es zweifellos bewältigen. Johannes lehnte sich zurück und hob ein Formular vors Gesicht, dessen Inhalt ihm nichts sagte. So wollte er den Nachmittag verbringen. Es ging voran und nun war er sich wieder sicher, mit seiner Nachlässigkeit davongekommen zu sein. In dieser Sicherheit quälte ihn auch der Irrsinn des Turmes für einen Augenblick nicht mehr. Er ertastete den Schlüsselbund in der linken Hosentasche, der so viel leichter und beinahe nicht mehr Bund, sondern ein Bündchen war - zwei Schlüssel waren übrig, nicht mehr –, und ihm wurde leicht ums Herz. In den folgenden Stunden gefiel er sich darin, so zu tun, als läse er Akten.

Der Sprengmeister zupfte an der schlecht gebundenen Fliege und den Hemdsärmeln herum, die sich unter dem Anzugjackett hochgeschoben hatten und sich nicht über seine Handgelenke ziehen lassen wollten. Die Hose flatterte zu weit im Schritt und die Hosenbeine schleiften an den Fersen über den Schotter, während er durch die weitläufigen Gärten auf den Luxus-Appartement-Komplex zuschritt, in dessen fünfundzwanzigsten Geschoss, einem Penthouse, die Feierlichkeiten des Abends, den Lichtern und der Musik nach zu schließen, bereits in vollem Gange waren. Um Punkt siebzehn Uhr, zu offiziellem Arbeitsschluss, war Mag. Nims Limousine bis zu Johannes' Container vorgefahren. Der Chauffeur war ausgestiegen, hatte an die Fensterscheibe geklopft, hinter der Johannes immer noch in die Luft und manchmal in den nichtssagenden Ordner starrte, und hatte ihm schließlich einen Dreiteiler ins Büro gereicht. Johannes fühlte sich unwohl dabei, sich in das Kunstwerk aus teuerstem Stoff zu zwängen, wäre um ein Haar an der Fliege gescheitert und war endlich - fünfzehn Minuten später – in den Wagen gestiegen, in dem er dann alleine mit einer Flasche Champagner auf der Rückbank saß und durch die getönten Scheiben die Nachtlichter vorbeiziehen sah. Die Vorfreude, die ihn über die Gedanken von Obdachlosigkeit, die sich gegen jene von Freiheit stemmten, hinweggetröstet hatten, war verflogen. Und als er nun in Geleit des Fahrers auf den schwarzen Koloss zuschritt, in dessen Fensterglas sich die Stadt und entfernt auch der weiße Turm spiegelten, fürchtete er die bevorstehenden Stunden. Er fürchtete sich vor sich selbst und wie er war, wenn er wie geplant zu viel trank. Auch erfüllte ihn Herberts Gegenwart mit dunkler Vorahnung. Die Eingangshalle erstrahlte in schlichten Farben und gedämpftem Licht. Es war zurückhaltender Prunk, der sich seiner selbst nur allzu gewiss war. Bis auf einen schmalen Tresen, hinter dem der Portier saß, bei Johannes' Eintreten jedoch aufsprang und ihn mit einer angedeuteten Verbeugung begrüßte, ihm in zu vielen Worten den Weg zum Aufzug, der ohnehin nicht zu übersehen war, wies und ihm viel Vergnügen bei Mag. Nims Empfang wünschte, war das Erdgeschoss des Hauses leer. Vier mächtige Chromsäulen stützten den Raum, ein schwarzer Samtteppich erstreckte sich von den automatischen Flügeltüren bis hin zu jenen des Lifts. Nichts sonst. Keine Sitzgelegenheiten, keine Hintertüren, nur die Leuchter verrieten einen Anflug von selbstherrlichem Gepränge. Sie waren golden, geschmiedete Rosenblätter und Glühbirnenblüten, wie aus einem vergangenen Jahrhundert. Im Aufzug hätten gut und gern zwanzig Menschen Platz gefunden. Aus den Lautsprechern über der Anzeige drang ein Lied, das Johannes aus dem Radio zu erkennen meinte. Als es zu Ende war, begann es von vorn.

Die Aufzugtüren im Penthouse schoben sich geräuschlos auf – und auch das Lied verstummte. Als sie sich hinter Johannes wieder schlossen, ebenso lautlos, setzte die Sängerin ihren wehmütigen Gesang fort, sang zuhörerlos für den in die Tiefe zurückkehrenden Mechanismus. Der Sprengmeister erreichte die Feierlichkeiten an jenem Abend verspätet. Die übrigen Gäste, deren lebhafte Unterhaltungen nun durch die von einem gebeugten Butler aufgeschobene Flügeltür schlugen, sich gewaltsam in die erwartungsvolle Ruhe des Vorzimmers drängten und es in Besitz nahmen, hatten sich bereits in dem Palast über der Stadt eingefunden. Sie thronten im Stehen und besaßen den Raum und sie besaßen auch Johannes, zogen ihn vorwärts, zwangen ihn, sich ihrem Feiern, ihrer Fröhlichkeit anzuschließen. Das Herz hinter dem Jackett, hinter dem Hemd, dem Unterhemd, der auf- und abschwellenden Brust begann zu toben, zerriss sich beinah im Zwiespalt aus Euphorie und Fluchtreflex, doch der Sprengmeister wusste, dass von nun an, da der Butler ihn erblickt und mit ausschweifendem Gestus in den Salon gebeten hatte, der Weg vorgezeichnet war und in den jovialen Händedruck Mag. Nims, in das vertraute Nicken Herberts führte.

Im Salon nahm ihm der Butler den Mantel ab und wies ihn an, die Schuhe auszuziehen. Vierzig Paar lagen bereits in konzentrischen Halbkreisen um einen Garderobenständer, auf dem keinerlei Kleidungstücke hingen. Der Butler verschwand mit Johannes' Mantel durch eine schmale Tür, und der Sprengmeister folgte der Musik, den Stimmen in den Wohnbereich, wo die Gäste, in kleinen Grüppchen zusammengedrängt, an ihre Gläser geklammert standen. Auf dem Couchtisch und einer ebenhölzernen Bar reflektierten getürmte Champagnerflöten und Flaschen das Licht des Lusters zu waghalsigen Kunstwerken. Bedienstete rotierten mit Silbertabletts durch den Raum in steter Sorge, jemand müsse Durst leiden. Auch Johannes vermochte nicht zwei Schritte in das Zimmer zu tun, ohne dass ihm eine Auswahl von Wein bis Whiskey gereicht wurde. Ein Glas stürzte er hinunter, um sich mit einem zweiten auf die Suche nach Gast- und Arbeitgeber zu machen. Durch abgehende Türen bot sich ihm in zahlreichen Räumen das gleiche Bild. Er spähte nach den Gesuchten, ohne das Wohnzimmer zu verlassen, hielt Abstand zu den tratschenden Gruppen, fühlte sich, obwohl er nicht weniger exquisit gekleidet war, als könnte ein jeder ihn als Fremdkörper entlarven.

Der Schnaps tat seinem Wunsch, sich zu verstecken, noch keinen Abbruch. Dann trank er auch das zweite Glas aus, griff nach dem dritten. Mag. Nim war nicht aufzufinden, nicht ohne den Rest der rauschenden Wohnung zu erkunden, doch zuerst eilte Johannes an der Bar vorüber, schob dort eine der nahtlosen Balkontüren auf, um Luft zu holen, Luft, denn das Penthouse erstickte in parfümiertem Schweiß. Johannes musste hinaus in die Kühle, wenn er schon nicht gänzlich fortkonnte. Denn immer noch gehörte er den Stimmen, nicht zu ihnen.

Am Geländer, das der Reling eines Schiffes nachempfunden schien, lehnte Mag. Nim alleine, mit überkreuzten Armen streckte er den Kopf über den Abgrund und spuckte einen Zigarrenstummel in die Baumwipfel der Gartenanlage. Zu beiden Seiten seiner Füße standen leere Gläser, sodass Johannes sich ihm von hinten anstatt von der Seite näherte und ihm unsicher auf die linke Schulter tappte. Als hätte er es erwartet, wandte sich der Hausherr breit lächelnd zu seinem Gast um und erfasste Johannes' Oberarm, hielt ihn fest und für einen Moment glaubte der Sprengmeister, er würde umarmt werden. Dann löste der Baumeister den Griff, bückte sich nach einem der Getränke und stieß das leere Weinglas gegen Johannes' Whiskey, den er fest gegen die Brust gedrückt hielt. Einige Resttropfen Rotweins lösten sich vom Glasrand, sprengten über die Hand des Sprengmeisters hinweg als blutige Flecken Johannes' weiße Hemdbrust. »Oh, entschuldigen Sie!«, rief Nim aus und wischte sogleich mit dem Daumen über die Spritzer, verwischte sie zu blassrosa Seen. »Keine Sorge, es macht nichts. Das Hemd gehört ohnehin Ihnen, wenn ich mich nicht irre.«

»Ja, das stimmt. Ich habe mir erlaubt, es dem Fahrer mitgeben zu lassen. Ich dachte, Sie hätten bestimmt keine Zeit, sich an einem Arbeitstag etwas Passendes für den heutigen Abend zu besorgen.«

»Sie hatten recht. Ich hätte den Zeitplan aufs Spiel setzen müssen, um am Nachmittag einen Ausflug zum Einkaufen zu machen«, log Johannes. Er hatte niemals daran gedacht, einen Anzug zu kaufen.

»Das konnte ich natürlich nicht verantworten. Wie läuft es? Ich dachte immer, so ein Abriss wäre eine Sache von ein paar Tagen und sehe nun, Sie nehmen sich mehrere Wochen Zeit.«

Johannes wandte den Blick ab, um insgeheim nach Worten zu ringen, einer Erklärung, die Herbert nicht bei der Stadt bloßstellen würde. »Die Auftragslage ist dicht und Herr Loos hat deshalb weniger Leute für die Sprengung abgestellt. Zum Ausgleich haben wir früher angefangen, und ich bin zuversichtlich, dass wir den Turm gut eine Woche vor Weihnachten abgerissen haben werden.«

»Freut mich zu hören.« Mag. Nim wandte sich der Reling zu, hob das Glas gegen die Silhouette des Turmes, die vom Mond beschienen über die umgebenden Dächer hinausragte, und ließ es wie das Zigarrenende fallen. »Ein Toast darauf, ihn endlich los zu sein.«

Johannes hielt den Atem an, bis er das erbarmungswürdige Splittern aus der Dunkelheit vernahm. »Darauf trinke ich«, entrang er sich schließlich und leerte sein Getränk.

»Wollen Sie auch etwas werfen?« Nim sah ihn an, dann auf das Whiskyglas. »Nur zu. Heute wird gefeiert!«

Der Sprengmeister zögerte.

»Kommen Sie schon.« Der Gastgeber trat beiseite und wies mit ausgestrecktem Arm über den Abgrund, vollführte eine fordernde Handbewegung »Der Garten gehört mir und ich habe Leute, die ihn morgen für mich aufräumen.«

Johannes holte unsicher aus und schleuderte das Glas doch unter einem angenehmen Aufrauschen des Adrenalins in seiner Brust hinaus über die Wipfel.

»Kaum ein besseres Gefühl, nicht wahr?«

Er nickte, starrte in seine leeren Handflächen und begann erneut zu schwitzen, obwohl es eiskalt war.

»Kommen Sie mit. Ich möchte Ihnen einige Leute vorstellen.«

Die unsichtbaren Dampfwolken aus den Achselhöhlen der Trinkenden vernebelten Johannes den Blick, als er an Nims Seite den Wohnbereich durchschritt. Oder war es der Whisky? Es mochten auch die Echos des gestrigen Rausches sein.

Durch eine schmale Tür, hinter der auf einer niedrigen Bühne ein Konzertflügel prangte, führte Mag. Nim den Sprengmeister in die Küche und weiter in ein majestätisches Schlafzimmer samt Himmelbett. Um einen runden Marmortisch saßen vier Gäste auf Hockern, über ausgelegte Tarotkarten gebeugt. Herbert Loos stand rauchend am Fenster und drückte die Zigarette panisch auf der Fensterbank aus, als er des Gastgebers gewahr wurde. »Ah, keine Sorge, Herr Loos! Ich nehme es nicht so genau. Schon gar nicht, wenn wir hier feiern.« Trotz Nims Versicherung ließ Herbert seine Zigarettenschachtel in der Anzugtasche verschwinden. Johannes nickte ihm zu und er gab das Nicken zurück. Seine Augen blickten glasig am Sprengmeister vorbei, die Pupillen waren geweitet, er sagte nichts, schlich an Nim vorüber, der sich bereits dem engen Kreis um die Karten zugewandt hatte, und verließ den Raum. »Habt ihr also meine Karten entdeckt!«

»Sie lagen schließlich offen auf dem Tisch«, erwiderte eine der gebeugten Gestalten, »wir werden nur nicht wirklich schlau daraus.« Der Mann richtete sich auf und hielt Mag. Nim eine ausgebreitete Interpretationshilfe entgegen. »Die lag zwar mit in der Schachtel, aber was soll man schon mit einer Handvoll Stichworten anfangen?« Vor jeder der drei Gestalten lagen zwei Karten, die Johannes über Nims Schulter hinweg, bis auf jene des Aufgerichteten, nicht erkennen konnte. Links ein Pferdegespann, rechts eine geflügelte Figur mit Schwert und Waage. »Das macht ja den Reiz aus. Man erfährt etwas, ohne zu wissen, was es ist.« Nim trat zur Seite und gab Johannes den Blick frei. »Ich möchte dir jemanden vorstellen, Freddy. Das ist Johannes Eichinger. Er wird unseren armen Turm in die Luft sprengen.« Freddy sprang überraschend lebhaft vom Hocker auf und streckte Johannes die Linke anstatt der Rechten entgegen, der umständlich danach griff und sie schüttelte. »Friedrich Hollein, sehr angenehm.« »Johannes Eichinger.« Nim durchbrach die einsetzende Betretenheit, bevor sie sich in Peinlichkeit verwandelte. »Freddy ist der Architekt, und ich bin ihm nicht einmal böse.« Er kicherte und wies dann ringsum auf den Rest der Versammelten, zählte ihre Namen auf, erklärte, wer sie seien, doch Johannes hörte nicht zu. Da stand er also, der Visionär, der Wahnsinnige! Der Sprengmeister musste mit ihm sprechen, musste Nims Vorstellungsrunde entkommen, hierbleiben, genau hier in diesem Raum, an diesem Tisch. Also zog er einen freien Stuhl vom Fenster heran und setzte sich, während Mag. Nim weitersprach. Dann schüttelte er auch die Hände der übrigen Gäste und besah sich die ausgelegten Karten. »Ich habe mich schon immer dafür interessiert, wie so etwas funktionieren soll. Könnten Sie es mir zeigen?«, fragte Johannes den Architekten. »Nein. Ich kenne mich selbst nicht aus, aber wenn Sie sich zu uns setzen, finden wir es bestimmt heraus. Ich kann nur auch diese kleine Schrift ohne Brille nicht lesen.«

»Bleiben Sie ruhig hier, Johannes«, sagte Nim und schnippte Herberts Zigarettenstummel von der Fensterbank in die Nacht hinaus. »Ich kann Ihnen den Rest auch später vorstellen, wenn

Sie wollen. Es hat ja keine Eile. Die Nacht ist jung«, und verschwand.

»Die einfachste Variante, die Karten zu legen, scheint zu sein, eine Frage zu stellen und anschließend zwei Karten zu ziehen. Eine bezeichnet das Für, die andere das Wider. Stellen Sie eine Frage, Herr Eichinger.«

Johannes überlegte einen Moment. Er hatte nichts zu fragen. Auf jeden Fall nichts, das nicht mit dem Turm in Verbindung stand. Eigentlich hatte er versuchen wollen, sich diesem Thema behutsam, über Umwege zu nähern. Nun, da ihm das Stellen einer unverblümten Frage wie ein Geschenk vor die Füße gelegt worden war, sah er keinen Sinn darin, sich zu verweigern. »Eine Für-und-wider-Frage?«

»Genau.«

»Ist es gut, den Turm zu sprengen?« Der Sprengmeister hielt den Atem an. Sogleich bereute er das Wagnis. Gerne hätte er es wieder eingefangen und verschluckt. Ob es gut sei oder nicht? Das interessierte ihn eigentlich gar nicht. Es war schließlich beschlossene Sache und nicht an ihm, solche Fragen zu stellen. Höchstens sich selbst, so wie er es bereits getan hatte. Den potentiellen Turm und seine Tatsächlichkeit hatte er verglichen, hatte darüber nachgedacht, warum etwas zerstört werden sollte, das noch gar nicht existierte, und war zu keinem Schluss gekommen. Ob der Zukunft damit gedient sei und ob es gut war, sich der Zukunft zum Diener zu machen? Nichts davon war relevant. Der Architekt sah ihn unbewegt an, hob dann zwei Karten vom Deck ab und legte sie vor Johannes hin. »Die linke Karte ist das Für. Die Rechte Karte ist das Wider. Decken Sie sie auf.«

Links der Gehängte. Rechts der Turm. »Und, was hat es zu bedeuten?« Der Architekt warf einen Blick auf die Anleitung, wie um etwas nachzulesen, schob sie jedoch einen Augenblick später beiseite. »Erlauben Sie mir zu behaupten, dass es nichts bedeutet.«

»Warum haben wir die Karten dann gelegt?«

»Zur Unterhaltung in zweifelhafter Gesellschaft. Außerdem denke ich, dass Ihre Frage nicht durch Esoterik zu beantworten ist.«

»Wie alle Fragen.«

»Da haben Sie recht. Wie ich bereits gesagt habe: Es ist Unterhaltung. Wenn Sie sie jedoch direkt an mich richten möchten, und davon gehe ich aus, bin ich gerne bereit, mit Ihnen darüber zu sprechen.«

»Sie haben mich ertappt.«

»Sie haben sich gar nicht versteckt.«

»Hätte ich das tun sollen?«

»Vielleicht. Sie kennen mich schließlich nicht. Ich hätte bei der Erwähnung meines zum Tode verurteilten Kindes in Tränen ausbrechen können.«

»Und warum tun Sie es nicht?«

»Ich habe viele Kinder und dieses wurde nie geboren. Ich hatte meine Zeit zu trauern und jetzt freue ich mich einfach darauf, seinen Leichnam nicht mehr täglich sehen zu müssen.«

Der Architekt streckte sich über den Tisch nach einer halbleeren Schnapsflasche mit goldenem Etikett, die zwischen den Gläsern der drei anderen am Tisch, deren Namen Johannes nicht gehört hatte, stand und schob sie dem Sprengmeister zu. »Trinken Sie. Ich habe nicht vor, mich weiter mit jemand Nüchternem zu unterhalten, wenn ich das von mir selbst nicht behaupten kann.«

Johannes nahm einen brennenden Schluck.

»Schon besser. Nun, da wir uns langsam auf das gleiche Niveau begeben, kann es weitergehen. Haben Sie noch andere Fragen als solche vermeintlich moralischer Natur?«

»Es war keine moralische Frage.«

»Das freut mich. Es wäre auch mehr als naiv.«

»Was hat es auf sich mit den schiefen Wänden und den geometrischen Körpern?«

»Geradeheraus! Vielen Dank! Ich habe die Bauarbeiter angewiesen, sie zu mauern, zu verputzen, als bereits feststand, dass wir das Haus niemals fertig bauen würden.«

»Aber warum?«

»Ich glaubte damals, es zu wissen. Vielleicht war es eine Form zahnloser Rebellion.«

»Aber was haben Sie sich dabei gedacht?«

»So vieles, lieber Herr Eichinger. Sehen Sie, ich glaube, es verhält sich damit ähnlich wie mit diesen Karten. Ich könnte versuchen, mich daran zu erinnern, und ich könnte versuchen, es Ihnen begreiflich zu machen, und am Ende könnten Sie glauben, etwas erfahren zu haben, aber eigentlich wüssten weder Sie noch ich, was es ist.«

»Seien Sie mir nicht böse, aber ich glaube Ihnen nicht.«

»Das kann ich verstehen. Und womöglich habe ich auch gelogen, aber mehr kann ich Ihnen dazu nicht sagen. Es ist ein Kunstwerk, so wie der ganze Turm eines hätte werden sollen. Sehen Sie es sich an. Dann finden Sie seinen Zweck selbst heraus.«

»Aber der Turm hätte ja einem tatsächlichen Zweck gedient.«

»Und was wäre dieser Zweck gewesen?«

»Ich weiß es nicht.«

»Ich auch nicht. Vielleicht hat Roderik es einmal gewusst. Das müssten Sie also ihn fragen. Mir hat er es nicht verraten. Er wollte einen Turm und den habe ich für ihn gebaut. Er wollte ihn dreiundzwanzig Stockwerke hoch.«
»Und nichts zum Innenleben?«

»Doch, doch – und ich habe mich streng daran gehalten.«

»Bis auf die oberen Stockwerke?«

»Ja, bis dahin. Bis er ihn nicht mehr haben wollte.«

»Und die Kammer hinter der Wand im dritten Stock?«

»Davon weiß ich nichts. Und jetzt entschuldigen Sie mich, bitte.« Der Architekt erhob sich, die Flasche so fest in Händen, dass seine Knöchel weiß hervortraten. »Ich habe genug vom Kartenlegen für einen Abend.« Er verbeugte sich vor dem Sprengmeister und verließ das Schlafzimmer. Johannes legte die Karten zurück auf den Stapel und blieb einige Augenblicke sitzen. Er wusste nicht, ob er erleichtert oder enttäuscht sein sollte.

Gegen Mitternacht hatte sich die redselige Zusammenkunft, das Im-Kreise-Stehen und gesittete Trinken, in ein rauschendes Fest verwandelt, das zögerliche Wippen zur Musik in hemmungsloses Tanzen. Dr. Herzog und der Architekt hielten einander an den Hüften umschlungen, streckten dann die Gläser gespiegelt steil von sich und trippelten in synchronen Schritten vor dem Klavier seitlich auf und ab. Ein junger Mann hatte sich vor die Tasten gesetzt. Jazz schlängelte sich taktunsicher durch den Raum. Die Schritte der Tanzenden kümmerten sich nicht darum. Überhaupt schien ein jeder andere Rhythmen zu spüren und man wogte gegengleich. Immer wieder flogen Hände zur Decke empor, Finger tanzten und klatschten in das aufgewühlte menschliche Element zurück. Vielfarbige Gischt. In der Ecke gegenüber stand Mag. Nim hochaufgerichtet und stramm. Der Baumeister war sturzbetrunken und hielt sich nur mit Mühe aufrecht, dafür jedoch umso korrekter. Ein Akt der Selbstdisziplin. Die im Reigen Schwelgenden um ihn herum nahmen davon keine Notiz, ging es vielen von Ihnen doch kaum besser. Herbert Loos war nirgends zu entdecken, also trat Johannes um den Flügel herum von der Bühne und begann sich seinen Weg durch das hochprozentige Unwetter zu bahnen. Dabei fühlte er die Schwere seiner eigenen Glieder und stellte sein Glas ab. Nicht aber, ohne es zuvor auszutrinken. Er hatte seinen Vorsatz keinesfalls vergessen. Nur eben noch nicht jetzt. Noch nicht. Die Standuhr schlug durch die holprigen Akkorde des Pianisten null Uhr. Ein neuer Tag. Der Sprengmeister erreichte Nim und schrie ihm die Frage, ob es ihm gut gehe, ins Ohr. Mag. Nim nickte und lehnte sich über Johannes' Schulter, stütze sich daran: »Ich vertrage das schon. Geben Sie mir eine halbe Stunde und ich bin wieder ganz der Alte.« Er stieß sich ab und wankte einen Schritt zurück gegen die Wand. Er winkte Johannes weiterzugehen. Ein Wischen, ein Abtun oder ein Fortstoßen, eine kaiserliche Geste, die nichts bedeutete, ehe sie nicht interpretiert war.

Als er sie schließlich aufgespürt hatte, fand Johannes die Toilette versperrt. Auf wiederholtes Klopfen, ja panisches Hämmern hin drang nichts als gedämpftes Murmeln durch den Türschlitz, gefolgt von Stille, dem Rauschen des Wasserhahns und der Spülung. Mehrmals wiederholte sich der Vorgang, dann wurde die Türklinke von innen dreimal nach unten gedrückt. Ein Rütteln, ein Zurück-Klopfen und Treten. Erneut die Spülung. Schließlich nach einigen Augenblicken, die sich in Johannes' Notsituation zur Ewigkeit auswuchsen, klackte das Schloss und die Tür schob sich auf. Der Gefolterte riss seinerseits an der Klinke und zog den Besetzer mit der Tür aus dem dunkelblau gefliesten Raum. Es war Herbert Loos und er taumelte, wie zuvor Mag. Nim. Seine Augen jedoch waren geweitet, starrten durch Johannes hindurch und schienen den eigenen Untergebenen nicht zu erkennen. Er rieb sich die Nase, wandte sich ab und horchte auf, wurde der Musik gewahr, lächelte breit und dämlich, sprang und federte in merkwürdiger Verzückung durch den schmalen Korridor, verschwand in der Küche. Der Harndrang erlaubte es Johannes nicht, sich darüber zu verwundern. Die Tür schmetterte er hinter sich zu, vergaß, sie abzusperren, und nestelte sogleich an seinem Gürtel, riss einen Knopf von der Hose, streifte sie ab und ließ sich auf den eiskalten Toilettensitz fallen. Sein Seufzer der Erleichterung hallte von den Fliesen wieder und sein gesamter Körper, ja sein gesamtes Selbst, entspannte sich, und er erinnerte sich, wie wohlig betrunken er war. Als er sich erhob, wurde ihm schwarz vor Augen, doch ihn schwindelte nicht. Johannes pendelte sich ein und wusch Hände und Gesicht über dem weißen Marmorwaschbecken. Neben dem Becken besah er sich in einem Handspiegel, den jemand flach auf der Natursteinplatte abgelegt hatte. Der Sprengmeister erkannte sich kaum. Weder gealtert noch verjüngt sah ihm sein Spiegelbild entgegen. Er hatte alles erfahren, was von einem Wahnsinnigen, und dafür hielt er den Architekten immer noch, oder Lügner, zu erfahren war. Es gab keinen Grund, keinen versteckten Sinn hinter den Figuren und den krummen Wänden, und selbst wenn es einen gegeben hätte, dann war er verloren. Auch wenn ihm nicht die Wahrheit gesagt worden war – was war schon Wahrheit in der Gesellschaft Betrunkener? – musste es ihm genügen, unwissend zu bleiben und mit seiner Arbeit fortzufahren, ohne das ungreifbar Sinnlose in seinen Verstand vorzulassen. Es ging ihn nichts an. Und was ihn nichts anging, würde er abreißen, wenn ihm so geheißen wurde. So wie immer. So wie für immer. Warum hatte er sich bloß vor diesem Abend gefürchtet? Er fühlte sich großartig.

»Nun, da wir alle bereits reichlich angeheitert sind – was, wie ich zugeben muss, natürlich auch geplant war –, möchte ich meinen Ehrengast nach vorne bitten, um ein paar Worte zu sagen, bevor keiner von uns ihn mehr versteht.« Mag. Nim war über den Hocker und die Tasten auf den Hinterdeckel seines Konzertflügels gestiegen, um seine Rede zu halten, hielt dabei die Hand eines der Bediensteten und sprach: »Diese Person, die selbst nichts von der Widmung dieser Feierlichkeit weiß, die ebenfalls noch nie das Vergnügen genoss, in unserer aller Mitte zu stehen, ist so wie jeder Einzelner der hier Versammelten, ein Diener der Zukunft!« Der Sprengmeister vergaß sein kurzlebiges Glück, die Euphorie eines sorglosen Abends. Was konnte Nim dazu bewegen, ihn in den Mittelpunkt zu stellen? Was dachte dieser Mann nur, was bewegte ihn? Johannes fühlte sich bedrängt. Die Freundlichkeiten des Baumeisters, die ihm in den vergangenen Tagen zuteil wurden, verformten sich. Man hatte ihn verfolgt und versklavt, zu Feiern und Gesprächen gezwungen, in erniedrigende Uniformen gesteckt. Ein Diener der Zukunft? Er erinnerte sich seines Zwiespaltes, der Frage, was das zu bedeuten hatte?

Nim sprach weiter: »Oder sollte ich sagen: Dienerin?« Er streckte den Arm über die Wankenden, den nur noch leicht bewegten Wasserspiegel, und winkte einer kleineren, unscheinbaren Frau im hinteren Eck des Salons, zu ihm auf die Bühne zu kommen, auf das Piano zu steigen. Während sie sich, den Kopf gesenkt, die grauen Haare schützend vor dem Gesicht, ihren Weg durch die Gäste bahnte, setzte der Baumeister fort: »Diese berückende Dame«, er zwinkerte, traf ich vor Jahren zum ersten Mal im Rahmen einer Vernissage, welche ich selbst im Atrium dieses Hauses, meines ersten großen Projekts, das ich nicht nur für mich selbst, sondern für die Stadt, diese wundervolle

Stadt, als Spiegelbild ihres Angesichts errichten ließ. Ein guter Freund, Sie werden ihn alle kennen, Friedrich«, der Architekt vollführte eine umständliche Demutsgeste, »empfahl mir die Werke einer jungen Künstlerin, einer aufstrebenden Meisterin ihres Faches, deren intellektuelle Überlegenheit mir im Laufe unseres ersten kurzen Gespräches im japanischen Garten, den Sie alle bereits vom Balkon aus bewundern durften, bereits imponierte. Unzählige ihrer Werke zieren seither die Wände meiner Wohnung, der Wohnungen meiner Freunde sowie die Fassaden von Bauwerken. Ihr Magnum Opus jedoch, welches die Nordwand meines eigenen hätte schmücken sollen, blieb bisher dem Blick der Welt verborgen und wird, da ich mich aus dem Baugeschäft in den öffentlichen Dienst begeben habe, niemals in haushohem Format über dem Viertel thronen, das den Trost seiner Erhabenheit bei Gott verdient hätte. Stattdessen habe ich es in seiner Larvenform, seinem Entwurfsstadium, erworben und bin stolz, es besitzen zu dürfen. Es trifft sich somit, dass mein Erwerb des Gemäldes mit ihrem fünfzigsten Geburtstag zusammenfällt. Begrüßen und beklatschen Sie nun also meine enge Freundin Rachel Elijah, die den weiten Weg aus ihrer fernen Heimat auf sich genommen hat, um heute Abend bei uns zu sein!«

Die Künstlerin erklomm während Nims Rede die Bühne, schlüpfte hinter dem Piano vorüber und platzierte sich, Schultern nach unten gezogen, den Rücken gebeugt, hinter ihm, und in ihrem halb hinter seiner linken Schulter verborgenen Gesicht stand der Ausdruck äußersten Unbehagens. Johannes erkannte sich und seine Augen, seine hinabgezogenen Schultern und seinen Fluchtreflex in ihrer Gestalt. Er wollte zu ihr laufen, die Menge zur Seite schieben, sie fortführen und sich mit ihr verstecken. Mag. Nim kümmerte sich nicht um den Unwillen seines Ehrengastes. Er fuhr fort: »Hierzulande konnte Rachel nach Jahren des kreativen Schattendaseins in den USA, wo ihr Genie in den Trends und den Moden moderner Barbarei«, ekelhaft vorhersehbares Nicken unter den Gästen, »ihre künstlerische Heimat finden. Ich glaube, es ist keine unangemessene Prahlerei, wenn ich behaupte, meine Finger dabei mit im Spiel gehabt zu haben. Doch die Jahre meines Mäzenatentums sind vorüber, was Rachels anhaltender Popularität auf dem heimischen Kunstmarkt keinerlei Abbruch getan hat. Sie ist anerkannt als die Meisterin, die sie ist, und heute habe ich die Ehre, sie ein weiteres Mal in meinem Haus auf die Bühne – und zu Wort zu bitten.« Er tat einen Schritt zur Seite und lieferte die Ängstliche, die Scheue, die mitleiderregende Figur den drei Dutzend Zuschauern aus. So nahm der Sprengmeister es wahr. Als eine Opferung, eine Bloßstellung. Einige Augenblicke verweilte Rachel stumm und sah nicht auf. Sie murmelte hinter ihrem Haarvorhang wie mit sich selbst, atmete schwer. Als schließlich unter den Gästen ein Tuscheln begann und auch Nim sich unruhig zu der Vorgeführten beugte, hob die Künstlerin den Blick, streckte die Beine, den Hals, ihre gesamte Erscheinung, wuchs und sog die Aufmerksamkeit des Raumes in sich auf. Johannes hielt den Atem an. Ein neues Mysterium nahm Besitz von ihm. Noch ungreifbarer als die sinnlosen architektonischen Eskapaden des Visionärs erschienen auf einmal die Wandmalereien, die es niemals aufs Mauerwerk geschafft, zur Existenz in Weiß und später Grau verdammt wurden. Weiß und grau waren im Turm die Farben des Unfertigen, des Unbestimmten, und während der Sprengmeister sich nicht sicher war, ob Hollein jemals Farbenpracht in den Korridoren und schiefen Zimmern des

Turmes angedacht oder geduldet hätte, so war doch die potentielle Erscheinung der Nordwand in Form eines Entwurfs real. Johannes hielt den Atem an und das Warten auf die Worte der Künstlerin geriet ihm zur Qual. Johannes fühlte ihr offensichtliches Ringen, wollte an ihrer statt sprechen und ihr Luft in die Lungen blasen, Klarheit geben angesichts der wartenden Fremden, die sich nicht weniger für Rachel Elijahs Kunst hätten interessieren können. Über diese Gedanken verlor Johannes seine eigene Angst und sein Unbehagen, sah sich als hilflosen Retter, als ob er mit seinem Mitgefühl bereits einen Teil der Last auf sich genommen hätte, und verhedderte sich in den Widersprüchen der letzten Tage. Immer noch hatte die Künstlerin nicht angefangen zu sprechen. Es waren bloß wenige Sekunden gewesen, nicht einmal eine Minute, und doch glaubte der Sprengmeister anschwellendes Flüstern unter den Gästen zu vernehmen, ja Belustigung über die Frau, die so wenig in den erlauchten Kreis zu passen schien wie er selbst. Nim sah sie besorgt an, griff nach einem bunt verpackten Geschenk auf einem Tischchen an der Seite der Bühne, wollte es eben überreichen, als Rachel Luft holte, breitbeinig einen Schritt zurücktrat und sich übergab.

An der nördlichen Ecke des umlaufenden Balkons herrschte wohltuende Finsternis und am Fuß der Mauer schimmerten erkaltete Scherben einer von übermütigen Gästen zerbrochene Lampe im andernorts ertränkten Mondlicht. Der Turm ragte wie gewohnt schwarz empor, als Erinnerung in die Nacht. Einen jeden Gast, jedoch vor allem Nim, Hollein, Herbert und Johannes, erinnerte er an Unterschiedliches.

Aber auch das beherrschte seinen Geist nicht zur Gänze. Der Sprengmeister hatte sich mit dem wenig erfolgreichen Ausgang der Vor- und Zurschaustellung des Ehrengastes endlich daran gemacht, seinen gefassten Vorsatz konzentriert in die Tat umzusetzen. Er hatte eine teuer anmutende Flasche, deren Etikett er nicht lesen konnte – kyrillisch –, aus dem Barbereich erbeutet und sie mit nach draußen genommen, wo es kalt war und ein wenig regnete. Obwohl ein gläsernes Vordach ihn vor dem Wetter schützte, trieb der Wind Tropfen in sein Gesicht und er genoss es. Johannes konnte es nicht erwarten, endlich ein Stadium zu erreichen, jenes, das Herbert Loos bereits vor ihm erreicht hatte, genau wie Nim, der sich kunstvoll zu verstellen wusste im Gegensatz zu der Künstlerin. Er neidete ihnen die wache Besinnungslosigkeit und war gewillt zu trinken, was auch immer sich in der reich verzierten Bauchflasche befand, ob es schmeckte oder nicht. Es schmeckte. Und es brannte, wie linderndes Feuer, zwang seine Aufmerksamkeit, jeden fehlgeleiteten Gedanken auf sich und ihn, sich zu setzten, die restlichen Scherben durch das Regengitter zu schieben und, gegen die Mauer gelehnt, die Beine über den Balkon auszustrecken. Wohliges Wirbeln füllte seinen Kopf. Eine Zigarette fehlte zur Vollendung des Moments und er fügte sie dem Bild hinzu. Nun brannte es auf zweierlei Art in seinem Hals. So hätte er verbleiben können, einschlafen oder sich später wieder dem Rauschen anschließen, das sicher noch bis in die späten frühen Morgenstunden fortgesetzt werden würde.

Es sollte anders kommen. Links und rechts von ihm in beinahe verdächtig ebenmäßigem Abstand schoben sich Glastüren auf und hindurch traten Dr. Herzog zur Rechten und der Visionär zur Linken. Sie flankierten den Sitzenden, vor ihm der Abgrund, hinter ihm die Wand. Johannes war gefangen und ergab sich, lachte innerlich darüber, dass er Dr. Herzog, deren Anblick ihn, seit sie ihm mit den Verkaufspapieren des Hotels zugewinkt hatte, mit Wut erfüllte, einmal, und war es auch im Rausch gewesen, gemocht und bewundert hatte. Und er lachte darüber, den Architekten gesucht und sich nach seiner Anwesenheit, seinen Worten und Erkenntnissen gesehnt zu haben. Sie hatten ihm genommen, was er gerade erst kennengelernt hatte, und er hatte ihm offenbart, was er nicht hatte wissen wollen. Diener der Zukunft waren sie beide – und diese Zukunft wollte Johannes nicht erleben. »Herr Sprengmeister! Wir haben Sie schon überall gesucht!«, rief Dr. Herzog in gekünstelter Erleichterung.

»Ich habe mich nicht versteckt.« Johannes murmelte in den Flaschenhals und sah nicht mehr zu den beiden auf. Dr. Herzogs Hand legte sich zärtlich auf seine Schulter. Der Architekt ließ sich neben ihm zu Boden gleiten.

»Das hoffe ich doch nicht. Franziska hier hat mir mitgeteilt, wie sehr sie sich darüber freuen würde, Ihre Firma auch mit dem Abriss des scheußlichen Hotels zu beauftragen und mich gebeten, ihr bei der Suche nach Ihnen behilflich zu sein.«

»Ich bin ja nicht mehr so standfest heute.« Sie lachte und demonstrierte mit einem Schritt rückwärts, der zwei Schritte zur Seite erforderte, um sie zu stabilisieren, ihren Zustand.

»Dann sollten Sie wohl besser mit Herrn Loos sprechen.« Der Sprengmeister interessierte sich nicht für die Auftragslage und auch nicht für die Gesellschaft der beiden. Nun ließ auch Franziska, ein Name, der nicht unpassender hätte sein können, war sie doch weder heilig noch fühlte es sich richtig an, sie beim Vornamen zu nennen, sich nieder. Sie legte ihre Hand erneut auf Johannes Schulter und strich ihm ein Stück weit über den Rücken. Der Sprengmeister fühlte die Kühle ihrer Finger durch das Hemd. Ihn fröstelte, er nahm einen tiefen Schluck aus der Flasche.

»Ihr Chef ist nicht mehr in dem Zustand, Aufträge entgegenzunehmen.«

»Und ich bin nicht befugt dazu.«

»Wir sind auch nicht hier, um Ihnen den Auftrag offiziell zur Unterschrift vorzulegen.« Dr. Herzog beugte sich vor und lächelte ihm aus nächster Nähe ins Gesicht. Sie griff nach der Flasche in seinen Händen und entwand sie mit einer sanften Drehbewegung seinen Fingern. »Ach, *Sie* haben all die guten Sachen!«

Während Sie trank, ergriff Hollein das Wort. »Herr Eichinger, ich kann sehen, dass ich Sie zuvor enttäuscht habe.«

»Ich weiß nicht, ob ich enttäuscht bin.«

»Was auch immer es ist: Ich möchte Ihnen versichern, Sie nicht in die Irre geführt zu haben. Was ich gesagt habe, entspricht der Wahrheit, wie sie sich mir darstellt. Ich betrachte, obwohl ich größeren Summen Geld und den damit verbundenen Kompromissen nicht abgeneigt bin, mein Handwerk als Kunst, und in diese Kunst stecke ich mein Herzblut. Wenn es Sie verärgert haben sollte, dass ich nicht in der Lage war, Ihnen eine Bedeutung zu nennen, einen Grund und ein Ziel, welches dem, was ich geschaffen habe, innewohnt, so nicht, weil ich Sie belügen wollte oder es beides nicht gibt. Ich kenne es nur nicht mehr. Und da es seinen Dienst an mir getan, meinen damaligen Gedanken Ausdruck gegeben hat und nun, da ich es vergessen habe, nicht mehr existiert, hege ich nicht mehr den Wunsch, darüber zu sprechen, und fühle mich auch nicht bemüßigt, es am Leben zu erhalten. Sehen Sie, so viel von mir ich auch in das Kunstwerk gesteckt habe, so ist es doch immer noch nichts Lebendiges, Wachsendes, und das macht sein Ende so viel weniger tragisch.«

Johannes wollte nichts mehr davon hören. Das war keine

Antwort. Es war eine Ausflucht. Wie eloquent dieser Mensch war, wenn er doch behauptete, betrunken zu sein. Auf eine philosophische Diskussion war der Sprengmeister nicht gewillt sich einzulassen. Er fühlte sich benachteiligt und die Fragen, die sich ihm stellten, obwohl sie so erschienen, waren nicht moralischer Natur.

»Wollen Sie wissen, wieso ich so darüber denke?«

Johannes schwieg.

»Nun ich sage es Ihnen trotzdem: Nur etwas Lebloses, etwas aus Stein und Stahl, kann durch seine eigene Zerstörung hindurch fortbestehen. Wenn Sie den Turm abreißen, jede Wand und jedes Fenster und jede Strebe in ihre kleinsten Bestandteile zersprengen, dann geht nichts davon verloren. Sie arrangieren bloß alles um. Sie halten alles in Bewegung, zwingen eine Umverteilung der Moleküle, der Atome. Den trägen Staub wirbeln sie in die Luft und geben ihm die Chance, in der Zukunft Neues zu formen, womöglich etwas Fertiges, das, bis es selbst verfällt, so weit gediehen sein wird, dass es einem Zweck dient.« Der Sprengmeister schnaubte: »Aber die Einzelteile sind doch nicht das Ganze. Der Turm wird gesprengt, nicht der Zement allein.«

»Ach, Herr Eichinger, nichts behält seine Form, und wenn wir der Zukunft dienen wollen, müssen wir Unnützes in Bewegung halten. Und dazu zähle ich auch Kunst, die ihre Bedeutung verloren hat.«

Darauf erwiderte Johannes nichts mehr. Ein Husten verriet, dass Dr. Herzog immer noch da und bei Sinnen war. Es war kein Husten gewesen. Sie hatte zwischen den Fingern ihrer auf den Mund gelegten Hand geprustet. Lachte sie über ihn? Oder lachte sie über Hollein?

»Ich hatte nicht erwartet, dass das Zeug so sehr im Hals

brennt.« Sie schob es auf den Schnaps, fügte jedoch hinzu: »Ihr zwei seid so ernsthaft. Verkopft möchte man sagen.« Sie hielt Johannes die Bauchflasche unter die Nase. »Trinken Sie, Herr Sprengmeister, und lockern Sie sich ein wenig. Du auch, Friedrich. Das hält ja keiner aus!« Sie packte beide an den Armen und zog sie hoch. »Es ist noch nicht so spät und wir haben noch sehr viel Musik, großartiges Essen und gute Gesellschaft übrig. Lasst uns tanzen!« Dr. Herzog wankte voran. Nun endlich spielte sie ihnen nichts mehr vor. Sie war in Feierlaune und ihre Ausfallschritte definitiv notwendig.

Johannes ließ sich nun endlich gehen, nicht vorsätzlich, nicht aus eigenem Willen, denn eben jenen hatte er in Dr. Herzogs Hände gelegt, als er sich ihrem Lächeln und ihrem Drängen ergab. Ebenso Hollein, der neben ihm unter erneut Tanzenden stand, den Kopf im Takt der Musik wiegte. Seine Beine verharrten, wie mit dem Penthouse verwachsen. Johannes tat es ihm gleich, fühlte sich dabei jedoch, als flöge er durch den Raum, von Gast zu Gast und Takt zu Takt. Der wirre Jazz des Pianisten war lange von hämmernden Nachtclubrhythmen ersetzt worden. Man dankte dem Gastgeber dafür mit ungebrochener Euphorie, zeigte keinerlei Anzeichnen von Müdigkeit, wagte nicht, sich hinzusetzten, geschweige denn stillzustehen. Nim hatte sich zurückgezogen. Auch Rachel Elijah war nirgends zu erspähen, und Johannes kümmerte es nicht. Die kargen Antworten an diesem Abend hatten ihm das Fragenstellen verdorben. Was konnte er von der betrunkenen, gebrochenen Künstlerin schon erfahren, und was würde Nim schon darüber wissen, was ein Gemälde zu bedeuten hatte, und was interessierte es ihn überhaupt? Mit dem Kauf hatte er nichts gewonnen, als jede mögliche Bedeutung auszulöschen, zu verbergen, vor ihm zu verbergen, sie in einer seiner Kammern einzuschließen und für immer für sich zu behalten. Der Akt eines reichen Mannes, der für sich beansprucht, was er nicht versteht, und kreieren lässt, nur um wieder zu vernichten. So viel hatte Johannes in den vergangenen Tagen verstanden, wenn schon sonst nichts. Sein Rausch und Dr. Herzogs schlängelnder Körper im Parfümdampf zerstreuten ihn und seinen Zorn, bis sich die Zeiger der Uhren für die Tanzenden im Zeitraffer auf vier Uhr gedreht, die Digitalanzeigen verwandelt hatten.

Wie auf ein unhörbares Stichwort hin setzte die Musik einen Moment lang aus, kehrte kataklysmische Stille in der verwüsteten Wohnung ein und erlaubte dem Sprengmeister, sich seiner selbst, seines Zustands und seiner Umgebung gewahr zu werden. Genug. Er hatte genug und spürte es. Noch ein Getränk, ein einziger Schluck, und es würde ihm ebenso ergehen wie zwei Tage zuvor. Nein, nicht noch einmal. Weder die Scham noch die Schmerzen wollte er ein zweites Mal durchleben und beschloss, nachhause zu gehen, den Hausherrn aufzuspüren, um den Regeln der Höflichkeit Genüge zu tun. Zu lange würde er sich damit aber nicht aufhalten. Musikzimmer, Salon, Wohnzimmer, Balkon – Nim war nirgends zu finden, und so wankte Johannes grußlos dem Aufzug zu.

Der Portier saß immer noch in seinem Stuhl in der schmucklosen Eingangshalle, als Johannes sich aus dem Aufzug, aus dessen Lautsprechern weiterhin das gleiche Lied hallte, und über den roten Teppich schleppte, stetig bedacht, nicht über unsichtbare Hindernisse zu stolpern. Der Mann erhob sich und deutete eine verabschiedende Verneigung an, schritt dem Sprengmeister schließlich voraus, um ihm die schwere Tür ins Freie zu öffnen, deren Sensoren bereits abgeschaltet waren. Seiner Dankbarkeit dieser einfachen Geste gegenüber, dieses winzigen

Aktes der Barmherzigkeit, konnte Johannes keinen Ausdruck verleihen. Er war zu müde, und seine Gedanken formten sich zäh zu Sätzen, die er erst komplettierte, als er bereits etliche Schritte entfernt zwischen Zierbeeten hindurchschritt. Auf der Straße erinnerte sich der Sprengmeister Nims Chauffeurs und dass keine weiteren Arrangements zum Rücktransport mit dem Gastgeber getroffen waren. Er besaß nunmehr ja weder Wagen noch Telefon. Ein weiterer Fußmarsch? Nein, seine Glieder schmerzen ihn zu sehr. Er musste sich nicht weit vom Zentrum entfernt befinden; ein Taxi von dort? Nur wohin? Seine Wohnung hatte er mit dem Wurf seiner Schlüssel in den Rinnstein aufgegeben, dem Hotel mit dessen Verkauf abgeschworen und das Büro war so weit von der Baustelle entfernt, dass er, kaum dort angekommen, bereits wieder ausrücken müsste. Blieb ihm also noch sein Container und dann im Anzug zur Arbeit. Johannes war es zum Weinen zumute. Wie hatte er sich in seiner Obdachlosigkeit nur frei fühlen können? Es brauchte eine kalte, nasse Nacht und weiteren Alkohol im Blut, um seine Idiotie zu erkennen. Idiotie war es. War alles. Was war er für ein Idiot! Auf dem feuchten Holz der Bushaltestellenbank an der Straße fand er für einen Augenblick Ruhe, legte sich hin, fühlte die strengen Kanten der Latten, ertrug sie jedoch als Notwendigkeit und Hilfe, nicht einzuschlafen. Es war zu kalt, beinahe Minusgrade, um unter freiem Himmel zu übernachten. Bei Sonnenaufgang, in zwei bis drei Stunden, fände man eine gefrorene Leiche, schliefe er jetzt vor Erschöpfung ein.

Er schlief nicht ein. Seine Augen waren geschlossen, der Atem regelmäßig, um den rebellierenden Magen unter Kontrolle zu halten, seine Hände ließ er über die Ränder der Bank baumeln und lauschte dabei in die Nacht hinein nach Schritten, Stimmen, vorbeifahrenden Autos. Er konnte die letzten Stunden der Nacht einfach hierbleiben, blind seine Umgebung belauschen und am Morgen, wenn es hell und wärmer war, seinen Marsch zum nächstgelegenen Taxistand in Angriff nehmen. Ein Plan, einer von vielen, die ihm durch den Kopf gingen, bis er sich dabei ertappte, erste Traumbilder auf der Innenseite seiner Lider zu verfolgen. Es blieb ihm nichts übrig, als aufzustehen, dem erneut einsetzenden Regen zu trotzen, sich durch die Straßenschluchten zu quälen, um schließlich durchnässt und erschöpft und alles andere als ausgenüchtert auf der Baustelle zu erscheinen. Gerade hatte Johannes sich mit diesem Schicksal abgefunden, sich selbst zum Märtyrer des Zeitplans erklärt und dem Turm in der Ferne die Faust entgegengereckt, da vernahm er tatsächlich Schritte und auch das Geräusch eines heranfahrenden Wagens, der nicht weit von ihm hielt. Die Schritte, schlurfend und unregelmäßig, begleitet von Stöhnen bei jedem Aufsetzten der Absätze auf dem früh ausgestreuten Rollsplint, näherten sich ihm von der Seite des Parks. Der Wagen, ein Taxi, hielt auf der anderen Straßenseite. Das Gesicht des Fahrers wurde vom Schein eines Handys erleuchtet. Er sah nicht nach seinem Fahrgast auf, wartete geduldig und in den Bildschirm versunken. Johannes sah die Gelegenheit gekommen, sein Dilemma zu lösen, sprang aus dem Liegen auf, strauchelte gegen das Glas der Bushaltestelle und haderte gleich darauf mit der Idee, die ihm noch eine Sekunde zuvor als Rettung erschienen war. Er konnte das Taxi, das offensichtlich jemand anderem zur Rettung, zur Heimfahrt, dienen sollte, nicht für sich beanspruchen. In das Zögern des Sprengmeisters trat die traurige Gestalt der Künstlerin Rachel Elijah und sie hustete, als wollte sie sich erneut übergeben, fände jedoch nichts in ihrem Magen, das sich noch hervorholen ließe. Dieser Frau erging es schlimmer als ihm selbst, dachte er und erinnerte sich daran, wie er im Rinnstein vor seinem Haus erwacht war – an die Scham jenes Tages. Vor wem hatte er sich geschämt? Doch nicht vor sich selbst.

Das erbarmungswürdige Keuchen Rachels nahm er erst wieder wahr, als ihre über und über besudelte Hand ihm über den Arm glitt. Ihr Kleid war kalt und nass, das Gesicht blass, ihre Pupillen bewegten sich manisch hin und her, so hing sie wie eine Puppe in Johannes' Armen. Ihr Mund stand weit offen. Während er sie vom Rasen über die Straße und an der Bushaltestelle vorüber trug, ergriff ihn die Euphorie eines Retters. Diese Schritte hin zum wartenden Taxi gaben der sinnlos verschwendeten Nacht Bedeutung. Er dachte darüber nach, was es war, und verliebte sich in die Tatsächlichkeit des Tragens und des Gestanks. Der Körper der Künstlerin erzählte ihm nichts, und der Sprengmeister wollte nichts hören, bloß, ohne ihn fallen zu lassen, den Mittelstreifen und die Fahrbahn überwinden und das Taxi erreichen. Und während er wenige Schritte vor der Beifahrertür umknickte, schoss ihm, als er sich fing, das Blut in die Schläfen und er war mit sich zufrieden, weil er noch in der Lage war, einen weiteren Schritt zu tun und danach noch einen, und es ihm gelang, die Tür zu öffnen, dem Taxifahrer eine Adresse zu nennen und sich an der Seite der Frau hinzusetzen, ohne sie aus der sensiblen Balance ihres Zustands zu bringen. Johannes schloss die Augen, fühlte den Kopf der Künstlerin auf seinen Schoss sinken und vernahm ihr Röcheln, das nun in ein Schnarchen überging, dann versuchte er sich auf die sanften Vibrationen der Reifen auf dem frischen Asphalt zu konzentrieren. In diesem Moment verzieh er dem Architekten seinen Zynismus und Dr. Herzog ihre Apathie.

VIII

Wieder Klopfen, Schlagen gegen weißen Stein und Staub, der im Licht der Lampen auf der Veranda glitzerte, diesmal allerdings ohne Hammer. Er hatte vergessen, wie die Gegensprechanlage des Hotels zu bedienen war. Wirres Drücken ihrer vielen Knöpfe hatte nichts als die Beleuchtung geweckt, und er vertraute der Qualität des Fensterglases nicht genug, um darauf einzuhämmern. Erst Minuten nach dem einsetzenden Trommelwirbel erwachten auch die Leuchten im Foyer und der Schatten des Rezeptionisten schob sich über den schmutzigen Teppichboden Richtung Tür. Der Sprengmeister wollte ihm schon in die Arme fallen, ihn küssen und sich für sein Verschwinden entschuldigen sowie für die unbezahlte Rechnung. Stattdessen hoben beide die Hand zum Gruß. Der Rezeptionist rieb sich die verklebten Augen, trat beiseite, um den beiden Frierenden Platz zu machen. Er schritt ihnen voran und half Johannes, der Künstlerin die Schuhe auszuziehen, sie aufs Bett von Zimmer zwölf zu legen, ihre Jacke abzustreifen und sie fest einzuhüllen. Dann löschten sie das Licht und der Rezeptionist ließ den Sprengmeister im Dunklen zurück, ohne ein Wort mit ihm zu wechseln.

Johannes wog ab, sich zu der bereits wieder tief Schlafenden zu legen, sich ebenso in die himmlische Wärme des Bettes zurückzuziehen, doch ihm widerstrebte der Gedanke, neben einer Fremden aufzuwachen. Er fürchtete außerdem, sie zu Tode zu erschrecken, wenn sie unweigerlich ohne Erinnerung an die Taxifahrt erwachte und in sein unrasiertes, ebenso stinkendes Gesicht sah. Auch nach einem zweiten Zimmer fragen konnte er nicht, also ließ er sich in den Lehnstuhl vor dem Fenster zurückfallen, bettete seine Schläfe auf dem zusammengeknüllten Jackett und schloss die Augen. Nun vermisste er den Höhepunkt des Rausches, der ihm auf dem Rücksitz noch Ohnmacht gewährt hatte und auch die Vibrationen. Nein, er würde nicht einschlafen können. Der Stuhl schmiegte sich um ihn. Der trübe Fernsehbildschirm, in dem ihm sein Gesicht verzerrt entgegensah, erinnerte ihn an seinen vormals eigenen. Das Zimmer wurde sein altes Zuhause, das Bad sein Bad, das Bett sein Bett und die Künstlerin die Frau, die ihm nicht erlaubte, an ihrer Seite zu liegen. Das Zerren des Windes an den Fensterläden war das Flüstern seiner Kinder unter ihren Bettdecken. An einem solchen Ort konnte der Sprengmeister nicht schlafen. So begann er auf und ab zu gehen, seine Spuren in den Teppichboden einzuschreiben, eine liegende Acht, bis ihm die Beine schmerzten und sein Kopf sich drehte. Dann ließ er sich nieder, sprang jedoch wenige Augenblicke später wieder auf. Nein, es war nicht zu ertragen. Nicht einen Moment länger! Schon gar nicht eine ganze Nacht! Er steckte sich den Schlüssel ein, er fühlte sich schwer an, belastend, also ließ er ihn zurück. Das Zimmer konnte offen bleiben, die Künstlerin der Menschenleere des Hauses ausgesetzt sein. Sie waren schließlich allein. Kein Grund, um abzuschließen. Eine neue Wanderschaft war es, was Johannes in dieser Nacht benötigte. Während ihm die Aussicht auf einen Fußmarsch durch die Stadt und den Regen wie die größtmögliche Strafe erschienen war, wirkte das Wandeln durch die Korridore des Hotels erlösend auf ihn. Es gab ihm ein Gefühl von Tatsächlichkeit – wie vorhin, als er die Künstlerin zum Taxi getragen hatte –, obwohl, und dieser Widerspruch war ihm bewusst, es keinem absoluten Zweck diente. Musste es das denn? War nicht die Zwecklosigkeit, mit der er auch den Trampelpfaden eines Stadtparks gefolgt war, ehrlicher? Niemand hatte sich je dabei etwas gedacht, also suchte Johannes auch in den Gängen nichts, und fände er etwas, wäre jedes Mal das, was er gesucht hatte, nämlich nichts Bestimmtes.

An den Wänden der Korridore zeichneten sich bleiche Flecken ab, dort, wo einst Bilder gehangen hatten. Sie verrieten, wie schief und unregelmäßig sie früher die Korridore zierten. Rund und rechteckig, klein wie Taschenspiegel, groß wie ein Schaufenster. Der Rezeptionist musste aufgehängt haben, was er nur hatte auftreiben können. Wandteppiche, verfärbt und matt vom Staub der Jahre, waren hängen geblieben, noch nicht verstaut oder verkauft worden. Sie erstreckten sich über die Flure der beiden oberen Stockwerke. Ihre Muster waren kaum noch zu erkennen, auch ob der Dunkelheit. Wenige von ihnen trugen fein in die Stoffe gewobene Abbildungen, Szenen, von denen nur noch Rudimente blieben. Der Sprengmeister trat ganz nahe an ein solches Bild heran. Er zückte die winzige Taschenlampe, die er aus ihm unerfindlichen Gründen am Abend im Container an seinen neuen und leichten Schlüsselbund gehängt hatte und beleuchtete damit den Stoff, klopfte Staub aus den Fasern, den er feucht zurück in die Luft hustete. Im schwachen Schein, die Augen bis auf wenige Zentimeter an den Teppich gerückt, waren Figuren zu erkennen, Arme, Beine, Köpfe ohne Augen und Mund, doch selbst da war der Sprengmeister sich nicht sicher. Vielleicht waren es Landschaften, die Verästelungen eines Baumes, die Finger, die er zu erkennen glaubte, Zweige, Astlöcher Köpfe. Womöglich waren die Blätter auch Flaggen einer in die Schlacht stürmenden Armee. Womöglich die Tropfen einer Gischt und der Stamm eines senkrecht sinkendes Schiffes. Er steckte die Lampe wieder ein. Das war genug Mysterium. Der Wandteppich war ein Wandteppich und der Sprengmeister hatte ihn als Ziergegenstand entlarvt, und sonst gab es nichts daran. »Haben Sie alles gesehen oder wollen

Sie den Generalschlüssel von mir? Ich muss Sie aber warnen, alle Zimmer sehen so aus wie Ihres.« Der Rezeptionist, hoch aufgerichtet und streng, auf einmal Hausherr anstatt Gastgeber, verstellte Johannes den Treppenaufsatz und warf einen monströs weiten Schatten über die Stufen. Johannes schrak zusammen, fühlte sich ertappt. Gleichzeitig verflog die gnädige Leichtigkeit in seinem Kopf. An ihre Stelle traten Kopfschmerzen, brachten die übliche Übelkeit einsetzender Nüchternheit mit sich. Der Sprengmeister war schwach und schrumpfte wie ein Kind vor der Tirade des Vaters. »Nein, ich habe nur einen Spaziergang gemacht.«

»Es freut mich, dass Ihnen mein Haus so sehr gefällt. Einem muss es ja gefallen. Ich hatte Sie bereits vorgestern Abend bei mir erwartet, aber ich sehe, Ihre Pläne haben sich geändert. Sind Ihre Arbeiten dem Terminplan voraus?« Er fragte wie einer, der bereits jede Antwort kannte, und Johannes flüchtete in die Wahrheit. »Ich war Ihnen böse. So kindisch es sich auch anhört. Ich konnte nicht verstehen, warum Sie Ihr Hotel einer Person wie Dr. Herzog verkaufen. Warum es mich überrascht hat, kann ich Ihnen nicht sagen.«

Der Rezeptionist schien belustigt: »Sie waren mir böse?« Nur mit Mühe hielt er sein Lachen zurück. Da erkannte auch der Sprengmeister die Komik dessen, was ihm noch wenige Stunden zuvor als das Bedeutendste erschienen war. »Ja ich war Ihnen böse.« Auch er selbst lächelte nun. »Ich glaube, ich sollte das als große Ehrung auffassen. Mit Gästen wie Ihnen hätte ich das Hotel wohl nie zusperren müssen. – Naja, ich kann es mir wohl nicht leisten, es für Sie alleine offen zu halten. Nicht, wenn nicht irgendjemand meine Schulden bezahlt und vielleicht auch noch etwas für eine Renovierung springen lässt.« Nun sahen sie sich wieder an, wie vor zwei Tagen in der

Dunkelheit des Speisesaals. Der Rezeptionist stieg die Treppe hinab und der Sprengmeister folgte ihm. Wohin ihn sein Gastgeber führte, fragte er nicht. »Wissen Sie, ich habe – zugegeben hatte da der Rotwein seine Finger etwas im Spiel – für ein paar Stunden Hoffnung gefasst, nachdem Sie vorgestern ins Bett gegangen sind.« Er führte ihn über die Treppe durch das Foyer und schließlich in die Küche, wo er sicheren Schrittes im Stockfinsteren um die Kochinsel navigierte und geräuschvoll eine Espressomaschine aktivierte, deren Armaturen aufleuchteten, blinkten, Dampf ausstießen und den Raum mit buntem, tanzendem Licht erfüllten. »Während ich hier das Geschirr abwusch, meine Hände im Abwaschwasser sich runzelten, habe ich mich daran erinnert, wie viel Freude mir einmal die kleinsten Tätigkeiten bereitet hatten. Sie werden nicht glauben, wie befriedigend es war, nach einem langen Tag die leeren Teller und die ausgetrunkenen Gläser zu spülen, zu sehen, mit welchem Appetit die Gäste verschlangen, was sie von mir bekamen, und in dem Wissen zu Bett zu gehen, dass man am nächsten Morgen wieder etwas von mir wollte, meinen Service genoss.« Johannes nickte. Er nahm eine winzige Tasse Espresso entgegen, hielt sie am noch winzigeren Henkel. Das Getränk verbrannte ihm die Lippen. »Sobald aufgeräumt war, fühlte ich nichts von der üblichen Erschöpfung, nichts von der Müdigkeit, der Zeitmüdigkeit, wenn sich die Tage in die Länge ziehen und man nichts weiter zu tun hat, als zu essen und fernzusehen – Sie kennen das bestimmt.« Johannes nickte erneut, schaute dabei in den periodisch blau und rot beschienen tiefschwarzen Kaffee, der das Licht reflektierte und weiter auf sein Gesicht warf. »Ich habe mich in meinen Stuhl fallen lassen, habe alle meine Geschäftsbücher aus der Truhe geholt und sie vor mir aufgestapelt. Die ganze Nacht habe ich über den Zahlen gebrütet;

musste aber feststellen, dass alle Nostalgie nicht gegen die Realität ankommt.« In jenem Moment betätigte der Hotelbesitzer einen Lichtschalter hinter der Maschine. Die Leuchtstoffröhren blendeten Johannes so sehr, dass er die Tasse abstellte, die Hände schützend auf die Augen legte. »Ja, die Realität drängt sich eben auf. Vor allem, wenn es um Geld geht.« Der Rezeptionist stellte seine eigene Tasse ebenfalls beiseite, blickte hinauf in das künstliche Licht. »Ich habe den Kaufvertrag unterschrieben und ich bereue es nicht. Das heißt nicht, dass ich nicht traurig darüber bin. Ich kann Ihnen gar nicht erklären, wie ich mich fühle, und ich glaube, Sie wollen es auch gar nicht wissen.« Der Sprengmeister beließ die Finger vor den Augen. »Sie haben alles Recht, böse auf mich zu sein. Welcher Grund auch immer Ihnen dafür ausreichend erscheint. Bitte, seien Sie wütend. Ich kann es schon lange nicht mehr sein.«

Johannes wusste nichts zu sagen, also wandte er sich dem Fenster zu und blickte über den Hof und das Dach zum Himmel. »Es wird bald schon wieder hell. Kann ich vielleicht noch einen Kaffee haben? Ich muss heute wieder arbeiten.«

»Was machen wir mit Ihrer Freundin? Ich hatte nicht das Gefühl, dass sie so bald aufwachen wird. Weiß sie überhaupt, wo sie sich befindet?«

Johannes schüttelte den Kopf und nahm den zweiten Espresso entgegen. »Können Sie nach ihr sehen und sie zu mir auf die Baustelle schicken, wenn sie aufwacht?«

»Nur, damit Sie mir nicht böse sind.«

Es war, als hätten die vergangenen Tage sich niemals zugetragen. Auch der letzte Arbeitstag, den Johannes im Schatten des Turmes anstatt im Turm selbst verbracht hatte, war wie aus der Zeit gewischt. Der Sprengmeister stieg die schmalen Stufen empor, durch das unverhältnismäßig schmale Portal – kaum ein Portal zu nennen – und fand dort die Arbeiterschaft bereits vollzählig versammelt. Sie scharten sich um ihn, als er an sie herantrat, und folgten ihm, ohne ein Wort zu sagen, ohne an dem anzuknüpfen, was er ihnen versprochen hatte aufzuklären. Johannes führte die kleine Schar bis an das Loch in der Wand, streckte den Arm hindurch, winkelte ihn ab und brach mit einem Schwung ein Stück des Gipses heraus. Die Bruchstücke staubten und rieselten von seinem Ärmel zu Boden, wirbelten in den Lichtschäften der Baustellenbeleuchtung und nahmen die Gestalt von Rauchschwaden an. »Es gibt keinen Grund zur Sorge. Weiter nach Plan.« Er sagte nichts weiter. Die Arbeiter zerstreuten sich, murmelten erst, als Johannes ihnen außer Hörweite erschien. Nachdem die Männer sich ins Treppenhaus zurückgezogen hatten, ihm der Klang ihrer Stiefel unter der Last von Gerät und Kisten gedämpft durch die Sicherheitstür entgegendrang, trat der Sprengmeister den Rest der Gipswand ein, die ihm kaum Widerstand bot, zerbrach und zerbröselte. Das Material zerfiel wie in großer Erleichterung, nicht mehr zusammenhalten zu müssen. Zurück blieb nun die offene Kammer, noch von drei Wänden umgeben, der Hocker in ihrer Mitte. Seine drei Beine wiesen jeweils gegen die übrigen Seiten. Johannes ließ sich darauf nieder, der offenen Seite zugewandt. Was er von seinem Sitz aus sah, war nichts als eine weiße Wand und ein Bohrloch. Ein paar Tage nur noch. Die Zeit begann bereits zu drängen. Ein paar Tage, achtzehn waren es bis Weihnachten, zehn bis zum Ende der Deadline, sieben bis zum Sprengtermin. Es würde sich ausgehen. Das hatte er Herbert, das hatte er Nim, er hatte es allen versprochen. Nicht genug Zeit, um ein Urteil zu fällen – er hatte es im Vorhinein gewusst. Nur dass sich ihm solch eine Frage überhaupt stellte, war unvorhergesehen gewesen.

Die Bohrgeräusche rissen Johannes nicht wie üblich aus seiner Trance. Obwohl die Gipswand eingerissen war, die Kammer ihrer Heimlichkeit beraubt, verhallte das mechanische Schreien, bevor es in seine Gehörgänge drang. Auf diesem Hocker war man völlig allein, in einer Kammer für einen einzelnen Menschen, wer auch immer es sein würde, der sie entdeckte, bewahrte hier einen Moment der Ruhe. Doch wie sich dieser Ruhe jemals bemächtigen? Wie in den Hohlraum eindringen, ohne die Ruhe zu stören, sie der Welt auszusetzen, so wie sie ihr nun ausgesetzt war? Bohrgeräusche fanden ihren Weg in sein Gehirn, rüttelten an Hammer und Amboss hinter seinem Trommelfell. Die Stille hatte es nie gegeben. Er hatte sie sich bloß eingebildet und seine Gedanken hatten ihn, solange sie konnten, von der in Schwingung gebrachten Luft des Rohbaus fortgetragen. Sekunden bloß, doch genug, um ihm zu zeigen, welche Herrlichkeit hier so rücksichtslos freigelegt wurde. Es gab nun keinen Grund mehr, weiter sitzen zu bleiben. Der Lärm folgte einem in jeden Winkel des Turmes. Oder konnte es weiter oben noch Stille geben, wenn man nur genügend Stockwerke zwischen sich und die Arbeiter brächte? Nein, dort oben gab es keine Fenster, und Stadt und Ausfallstraße sandten, selbst wenn die Bohrer nicht länger vernehmbar wären, ihren ganz eigenen Lärm dorthin. Wussten die Männer, was zu tun war, was für den heutigen Tag auf dem Plan stand und welches Geschoss im Mindesten erreicht werden müsste? Johannes vertraute darauf.

Schneeregen hatte eingesetzt. Die Stufen hinab zum Schotter glänzten glatt wie unter Eis, jedoch war es bloß der Wasserfilm auf dem Zement, der vom Treiben des Windes, welcher Schneeflocken wie Regentropfen gegen die Ostwand des

Turmes wirbelte, verschont worden war, der ihm gefrorenen Anschein verlieh. Johannes klammerte sich an das Geländer und war gefasst, mit jedem Schritt auszugleiten, sich das Rückgrat an den schroffen Kanten der Stufen zu brechen, und löste zu keinem Moment den Blick von seinen Füßen. Mit dem Knacken der Kiesel unter seinen Sohlen entspannte er sich und seufzte im gleichen Augenblick, da er Herberts Wagen in der Einfahrt vor dem Tor erkannte. Im Container brannte Licht. Durch das Fenster winkte Herbert Loos seinem Sprengmeister und erweckte den Anschein größter Unruhe. Johannes hatte sich auf die Einsamkeit gefreut und darauf, den ganzen Tag über kaum gebraucht zu werden. Er hielt inne und legte den Kopf schief. Noch energischeres Winken. Herbert verstand nicht, warum der Sprengmeister zögerte, ob er ihn nicht sah, nicht erkannte? Schließlich löste sich Johannes aus seinem Widerwillen. Das Schneetreiben hatte sich den Weg in seine Kleidung gebahnt, und eine Rekapitulation der vergangenen Nacht war der Kälte vorzuziehen, selbst ein weiteres, hundertstes Durchgehen der Pläne. Er verstand es ja. Herbert war nicht zu beneiden. Die Sorgen zeichneten sich in seinem Gesicht ab und die Augenringe einer durchwachten Nacht taten ein Übriges, ihn wie einen wandelnden Leichnam erscheinen zu lassen.

Gleich bei seinem Eintreten beklagte sich Herbert darüber, wie schlecht es ihm gehe, wie spät es wieder geworden sei, wie kurz er geschlafen habe – so gut wie gar nicht – und dass ihm der Alkohol nicht gut bekommen sei. Whiskey sei er gewöhnt, immer schon, seit sein Vater ihm mit sechzehn Jahren das erste Glas im Büro verabreicht habe, habe er den Geschmack geliebt, nur dieser Wodka, dieser scheußliche Fusel, richte ihn jedes Mal zugrunde. »Auch du scheinst nicht zur Ruhe gekommen zu sein.« Er musterte den Sprengmeister, der sich jetzt erst bewusst wurde, dass er immer noch den feinen Anzug trug. Er habe überhaupt nicht geschlafen, gestand Johannes ein. Und dass er in letzter Zeit generell kaum schlafe. Es müsse mit dem Turm zu tun haben. Herbert fragte nicht näher nach. Er glaubte wohl, Johannes sei so in seiner Arbeit, der Vernichtung des Hauses, gefangen, dass ihm der Erfolg der Sache über alles ging, er selbst die Nachtruhe und regelmäßiges Essen diesem opferte. »Willst du sehen, wie weit wir gekommen sind?« Der Sprengmeister suchte einen Ausweg. Er wollte Herbert, so schnell es nur möglich war, loswerden, ihn zufriedenstellen und dann zurück in sein Büro schicken. Auch fühlte er, wie nahe er dran war, ihm zu gestehen, dass ihm an der Zerstörung des Turmes nichts lag, er es nur endlich hinter sich haben wollte, um ... Vielleicht gab es Gewissheit erst in der Zukunft. Und was war er, wenn nicht ein Diener der Zukunft? Ein jeder, abgesehen von ihm selbst, war sich zumindest dieser einen Sache gewiss. »Nein, danke, ich wollte nur sehen, wie es dir heute geht. Am beste fahre ich wieder. Es gibt viel zu tun.« – »Ja, es gibt immer viel zu tun.« Herbert lächelte schief, während er an Johannes vorüberging. Draußen ließ er die Schultern sinken, schlurfte mit gebeugten Knien über den Schotter, wobei er die Füße über den Kiesel schleifen ließ. Der Sprengmeister beobachtete die bemitleidenswerte Gestalt seines Chefs durch das Containerfenster. Bevor Herbert Loos seinen Wagen erreichte, sich auf den Fahrersitz fallen ließ und den Motor stotternd in Gang setzte, wandte Johannes sich ab, wartete, bis sich das trockene Stampfen der seit Jahren vom Rost befallenen Limousine entfernt hatte. Dann kurbelte er die Jalousien herunter und öffnete die Tür einen Spalt breit, um die erfrischende Regenluft einzulassen, ohne sich dabei den Blicken vorbeigehender Arbeiter auszusetzen. Die halbgefrorenen Tropfen hatten sich in dünne Schnüre verwandelt, deren gleichmäßiges Prasseln Johannes dazu verführte, sich darin zu duschen. Er streifte das Sakko ab, wagte sogar die Hose auszuziehen und trat in Unterwäsche und weißem Hemd vor den Container. Das eiskalte Wasser erfrischte seine Sinne, wo es ihn zuvor zur Flucht gedrängt hatte, weckte ihn, wie zuvor der Espresso. Vielleicht würde er nun nicht den Tag dösend vor dem Schreibtisch zubringen, vielleicht würde er vielmehr über den Schotterplatz marschieren, sich seinen Untergebenen wie ein Admiral voranstellen und sie Schritt für Schritt dirigieren. Wenn sie nur noch schneller, womöglich einen oder gar zwei Tage eher, ihre Arbeiten fertigzustellen vermochten? – War dann nicht jeder Aufwand gerechtfertigt? Johannes fand weder Argumente dafür noch dagegen und wusste dennoch, dass er sich nichts sehnlicher wünschte. Fertig werden. Mehr nicht. Die letzte Hürde türmte sich vor ihm in die Wolken, baute sich als dräuender Obelisk vor der Sonne auf, vor der Himmelsrichtung, in der die Sonne stehen musste, nahm dem Sprengmeister das Licht. Nichts davon ergab Sinn, doch das musste es nicht. Genug der Reflexion. Ans Werk. Johannes setzte sich in Bewegung und erinnerte sich erst auf halbem Wege zum Turm, dass er keine Hose trug.

Bis er am späten Nachmittag ins Hotel zurückkehrte, um den Rezeptionisten erneut um Zuflucht zu bitten, hatte die Künstlerin den Sprengmeister noch nicht an der Baustelle aufgesucht. »Sie schläft immer noch. Eigentlich schläft sie schon wieder. Vor ein paar Stunden ist sie aufgestanden. Ich habe Schritte im Zimmer gehört, geklopft und versucht, ihr zu erklären, wo sie ist. Dann hat sie sich wieder beruhigt. Meinen Sie, wir sollten die Arme zum Arzt bringen? Der Zustand, in dem Sie sie gestern hergebracht haben, war doch gewissermaßen Besorgnis erregend.« Johannes schüttelte den Kopf. »Wenn sie aufstehen konnte, auch wenn sie nicht ganz sicher auf den Beinen war, ist sie auf dem Weg der Besserung. Hat sie noch irgendwas gesagt?« »Nein, aber sehen Sie zu, dass Sie sie heute noch nachhause bringen. Ich muss Ihnen sonst noch ein zweites Zimmer zurechtmachen, wenn Sie hier übernachten wollen.« »Ja, das wollte ich eben fragen.« »Dachte ich mir doch. Also gehen Sie zu ihr – und dann rufen wir ein Taxi. Das ist schließlich kein Hotel hier.« Er zwinkerte dem Sprengmeister zu.

Behutsam schob der Sprengmeister die Zimmertür auf, darauf bedacht, nur das Nötigste an Geräuschen zu erzeugen, und darauf gefasst, eine desorientierte, gar panische Frau vorzufinden. Womöglich würde sie schreien, wenn sie ihn sah, womöglich dächte sie zu träumen. Ihr vorabendlicher Zustand gab ihm jeden Grund zur Vorsicht. Ein solcher Exzess und das Erwachen an einem fremden Ort konnten nicht ohne Spuren an einer so zierlichen Person vorübergehen. Im Zimmer war es dunkel und die Künstlerin gab keinen Laut von sich. Johannes überlegte, sie weiter ruhen zu lassen und erst spätabends in ein Taxi zu setzen. Obwohl er seit Tagen kein Auge zugetan hatte, war er selbst nicht im Geringsten müde. Er konnte ausharren. Da hallte die Stimme des Rezeptionisten durch den Korridor. »Ich habe schon ein Taxi bestellt! Wie geht es Ihrer verwirrten Freundin?«

Johannes überwand sich. Er betätigte den Lichtschalter unter der Garderobe und kniff die Augen gegen den grellen Schein der losen Glühbirne, die traurig dezentral über dem Schreibtisch baumelte. Das Bett war verwaist, fein säuberlich gemacht und eines der beiden Fenster zum Parkplatz stand offen. Die

Gardinen wehten im Wind über den Lehnstuhl, dessen Stoff dunkel und feucht vom Regen war. Rachel Elijah war geflohen.

Johannes hatte verloren, was er noch Minuten zuvor loszuwerden versucht hatte. Die Künstlerin, die Einzige, die noch nichts preisgegeben hatte, die noch nicht gesagt hatte, dass es nichts zu wissen gebe, dass sie selbst nicht mehr wisse, was einmal hätte sein sollen, oder dass es keinerlei Grund gebe, wissen zu wollen, was nicht war und was die Möglichkeit seiner Existenz bedeuten hätte können. So oder so ähnlich hätte sie es von sich gegeben, und obwohl der Sprengmeister beschlossen hatte, sich nicht länger darum zu kümmern, verließ ihn beim Anblick des weit geöffneten Fensters der Mut und die Motivation, die ihm die Stille und der Regen geschenkt hatten. Und was, was wenn sie ihm ihr Wandgemälde bis ins kleinste Detail dargelegt hätte und offenbart, dass der Architekt ein Lügner sei, er ihr allein verraten hatte, was es mit dem Wahnsinn der oberen Stockwerke auf sich hatte, wenn alles am Ende ganz einfach und jedem Würfel, jedem Dodekaeder ein Zweck zugedacht war – genau wie der Sphäre? Wahrscheinlich war nichts davon relevant, aber Johannes konnte dieser Unwahrscheinlichkeit nicht vertrauen, konnte sich nicht auf einstellige Prozentzahlen verlassen und stieg auf die Fensterbank, duckte sich durch den Rahmen und sprang zwei Meter hinab, wo er auf den Dornen eines blatt- und blütenlosen Rosenbusches landete.

Hier war es kalt, kälter noch als im eisigen Regen. Mittlerweile fiel Schnee. Johannes sah es durch die eingetrockneten Schmutzschlieren an den mannshohen Fenstern. Die Oberlichter fehlten. Ausgefranste dunkelgraue Quadrate hatten sich auf dem Hallenboden darunter gebildet. Der Sprengmeister schüttelte sich, zog sich das klatschnasse Hemd wie Klebeband von seiner Haut. Seine Körperwärme füllte den Hohlraum zwischen Haut und Hemd trügerisch angenehm, bis der Stoff sich wieder legte. In den Ecken lehnte zurückgelassenes Gerät und Müll. Ein Wunder, dass man diesen Ort noch nicht abgetragen hatte. Doch in diesem Teil der Stadt, im Schatten des Turms, nahmen verlassene Lagerhallen wie diese den Freiraum zwischen Wohnblocks, Bars, Bordellen und Autowerkstädten ein. Einzelne Supermärkte und günstige Mietbüros durchbrachen das Bild im Bestreben, Bewohnbarkeit zu suggerieren. Fassaden wie Betrunkene mit ausgeschlagenen Zähnen. Im Inneren der Blocks lagen die Hallen. Schmale Zufahrten, einen Lastwagen breit, führten zu ihnen, die man aufgrund der hohen Tore kaum sehen konnte. Wo sie aus Gittern waren, versperrten kranke Ranken den Blick. Was sollte diese Räume füllen? Keine Fabrik erzeugte Waren, die zahlreich oder haltbar oder wertlos genug waren, um an einem solchen Ort gelagert zu werden. Trotzdem waren die Hallen einst erbaut worden. Vielleicht in guter Hoffnung, sie zu füllen, vielleicht in Größenwahn, der gebot, das Vielfache des benötigten Stauraumes zu schaffen. Seit es den Bahnhof nicht mehr gab, gab es auch keine Güter mehr, und nachdem es keine Güter mehr gab, errichtete man einfach noch mehr Lager im festen Glauben daran, dass alles seinem Zweck zukommen würde: Wo gelagert werden sollte, würde irgendwann gelagert werden. Man bräuchte nur zu warten. Und wo gelagert werden würde, müsste auch gearbeitet werden. Also Wohnblocks drum herum. Und so hatte die Stadt ihre Arme um die Vorstadt geschlossen. Verstreute Einfamilienhäuser und Supermärkte zeugten davon. Johannes erinnerte sich, die letzten Ausläufer dieses Prozesses verfolgt zu haben. Vom Balkon aus hatte er über die Bezirksgrenze hinweg den Kränen zugesehen und den Abrissbirnen, die gegen die Fassaden der verlassenen Kleingartenhäuschen krachten, sie zerschmetterten. Er hatte über die Winzigkeit der Häuschen und der Abrissbirnen gelacht. Hatte sich überlegen gefühlt und gewusst, dass er und nicht der lächerliche Abrisstrupp dort unten es sein würde, der vernichten würde dürfen, was nach den Häuschen kam. Und so war es gewesen. Zwanzig Jahre später hatte er bereits ein Dutzend solcher Hallen gesprengt, aus deren Trümmern manchmal sogar neue erwachsen waren. Die Halle, unter deren Dach er sich nun verbarg, machte keine Ausnahme. An ihrem Tor hatte man bereits einen Bescheid befestigt. Ein foliertes Dokument mit Stempel und Unterschrift.

Von der Künstlerin fand sich keine Spur. Sie war wohl schon vor Stunden durch das Fenster gestiegen. Es dämmerte bereits, und der Sprengmeister hatte sich tief in den Straßen und zwischen den Lagerhallen verlaufen, war einfach drauflosgerannt im festen Glauben, auf diese Weise, nur vom Instinkt geführt, die Gesuchte einzuholen. Er musste von Sinnen gewesen sein. Nun, da es schneite, fürchtete er zu erfrieren, wenn er den Rückweg nicht bald antrat. Es kostete ihn alle Kraft, ins Freie zu treten. Er schlurfte, da seine Gelenke schmerzten, verzweifelte an seiner Langsamkeit, während er an den Backsteinen entlangstrich, über zum Bersten gefüllte Müllsäcke stieg, über den Weg versperrende Wellbleche stolperte, sich an ausrangierten Waschmaschinen abstützte. Der Ort stand ihm im Weg und jagte ihn doch fort. Die Wälle, die den Sprengmeister umgaben, hatten keine Fenster, keine Augen. Wer hier lebte, verbat sich den Blick auf die nächste Wand, selbst wenn es ihn das Licht kostete. Nur die nutzlosen Lager starrten aus klaffenden, doch blass verhüllten Löchern. Schon dachte Johannes, sich aus der Welt verirrt zu haben, da trat ihm Rachel Elijah in den

Weg. Oder nein. Das war sie nicht. Es war eine Frau in einer übergroßen Winterjacke, ihr Gesicht hinter einem Schal verborgen, die Haare in einer Fell umrandeten Kapuze, sie wirkte so klein, dass Johannes an ein Kind denken musste. »Отакої!«, rief sie und machte einen Schritt auf ihn zu. Als sich die mit Daunen befüllte Jacke um seine Schultern legte, erwachten seine Nerven. Jeder einzelne Strang sandte rasende Reize in Johannes' Gehirn. Er erblindete einen Augenblick lang, stützte sich an der Frau ab und folgte ihrer Führung, ohne sich zu kümmern, wohin sie ihn brachte. »Звідки ви тут? Яке щастя, що я вас побачила! Ходімо зі мною. Зайдімо до мене. Це якраз за рогом, отам, попереду, за кілька кроків. Ось, дивіться, вже зовсім близько.« Sie rieb seinen Rücken und hielt seine Hand. Am Ende der Gasse schob sie Johannes unter das Vordach einer uralten Mietskaserne. Während sie einen Schlüssel nach dem anderen vergeblich in die Tür zu stecken versuchte, kehrte sein Augenlicht zurück.

Über seiner Retterin, der guten Samariterin, hingen die Überreste einer Glühbirne an einem losen Kabel. Die Backsteine der Hauswand bröckelten an den Ecken, Mörtel war keiner mehr zu sehen. Was das Haus noch zusammenhielt, kümmerte sich nicht um die Gesetze der Physik oder lag im inneren der Mauer verborgen. Endlich ließ die widerspenstige Tür sich aufschieben. Das Treppenhaus bestätigte das Bild der Fassade. Auch die belaglosen Stufen, denen längst ihr Geländer fehlte, trotzten der Statik. Es war hier nicht wärmer als in der Gasse, doch nachdem Johannes die Stiege erklommen hatte, brannten seine Schenkel. Die Frau schob ihre Wohnungstür auf, und Johannes sah darin nicht weniger als das Portal in ein Paradies, an das er nicht mehr geglaubt hatte. Er ignorierte die Fußmatte, ignorierte das Schuhregal aus Plastik und humpelte an der kleinen Frau vorbei durch das Vorzimmer in die Küche, wo er sich auf eine Eckbank fallen ließ, ohne zuvor den Stapel Zeitungen darauf zur Seite zuschieben. Er zerknitterte und zerriss mit dem Gesäß die Titelseite der obersten Zeitung. Außer Stande zu sprechen, bezweifelte er, verstanden zu werden. Er selbst hatte nichts von dem verstanden, was die Frau zu ihm gesagt hatte. Erst hatte er befürchtet, bereits einen Gehirnschaden vom Frost davongetragen zu haben, doch selbst jetzt, da sein Verstand sich klärte, das Gefühl in seine Finger, sein Gesicht, noch nicht in seine Zehen wiederkehrte, blieben ihre Worte eine ihm fremde Sprache. »Що ви собі думали? Яке щастя, що я вас побачила! Щастя, їй-бо.« Sie wiederholte es noch einige Male, dann hockte sie sich vor Johannes hin und sah ihm von unten in die Augen. »Чаю?« Er sagte nichts. »Чаю?« Sie deutete auf einen Wasserkocher und eine Tasse auf dem Tisch. Der Sprengmeister glotze dumm an ihrem Arm entlang, sah an Wasserkocher wie auch der Tasse vorbei zum Fenster und fürchtete, hinausgeworfen zu werden. »Ну, гаразд. Я зроблю чай.« Während Dampf aufzusteigen begann, verschwand sie im Wohnzimmer, trat einige Augenblicke später zurück in die Küche und packte den Sprengmeister am Arm. »Візьміть собі щось із коробки, он тієї.« Bekräftigend zog sie den Ärmel eines karierten Herrenpullovers aus einem Karton hervor, der ganz oben auf einer Pyramide aus weiteren Kartons und Kisten thronte. An der sich abschälenden Tapete hingen verblasste Fotografien in einfachen Rahmen mit gesprungenen Scheiben. Er erkannte darauf einen alten, auf einem Stuhl vor dem Fenster sitzenden Mann, eben dort, wo die Kisten nun gestapelt waren. In seinem Gesicht ein zufriedenes Lächeln. »Це належало моєму дідові. Я збиралася це викинути. Додому я цього не заберу.« Johannes rührte sich nicht, also nahm die Frau den Pullover und drückte ihn dem Sprengmeister in die Arme. »Зніміть куртку, інакше підкладка промокне.« Er ließ es geschehen, ließ sie die Winterjacke abstreifen und schlüpfte in den Pullover, der nach Mottenkugeln stank, dennoch wohlig auf seiner trocknenden Haut kratzte. Ob es der Stoff war oder seine Glieder ihn wegen der einsetzenden Durchblutung juckten, machte keinen Unterschied. Er genoss es, etwas zu fühlen.

Der Tee schmeckte bitter und verbrannte ihm die Lippen, aber die einsetzende Wärme war angenehm. Er sog den Dampf durch die Nase ein, behielt ihn ein paar Sekunden in der Lunge und blies ihn durch den Mund wieder aus. »Хворобу ви собі вже точно заробили. Вас кудись підвезти? Де ви живете? Моя машина стоїть тут поблизу.« Er reagierte nicht. »Авто.« Sie vollführte eine undefinierbare Handbewegung. »Додому.« Wie ein Hund legte der Sprengmeister den Kopf schief. Seine Retterin seufzte und setzte sich, sah Johannes in die Augen und stützte sich auf die Ellbogen. So verharrten sie eine Weile. Keiner von beiden rührte sich. Hin und wieder nahm einer einen Schluck Tee. Schlürfen und das Geräusch des Porzellans, wenn es abgestellt wurde, und das Atemrasseln des Sprengmeisters waren zu hören, sonst blieb es still. Sie hatte aufgegeben, mit ihm zu sprechen.

Johannes verspürte das Bedürfnis der fremden Frau seine Dankbarkeit auszudrücken, zweifelte aber daran, dass sie ihn verstünde. »Danke.« flüsterte er in seine Tasse. »Будь ласка«, erwiderte sie. Johannes verstand es nicht. Aber nun kehrte ihre Lust zu sprechen zurück, und mehr zu sich selbst als zum Sprengmeister sagte sie: »Який щасливий збіг, що старий помер якраз цього тижня.« Ein krummes Lächeln zog sich über ihr Gesicht. Eine Träne, die sich aus dem Augenwinkel zu lösen versuchte, wischte sie fort. »Здається, я вам сьогодні життя порятувала. Будьте ж йому вдячні.« Dabei schaute sie an Johannes vorbei durch die Tür ins Wohnzimmer. »Немовби так і мало статися. Я не надто релігійна, але щось це таки означає. Інакше можна було б лишити вас замерзати. І не було б ніякої різниці.«

Fünfzehn Minuten später stand er wieder auf der Straße, die viel zu großen Lackschuhe in sieben Zentimetern Schnee versunken, der bald schon grauer Matsch sein sollte. Er winkte dem um die Ecke biegenden Wagen seiner Retterin hinterher, unsicher, ob sie überhaupt zu ihm zurückblickte. »Rachel«, hatte er gesagt, das erste Wort, das er seit dem »Danke« zu ihr gesprochen hatte. »Rachel«, und hatte quer über das Lenkrad auf die schwarze Tür an der Kreuzung gedeutet. Sie hatte zweimal zweifelnd zwischen dem roten Neonschriftzug und ihrem Fahrgast hin und her gesehen, hatte dann jedoch ohne zu zögern quer über die Fahrbahn einen freien Parkplatz angesteuert und dem Mann, den sie noch vor einer halben Stunden beinahe erfroren aufgelesen und die Kleidung eines Verstorbenen geschenkt hatte und der sich nun von ihr zu einem Bordell chauffieren ließ, freundlich lächelnd zugenickt.

Die nasse Kleidung trug der Sprengmeister in einem Plastiksack bei sich, in die er auch die feinen Schuhe gesteckt hatte. Vor dem Rachel warf er den Sack in eine Mülltonne, und zum ersten Mal betrat er das Etablissement, ohne sich zuvor umzusehen, ohne Furcht oder Schuld.

Rebecca war nicht da, als Johannes den Barbereich betrat. Hinter dem Tresen erhob sich eine turmhohe knochig dürre Gestalt. Der Mann trug ein Tanktop, das seinen über und über tätowierten Oberkörper zur Schau stellte und durch dessen hauchdünnen Stoff zwei Nippelpiercings sich unangenehm abzeichneten. Er deutete eine Verneigung an und zeigte die Zähne. »Herr Eichinger, meine Kollegin ist leider noch nicht hier, aber ihre Schicht fängt in einer Stunde oder so an. Kann ich Ihnen was anbieten? Ein Bier?« Man kannte den Sprengmeister im Rachel, auch wenn er selbst mit niemandem außer Rebecca gesprochen hatte. Er lehnte das Bier dankend ab, erbat sich stattdessen Kaffee und ein Päckchen Zigaretten, obwohl er wusste, dass man seine Marke hier nicht führte. »Nichts los heute, aber es ist ja auch noch früh.« Als hätte er auf das Stichwort gewartet, schob sich ein Freier durch einen Perlenvorhang hinter dem Separee in den Gastraum, huschte mit gesenktem Kopf an Johannes vorbei, griff sich, ohne aufzusehen, einen Mantel vom Haken am Eingang und verschwand grußlos. Der Barkeeper lachte laut auf, als die Tür hinter dem Mann ins Schloss fiel. »Naja ein wenig ist immer los. Verlangen kennt keine Tageszeit!« Johannes nickte und versuchte jede weitere Kommunikation zu vermeiden. Der Tätowierte jedoch war fest entschlossen, ihm diesen Wunsch zu verweigern. »Ich habe schon viel von Ihnen gehört. Sie *kommen* häufig, nicht wahr?«

»Ich bin nur wegen Rebecca hier und wegen nichts sonst, wenn es das ist, was Sie meinen.« Der Sprengmeister stand von seinem Hocker auf und trug seinen Kaffee vor sich her durch den Raum. Dar Barkeeper ließ nicht locker. »Dass Sie wegen Rebecca *kommen*, denke ich mir.« Er zwinkerte ekelhaft. Johannes stellte die Untertasse geräuschvoll auf einen der niedrigen Couchtische vor der Stripteasestange, verschüttete, zitternd vor Zorn, der ihm in die Glieder fuhr, die Hälfte des Getränks, und setzte auf die Bar zu. »Ich weiß nicht, was genau Sie mir und vor allem Ihrer Kollegin unterstellen, aber ich möchte Sie informieren, dass, ungeachtet der Natur dieser Lokalität, weder ich noch Rebecca *daran* interessiert sind.« Seine eigene Beherrschung beeindruckte ihn. Es waren die drei Schritte, die er bis zum Tätowierten hinter der Bar benötigt hatte, die es ihm erlaubten, seine ursprünglich derben Worte rechtzeitig in höfliche Zurechtweisungen zu verwandeln. Der Mann erwiderte nichts darauf, wandte sich den schmutzigen Biergläsern zu und begann, sie zu spülen. »Wenn Rebecca eintrifft, findet sie mich im Separee.« Keine Antwort. Während Johannes den dicken Samtvorhang zur Seite schob, verlangte er eine weitere Tasse Kaffee und erhielt ein steifes Nicken zur Antwort.

Erst einmal niedergelassen, sackte der Sprengmeister in sich zusammen, wurde so klein, dass er glaubte, seine Beine könnten den Fußboden nicht mehr erreichen und seine Hände die Tischplatte. Er verschränkte die Arme und vergrub das Gesicht darin, drückte die Nase zwischen seine Finger und fühlte die Welt um seinen Kopf rotieren. Sterne tanzten hinter seinen Lidern. Wie gerne hätte er geschlafen, wie gerne hätte er schlafen wollen, doch noch hieß es wach zu sein. Es gab viel zu erzählen.

Rebecca strich dem tief in unruhigen Träumen versunkenen Sprengmeister durch das Haar, als sie ihn im Separee vor einer erkalteten Tasse Kaffee auffand. Seine Finger zuckten, als tippte er auf einer unsichtbaren Tastatur. Die Schultern krampften und zogen am Nacken des Schlafenden, als Rebaccas Hand seinen Scheitel entlangglitt. Es widerstrebte ihr, ihn zu wecken, doch in einer Stunde endete die Schicht ihres Kollegen und bald schon würden die Freier kommen, bedient werden wollen. Sie wollte Johannes nicht fortschicken, ohne mit ihm gesprochen zu haben. Schon ihrer eigenen Aufzeichnungen wegen, jener Servietten-Kritzeleien, die sie zuhause stets digitalisierte. Jede Ergänzung war wertvoll, jedes Wort, das der

Sprengmeister in seinen verwirrtesten Momenten sprach, musste dokumentiert werden – und sei es nur, um ihm später mit Rat zur Seite stehen zu können. Es waren mittlerweile vierzig Seiten, die einmal sechzig gewesen waren. Rebecca hatte Nebensächliches gestrichen, hatte Johannes Ausführungen in Kategorien unterteilt, sie intern durchstrukturiert und mit eigenen Notizen, Fußnoten, Einschätzungen und Hypothesen versehen – und wartete nur auf eine Gelegenheit, ihre Beobachtungen einem wissenschaftlichen Papier anfügen zu können. Johannes Eichinger, mit seinem Frust und seiner Wut, seiner Apathie und seinen Tiraden, doch auch mit Verständnis, Interesse und zynischem Zuspruch, hatte sie hinter ihrem Tresen hervor- und an die Universität getrieben. Da gebührte es ihm, ihr erstes Subjekt zu sein. Nicht mehr lange, wenige Jahre noch, und es würde ihr erlaubt sein, ihm tatsächlich zu helfen, ihm zuzuhören und sich Therapeutin zu nennen. Dann würde sie ihre Notizen nicht heimlich machen und sie würde keine Schürze dabei tragen. Wenn er dann noch mit ihr sprechen wollte. Sie wusste nicht, ob er ihre Treffen als freundschaftliche Unterhaltungen empfand oder nur zu ihr kam, weil niemand sonst seinem wirren Wüten Gehör zu schenken bereit war. Das war eine Frage für einen anderen Tag. Bevor sie sich neben dem Sprengmeister niederließ, ihm mit dem Ellbogen in die Rippen stieß, bereitete sie einen Stapel Servietten vor, legte einen Kugelschreiber daneben und rief nach dem Kollegen, um für Johannes ein Glas Bier zu bestellen. Er sprach so viel freier, wenn er etwas getrunken hatte.

Geflohen sei sie, geflohen! Diese trunksüchtige Künstlerin! Er habe sie gerettet! Aus der kalten, nassen Nacht. Sie hätte es niemals alleine bis zur Straße, geschweige denn zur anderen Seite bis zum Taxi geschafft, nicht in ihrem Zustand. Und dann einfach weglaufen. Er verstehe natürlich, dass sie verängstigt gewesen war, und er verstehe auch, dass sie sich wohl kaum an das Ende des vergangenen Abends erinnern konnte, doch was glaubte sie, wo sie sei? Er habe sie schließlich nicht entführt, habe sie sogar nachhause bringen wollen, doch sie sei ja nicht fähig gewesen, ihm ihre Adresse zu nennen. In einem Hotelzimmer aufzuwachen sei schließlich nicht weiter bedrohlich. Dabei hätte er so gern mit ihr gesprochen. Sie sei die Letzte gewesen, von der noch zu hoffen war, Antworten auf seine Fragen zum Turm zu erhalten. Dann könne er es endlich hinter sich bringen, das Ding in die Luft jagen und in die Zukunft schauen.

Das zweite Bier hatte Johannes' Zunge gelöst. Zuerst hatte er bloß gesagt: »Ich war auf einer Feier. Bei Mag. Nim. Ich habe getrunken, aber nicht so viel. Nicht zu viel zumindest.« Dann hatte er geschwiegen und in sein Glas sinniert. »Und wie fühlst du dich?« Er hatte nichts darauf gesagt. »Hast du letzte Nacht geschlafen?«, hatte Rebecca beinahe fragen wollen, doch verstummte inmitten der Worte. »Hast du letzte Nacht … Spaß gehabt?« »Spaß? Ja, es war ganz unterhaltsam.« Dann hatte er sein Glas ausgetrunken, und als das zweite halb geleert war und Rebecca ihm von den Schwierigkeiten des Rachels mit der rückgängigen Kundschaft und den billigen Etablissements weiter draußen berichtet hatte, von der Arbeitslast, die nun, da der Tätowierte ihr einziger Kollege an der Bar sei, auf ihr lastete, und wie sehr dieser Zustand ihr Privatleben beeinflusse, brach der Sprengmeister sein eisernes Schweigen, nahm einen tiefen Schluck, zündete sich eine Zigarette an und breitete die Feier, den Frust und das Mysterium vor Rebecca aus. Er spie die Ereignisse über die Tischplatte, schob Aschenbecher und Tassen, Untersetzer und Serviette wie Spielfiguren hin und her, während er erzählte, und gestikulierte mit den Armen, als sei er ein

Puppenspieler und das Separee sein Theater. »Und vor allem siehst du, dass ich mir entgegen deinen Behauptungen nichts von alledem einbilde. Was ich in dem Haus gesehen habe und was meine Leute spätestens morgen ebenfalls sehen werden, ist so real wie du und ich. Nur, warum es real ist, entzieht sich mir völlig.« So schloss er die Ausführungen, kam sichtlich erschöpft zu Atem und übergab mit einem Nicken Rebecca das Wort.

»Ich denke, du solltest mit der Künstlerin sprechen. Vielleicht befriedigt das ja deine Neugier.«

»Genau das habe ich ja gesagt! Das hilft mir nicht weiter.«

»Ich stimme dir bloß zu. Vielleicht hilft es dir, die Sache hinter dich zu bringen.« Innerlich schalt sie sich für diese Plattitüde.

»Welche Sache? Das ist keine Sache. Das ist eine Frage!«

»Wie auch immer.«

»Das ist eine Frage, die ich nicht kenne, weil ich nicht weiß, was es ist, wozu ich sie stelle.«

»Naja, nach allem, was ich von dir gehört habe, ist es architektonischer Schwachsinn.«

»Das ist es eben nicht.«

»Hat das nicht dieser Architekt selbst gesagt?«

»Ich glaube, du hörst mir gar nicht richtig zu.«

»Natürlich höre ich dir zu.«

»Ja, entschuldige.« Johannes schob den Rest des Biers von sich weg und erhob sich. »Es ist spät, und wenn ich so auf die Uhr schaue, dann solltest du wohl zu arbeiten anfangen. Ich muss noch zurück ins Hotel.« Er verabschiedete sich, bezahlte nicht, doch das war ihre unausgesprochene Abmachung. Sie umarmten sich und der Sprengmeister verschwand in die Nacht hinaus.

Dieses Mal hatte Rebecca nichts notiert. Sie verschwand im Lagerraum hinter der Bar, klopfte im Vorbeigehen dem Tätowierten auf die Schulter, um sich zu entschuldigen, dass er länger hatte bleiben müssen, worauf dieser etwas wie »Ich kann zwei enge *Freunde* doch nicht vom Gespräch ablenken« nuschelte. In der Kammer zwischen Hinterzimmer und Lagerraum lehnte sie sich an den Schlüsselkasten gegenüber der Hintertür und schloss die Augen. Sie verstand Johannes nicht. Nicht, was er ihr sagen wollte. Dabei glaubte sie, dass eben dies ihre Berufung sei – zu verstehen. Den Turm kannte sie wie jeder, dessen Heim vormittags in seinem Schatten lag, jeder, der auch nur ein einziges Mal die Autobahn an der nahen Abfahrt verlassen hatte, wo das Hochhaus einem Obelisken gleich minutenlang wie ein mahnender Finger (wovor er wohl mahnte?) im Zentrum des Sichtfelds in den Himmel wuchs, doch für sie war er war schon vor langer Zeit in den Hintergrund getreten, ein bloßes Szenenbild der Gegend und Erinnerung daran, dass selbst die Reichen und Mächtigen imstande waren, an ihren Plänen zu scheitern. Was versetzte den Sprengmeister daran bloß so sehr in Aufruhr? Was enthielt der graue Stein, das ihn und auch Rebecca an seinem Verstand zweifeln ließ? Rebecca beschloss, dem nachzugehen. Sie würde die Baustelle besuchen, heimlich, vielleicht des Nachts, vielleicht kurz vor Arbeitsschluss, wenn man Werkzeuge verstaute und in Gedanken bereits zuhause war. Dann würde sie an dem Gelände vorüberspazieren, wenn nötig mehrmals, und sich unbeobachtet durch das Tor zur fensterlosen Seite des Hauses stehlen. Womöglich brachte ein Blick auf den Ursprung des Problems einen Zugang zur Lösung. Auch wenn es nicht ihr Problem war. Zeit fände sie dazu wohl leider erst in einigen Tagen. Lange Schichten und der Abgabetermin einer noch nicht begonnenen Hausarbeit standen bevor.

IX

Ich glaube, du solltest mit der Künstlerin sprechen, hallte es in Johannes Schädel wieder. *Ich glaube, du solltest mit der Künstlerin sprechen.* So weit war er selbst auch schon gekommen. Mit ihr sprechen! Die löchrige Jacke, die zu großen Schuhe, das fettige Haar, die antike Khakihose verliehen ihm den Anschein eines Obdachlosen. War nicht auch der Mann im Park so gekleidet gewesen? Der Mann mit dem Bier in der Hand, der ihm zugeprostet hatte? Mit einem Mal wollte Johannes sich die Jacke, die Hose, den Pullover vom Leibe reißen, doch die Kälte ließ es nicht zu. Neuer Schnee fiel, und er brachte es auch nicht übers Herz, die Kleider eines Toten – bei dem Gedanken schauderte ihm –, die ihm in der Not anvertraut worden waren, derart gering zu schätzen. Also schritt er weiter durch die knarzende Schneeschicht, zog die einzige Spur über das Trottoir und murmelte vor sich hin. Mit ihr sprechen! Ja, leichter gesagt als getan.

»Sie überraschen mich immer wieder«, lachte ihm der Rezeptionist entgegen, als Johannes sich mit hochgezogenen Schultern und erneut von oben bis unten durchnässt in die Lobby schob. Der Sprengmeister streifte still einige Male mit den Schuhsohlen über die schwarze Fußmatte. »Wann haben Sie zuletzt Ihre eigenen Klamotten getragen?« Dem Alten war zum Scherzen zumute. Er schien wie aufgeblüht im Vergleich zu ihrem ersten Treffen, jünger.

»Ihre Freundin hat uns verlassen, nehme ich an?«

»Sie ist zum Fenster raus.«

»Das kann ja keine gute Freundin gewesen sein?«

»Ich kenne sie gar nicht. Sie war Gast auf der gleichen Feier, und wie Sie wohl gesehen haben, fühlte sie sich nicht so gut. Also habe ich sie mitgenommen.«

»Sie gute Seele.« Ein verschmitztes Lächeln zog sich durch die Falten seines Gesichts. »Obwohl sie sich nicht bedankt hat, nehme ich an, dass Sie ihr eine viel unangenehmere Nacht erspart haben.«

»Ich hätte gern mit ihr gesprochen. Ich wollte sie etwas fragen.«

»Dann müssen Sie sie aufspüren. Sie kennen ihren Namen?«

»Rachel Elijah.«

»Die Künstlerin?«

»Ja. Woher kennen Sie sie?«

»Die kennt man. Lesen Sie denn nie den Kulturteil der Zeitung? Ihre Ausstellung war über Wochen hinweg titelseitenwürdig gut besucht. Ich selbst hatte überlegt hinzugehen. Aber ich habe es nicht geschafft.«

Nun wollte Johannes scherzen, wollte sagen: »Weil Sie hier so viel zu tun haben?«, kam bis zum »Weil ...« und brach ab. Es wäre nichts als eine Spitzfindigkeit gewesen auszusprechen, was er dachte. »Weil ich kein großer Kunstkenner bin«, entrang er sich schließlich. »Ich gehe ins Zimmer. Mir ist kalt und ich möchte mich duschen.«

»Die Ausstellung läuft im Übrigen noch!«, rief der alte Mann ihm hinterher und: »Wollen Sie etwas essen? Heute ist Ihre letzte Chance, sich von mir bekochen zu lassen!«

Der Sprengmeister hörte ihn kaum noch. Die Zimmertür war bereits ins Schloss gefallen. Wie spät es wohl war? Stockfinster bereits, doch um diese Jahreszeit bedeutete das wenig. Neun Uhr zweiundzwanzig zeigte die Uhr über dem Bett an. Neun Uhr fünfzehn der Radiowecker. Auf jeden Fall zu spät, um eine Ausstellung zu besuchen, auf der er die Künstlerin bestimmt nicht angetroffen hätte. Welchen Grund konnte sie haben, dort an einem solchen Tag aufzutauchen? Johannes schleppte sich zurück zur Tür, öffnete sie minimalst und meldete, doch hungrig zu sein. »Sehr gerne!«, kam es von der Rezeption zurück.

»Ich dachte, ich würde mich besser fühlen. Ich dachte, es würde befreiend sein, das mitanzusehen.« Der Rezeptionist legte sich die Hand über Augen und Stirn, presste das Gesicht so fest er vermochte in die Handfläche, während am frühen Morgen vier junge Männer in Overalls und Warnwesten die Hotelküche Stück für Stück demontierten und an dem alten Mann und dem Sprengmeister vorbei durch die Lobby und über den Parkplatz trugen, um diese in ihrem Kastenwagen zu verstauen. Die Espressomaschine stand zu Johannes' Füßen. Er hatte sie noch mit Wasser befüllt, bevor man das Waschbecken davonschaffte, und an die ehemalige Steckdose des Herdes angeschlossen. Die Fliesen, die unter den Gerätschaften, Arbeitsflächen und Kästen zum Vorschein kamen, waren dunkelbraun und klebrig verkrustet, stellenweise angeschimmelt; tote eingerollte Spinnen streckten aus dem Schmutz ihre gekrümmten Beinchen. Den Sprengmeister ekelte davor nicht. Er hatte genügend Demontagen miterlebt, hatte bereits viel Schlimmeres unter Möbelstücken entdeckt und wusste, dass man auch in einer Hotelküche nicht alle paar Monate die schweren Geräte entfernen und darunter sauber machen konnte. Zumindest nicht, wenn sie festgeschraubt und innerhalb der Wände verkabelt waren. Nur eben der Herd hatte seine Stromquelle offen zurückgelassen. Überall sonst hingen Kabelstränge lose aus Löchern in den Wänden, aus denen flockenweise Dämmwolle baumelte. Diese Küche war für die Ewigkeit gedacht gewesen, und der Rezeptionist schluchzte hinter vorgehaltenen Händen, bemüht, jedes Geräusch zu ersticken, bevor er sich die Blöße gab, seine Entscheidungen zu bereuen.

»Es ist besser so. Ich muss schließlich von irgendetwas leben«, wiederholte er, mehr an sich selbst als an Johannes gewandt. »Was ist schon für immer?«

Trotzdem der Sprengmeister wusste, dass ihn der alte Mann, der nun wieder in all seiner Erscheinung ein alter Mann geworden war, nicht ansprach, nichts von ihm verlangte, legte er ihm eine Hand auf die tränengeschüttelte Schulter.

»Müssen Sie nicht arbeiten?« – Johannes ließ seinen Gastgeber stehen. Er konnte ihm nicht helfen und ihm selbst war beinahe ebenfalls zum Weinen zumute. Er musste nicht weiter mitansehen, wie das Hotel zerlegt wurde, machte sich jedoch keine Illusionen darüber, dass es in den kommenden Tagen nur noch schlimmer werden würde. Ob der Rezeptionist wisse, wohin er gehen könne, und ob er schon eine Wohnung in Aussicht habe, hatte er zwar gefragt, aber nicht auf eine Antwort bestanden.

Das Tor war noch geschlossen. Niemand auf dem Gelände, niemand in den Containern. Auch der Turm noch menschenleer. Jeden Augenblick müssten die ersten Fahrzeuge die Zufahrt heraufkommen. Johannes betrat den winzigen Vorraum über die schmale Treppe durch die dräuend niedrige Tür. Erst jetzt fiel ihm auf, wie unscheinbar dieser Ort war. Drei mal drei Meter und ein klaustrophobischer Korridor bis zum Lastenaufzug und zum Treppenhaus. Kein Marmor und keine goldenen Kronleuchter. Als schämte sich das Haus für seine Größe. Der Sprengmeister marschierte geradewegs in den Aufzug – man hatte einen Generator angeschlossen, da das Schleppen der Sprengstoffkisten mit jedem Geschoss mehr und schließlich zu viel Zeit in Anspruch nahm –, um sich den Anblick des wunderschön symmetrischen Treppenhauses zu verbieten, fest entschlossen, noch einmal auf eigene Faust Antworten zu verlangen. Es war der erste Dezember, und wenn sich ihnen keine weiteren Hürden in den Weg stellten, konnte der Turm bereits in weniger als einer Woche fallen. Lange vor der Deadline, sogar noch vor Herberts versprochenem Termin. Wie hatten sie das vollbracht? Sieben Tage und zu wenige Hände – und trotzdem ging es stetig voran. Johannes hätte gern mehr Zeit gehabt und behäbigere Arbeiter, oder vielleicht im Gegenteil, noch viel gewissenhaftere Männer, die mit weitaus mehr Sorgfalt und Kraft arbeiteten. Nichts davon hatte er bekommen, keine Ruhe und keine Kraft. Nur fort mit diesen Mauern!

Der Sprengmeister betätigte den Knopf, um den Aufzug und sich selbst in den 22. Stock zu schicken, denn bei 22 endete das Tastenfeld. Oben angekommen, trat er, die Augen mit den Händen abgeschirmt, um die Sphäre, die gewiss noch immer so grell weiß und herablassend majestätisch inmitten des Raumes thronte, nicht ansehen zu müssen, rechts zur Treppe und stieg sie empor, bis er erneut an jener Wand angelangt war, welche eigentlich eine Tür hätte sein sollen. Schräg an die letzte Stufe gelehnt, mit ihren Winkeln ein gleichschenkliges Dreieck bildend, lag dort jener Hammer, den der Sprengmeister Tage zuvor hatte fallen lassen. Er nahm ihn an sich, brach eine Seite aus dem Dreieck und trat, das Werkzeug bereits zum Schlag erhoben, bis auf einen Schritt an die Mauer heran und sog die staubige Luft des Treppenhauses tief in seine Lungenflügel, die sich blähten, seinen Brustkorb dehnten. Alle Muskeln seines Körpers, von den Armen über die Schultern in den Rücken, an der Wirbelsäule entlang bis in das Becken und die Beine, verhärteten sich in erwartungsvoller Entschlossenheit. Der Hammer prallte zurück, entglitt den Fingern des Sprengmeisters und flog in hohem Bogen über die Stufen bis zum Mittelabsatz, schlug dort auf und versenkte seinen Kopf eine Handbreit in den Untergrund. An der Mauer hatte er keine Spur hinterlassen und Johannes ging unter Schmerzensschreien in die Knie. Die Muskeln erschlafften, die Knochen bebten und die Finger brannten, als habe er sie in offenes Feuer gehalten. Dickes Blut zeigte sich an seinem Unterarm und der aufflammende Schmerz, der durch seine Glieder raste, überzeugte den Sprengmeister davon, dass jeder Knochen in ihm, aber vor allem jene in seinen Händen und Armen, zersplittert sein musste. Dabei fluchte er über seine Dummheit, seine Besessenheit, aber vor allem über die Wahl seines Werkzeuges. Neben dem Loch im ersten Stock lag bestimmt noch der Vorschlaghammer, eine Waffe, die dieser Wand viel eher, ja mit größter Wahrscheinlichkeit tatsächlich beigekommen wäre. Doch jetzt lag er im Sterben. Sein Blick verdunkelte sich. Die Augen versagten ihm den Dienst. Er hörte nun auch nichts mehr. Oder war es still geworden? Nein, es war nicht still. Ein scharfes Pfeifen erfüllte die Luft – seinen Schädel. So fühlte es sich an, wenn man innerlich in Scherben lag, und diese Blindheit, dieser Lärm aus dem Inneren, die Kakophonie des verschwindenden Gehirns – es war der Tod. Doch Johannes starb nicht. Natürlich nicht. Schon begann sich sein Blick zu klären, schon verebbten die Vibrationen seines Innenohrs, und die Splitter seiner Arme und Finger verbanden sich wieder zu ihren alten Formen. Natürlich starb er nicht durch einen Hammerschlag, den er selbst ausgeführt hatte. Der Gegenstoß einer Mauer konnte keinen Menschen töten. Aber auch die Wand konnte auf diese Weise nicht bezwungen werden, und beim Gedanken daran, den Vorschlaghammer zu holen, erneut auszuholen und womöglich wieder zurückzuprallen, verließ ihn der Mut. Durch das Stiegenhaus hallten die ersten Stimmen seiner Untergebenen. Sie schleppten eine Kiste ins nächste

Stockwerk, waren noch etliche unter ihm, doch drang das Gezeter zweier Tragender zu Johannes durch. Er musste Ordnung schaffen und seine Gedanken in Bahnen lenken, die ihn seine Niederlage hier für den Moment vergessen ließen. Eine Notwendigkeit mit Sinn und Ziel. Eine Erholung.

Als der Sprengmeister, den Stöhnenden entgegeneilend, mit ihnen zusammentraf, befand er sich im vierzehnten Stock, jenem ersten, dem der Wahnsinn des Architekten unübersehbar anheftete. Warum sie denn die Kiste trügen und nicht den Aufzug nähmen, fragte er sie, während er ihnen in den Weg trat. Der Aufzug sei voll. Die anderen hätten ihn bereits bis an seine Kapazitätsgrenze mit Werkzeug und Sprengstoff beladen, da hätten sie beschlossen, da nur noch diese eine Truhe übrig gewesen sei, die Treppe zu nehmen. Dafür habe man ihnen erlaubt, zuerst Mittagspause zu machen. Im Namen der Effizienz sozusagen. Johannes zögerte, ihnen die Bahn freizugeben. Was, wenn die Gänge und Räume hinter ihm, sobald er gemeinsam mit seinen Arbeitern das Geschoss betrat, in perfekter Ordnung waren, lotrecht und jeder Durchgang zwei Meter hoch? Was, wenn am Ende er der Wahnsinnige war? Was, wenn in einigen Tagen weder Polyeder noch Rotationskörper die offenen Räume über ihnen zierten? Sie zierten sie nicht! Sie verunstalteten sie! Da hörte er, wie die Aufzugtüren aufgingen, und ergab sich. Es war nicht mehr aufzuhalten. Die Arbeiten würden voranschreiten, die Wahrheit sich offenbaren, zum Guten wie zum Schlechten, und man würde staunen, wie er gestaunt hatte, oder über ihn lachen.

Zu Johannes' größter Überraschung schienen die Männer und Frauen seiner Truppe keinerlei Notiz von ihrer Umgebung zu nehmen. Sie trugen Pläne durch das Stockwerk, markierten Bohrstellen und packten Gerätschaften aus. Sie begutachteten

Wände und Bohrköpfe, sprachen über Fußball und das Mittagessen. Über ihre Schultern lugte der Sprengmeister auf die Blaupausen, die er so oft betrachtet hatte, seit Herbert sie persönlich auf seinen Schreibtisch gelegt hatte, und verstand nicht, wie er, obwohl er doch die Sprengung über Wochen hinweg bis ins Kleinste geplant hatte, nicht geahnt hatte, was sie hier vorfinden würden. Offen lag es vor ihm, weiß auf blau oder grau in der Kopie. Damals hatte er bloß Linien und Zahlen gesehen und routiniert die nötigen Schlüsse daraus gezogen. Die Arbeiter gingen ans Werk, ohne auch nur einen Moment innezuhalten oder sich verwundert umzudrehen. Ließ es sie kalt oder sahen sie es nicht? Wieder zweifelte Johannes an seinem Verstand. »Seht ihr, wie krumm hier alles ist?«, fragte er in die um die ausgepackten Bohrmaschinen versammelte Runde. »Ja, natürlich. Alles hier ist schief«, sagte einer. »Gut, dass wir es wegreißen. Das ist ja zu nichts zu gebrauchen.« Zustimmung, aber keine Verwunderung. Gedankenlose Akzeptanz. Sie sahen es. »Dann los!«, befahl der Sprengmeister also und eilte zum Aufzug, um die Arbeiter sich selbst zu überlassen. Sie wüssten, was zu tun sei. Wegreißen! Und er selbst musste sich verstecken, sich verkriechen und unverzüglich Nachforschungen anstellen, wo sich diese Ausstellung befand und ob und wann auch die Künstlerin selbst zugegen sein würde.

Dritter Teil

DIENER DER ZUKUNFT

X

Der Herbst hatte sich endgültig zum Winter gewandelt. Zu einem frühen Winter, der sich nicht um Kalender oder Meteorologen kümmerte. Von Osten, vom Turm her, schob dichtes Schneetreiben den Sprengmeister von der Bushaltestelle am Dom westwärts, dieses Mal jedoch fror er nicht. Der Rezeptionist hatte ihm einen ausgemusterten Mantel geschenkt und einen seiner eigenen Anzüge für ihn gewaschen, sogar das Hemd und die Hose gebügelt, alles fein säuberlich am Fuß des Bettes aufgelegt und den schwarzen Mantel an die Garderobe gehängt.

Vor der Galerie malte ein Laser Figuren in den dicht bewölkten Himmel und ein Streichquartett sandte kryptische Klänge russischer Avantgardisten in die entvölkerten Gassen. Ihr Aufspielen markierte den letzten Abend, die Finissage. Geladenen Gästen und verspäteten Kulturbegeisterten sollte noch ein letztes Mal die Gelegenheit geboten werden, die Werke Rachel Elijahs aus der Nähe zu betrachten, bevor die Gemälde und Skulpturen ihren Rückweg in alle Welt antreten sollten. Bis vor einem Tag hatte Johannes nichts davon gewusst. Zeitung zu lesen war ihm kein Bedürfnis, obwohl er oftmals beim Morgenkaffee, früher, als er noch nicht alleine war, minutenlang wie gebannt die Titelseite betrachtete, ohne jedoch tatsächlich etwas davon aufzunehmen. Er schirmte sich bloß ab. Und später, als die Stille der Wohnung ihm den Schlaf zu rauben begann und die Leere des Frühstückstischs ihn an seine vermeintlichen Verfehlungen erinnerte und daran, wie wenig er auf die Worte seiner Frau gab, die sie zu ihm sagte, während sie die Koffer zur Tür hinaustrug, tat er es aus Gewohnheit. Der Musik folgend, bog er zwischen zwei jahrhundertealten Geschäftslokalen in ein altstädtisches Gässchen ein, folgte den Aufstellern und den

Menschen, die wie für die Oper gekleidet ihm voraneilten, um ja nichts zu verpassen und auch noch das Glas Champagner zu bekommen, das Bedienstete am Empfang reichten. Johannes hoffte nur, dass sich die Künstlerin zum Ende der ihr gewidmeten Ausstellung einfinden würde. Er müsste nur irgendwie zu ihr durchdringen. Selten war er sich seiner selbst so sicher gewesen, er fürchtete weder zu scheitern noch den Mahlstrom der feineren Gesellschaft.

Durch die Fenster der Galerie, ein moderner Bau aus Glas, nur von beinahe unsichtbaren Stahlstreben in rechten Winkeln zusammengehalten, konnte Johannes wenige Gäste ausmachen, die zwischen den an Schnüren befestigten Gemälden sich unterhielten, die Kunstwerke dabei kaum eines Blickes würdigten und ein wenig flanierten. Das Gebäude musste erst kürzlich erbaut worden sein. Es passte nicht an diesen Ort, so unregelmäßig kantig, beinahe rautenförmig, wie es war, mit den Spitzen, die Fassaden rundum beinahe berührten, und an seiner Vorderseite in einer Rundung, die, bevor sie das Kopfsteinpflaster erreichte, jäh in eine Treppe überging, zu Boden floss. Was hatte man vernichten müssen, um dieser Monstrosität Raum zu gewähren! War es denn eine? Johannes erschien die Galerie auf eine wundersame Weise als schön. Er suchte nach einem Wort: Erhaben? – Nein, das war es nicht. Edel? – Auch nicht. Die Galerie war wie nicht von dieser Welt, und vielleicht war es das, was sie seinem Urteil enthob. Sie war einfach schön, ohne dass dieser Begriff einer Erklärung bedurft hätte. Johannes wollte sie futuristisch nennen, doch auch das traf es nicht. Er konnte sich keine Zukunft ausmalen, in der ein solches Bauwerk die Norm sein konnte. So beließ er es bei *schön*.

Am Fuß der Treppe drängte sich die Mehrzahl der Besucher unter Heizpilzen rund um Bartische in verknäulten Gruppen und sandte Wellen aus Geschnatter und Gelächter in merkwürdig periodischen Intervallen aus. Am ersten der Tische erkannte der Sprengmeister ein paar der Gesichter wieder, zwei Männer von Nims Feier, eine Frau aus dem Nachtclub. Einer der Tarotkartenleger, deren Namen Johannes überhört hatte, saß auf der Treppe und unterhielt sich mit Dr. Herzog, deren Blick der Sprengmeister auswich. Er fand Deckung hinter dem Rücken eines Sicherheitsmannes, dem er weiter im Gleichschritt über die Stufen folgte im Bemühen, ihn wie ein Schild zwischen sich und den Gästen um die Stehtische zu halten. Champagner hatte er abgelehnt. Ausnahmsweise verspürte er anfangs keine Lust danach, berauscht zu sein. Was sich bloß wenige Stufen später ändern sollte. Am Treppenabsatz – wie hatte er das von unten übersehen können? - erhob sich Rachel Elijahs erste Skulptur. »Time« stand da.

Auf einer Goldtafel mit schwarz eingelegter Schrift stand vor einer zwei Meter hohen gläsernen Struktur, die ebenso wie die Galerie von metallenen Verstrebungen an den Kanten wie auch im Inneren zusammengehalten wurde, das Wort »Time« und daneben viel kleiner »directionless«. Der erklärende Text darunter offenbarte das Gebilde als Rachels Annäherung an einen ikosaedrischen Quasikristall. Mehr war da nicht zu lesen. Johannes wusste daraus keine Schlüsse zu ziehen. Er war kein Kunstkritiker und auch kein Chemiker. Er war Sprengmeister. Was ihm auffiel, war, wie ähnlich diese Form jenen zementierten Formen des Turmes war; zwar erschienen die allermeisten dort wesentlich simpler, plumper und hässlicher, doch ihre Wirkung auf Johannes war die gleiche. Verlorenheit und Fluchtinstinkt – Kampfinstinkt. In diesen »Quasikristall« aber konnte er hineinsehen. Er offenbarte ihm, was hinter den weißen Oberflächen liegen mochte. Doch es war bloß noch viele Male seine eigene Gestalt, der Blick drang durch sie hindurch und strandete erneut an der Oberfläche, im Freien, unverändert, und dank der makellosen Reinheit der eingesetzten Scheiben, ungebrochen, unverzerrt. Was er sah, war sein Spiegelbild in der gläsernen Schiebetür. Ein umgekehrter Geist, der zerstob. An seine Stelle trat eine Frau, verließ Johannes' Sichtfeld, nach ihr kam ein hünenhafter Mann, auch er verschwand, und hinter ihm erschien Friedrich Hollein, eine Zigarette im Mundwinkel und einen Rotweinfleck auf der Brust seines ansonsten strahlend weißen Anzugs. Er blickte dem Sprengmeister durch die Skulptur hindurch geradewegs in die Augen. Seine Züge verformten sich zum freundlichen, nicht aber freundschaftlichen Lächeln.

»Herr Eichinger! Ich hatte nicht damit gerechnet, Sie hier anzutreffen.«

»Das kann ich nur zurückgeben.«

»Sie hatten auch nicht damit gerechnet, hier zu sein?«

»Genau, und auch nicht mit Ihrer Anwesenheit. Obwohl sie mich nun nicht überrascht. Sie sind bestimmt ein großer Kunstkenner.«

Der Architekt umschritt den Quasikristall unverschämt gemächlich und sah dabei dem in Spiralen wirbelnden Rauch hinterher. Als er schließlich direkt vor Johannes zum Stehen kam, senkte er das Kinn ruckhaft gegen die Brust, spuckte die Zigarette aus und zertrat sie.

»Das war ich bestimmt einmal. Ein Kunstkenner. Heutzutage gehe ich nicht so viel aus – und bildende Kunst lässt sich schlecht vom Schreibtisch aus genießen.«

»Mein Chef hat ein ganzes Bücherregal voller Bücher mit Abbildungen quer durch die Kunstgeschichte in seinem Büro.«

»Das dachte ich mir.« Der Architekt zögerte: »Ich möchte Sie keinesfalls beleidigen, aber ich halte Sie nicht für einen regelmäßigen Besucher solcher Vernissagen.«

»Sie beleidigen mich nicht und haben recht. Ich bin auch nicht wegen der Ausstellungsstücke hier.«

Hollein zog gespielt neugierig die Augenbrauen hoch, drehte sich jedoch gleichzeitig von seinem Gesprächspartner fort und blickte breitbeinig vom Treppenabsatz über die ankommenden Gäste hinweg. »Was könnte Sie hier interessieren, wenn nicht die Kunst?«

»Die Künstlerin.«

»Ah – hatten Sie keine Gelegenheit, mit ihr zu sprechen? Natürlich, sie war ja bei unserer schönen Feier schon reichlich intoxikiert. Ich habe die Arme heute hier noch nicht gesehen. Hoffen wir, dass sie vorgestern gut nachhause gekommen ist.«

»Das ist sie. Ich habe sie nachhause gebracht«, log Johannes und fühlte sich dabei einen Augenblick wieder als der Held, der er in jener Nacht gewesen war.

»Die Glückliche. Und warum haben Sie sich bei dieser Gelegenheit nicht mit ihr unterhalten?«

»Sie konnte nicht mehr sprechen.«

Der Architekt brach in Gelächter aus, fasste sich und prustete wieder los, hielt sich dabei die Hand vor den Mund – Johannes sah seinen Augen an, wie sehr er sich zu beherrschen suchte. »Entschuldigen Sie vielmals!«, presste er mit Mühe zwischen den Fingern hervor. »Ich bin sehr froh, dass Sie sich um sie gekümmert haben. Es ist nur so, dass ich mit Franziska eine kleine Wette laufen hatte, wer sich wohl am ärgsten betrinken würde, und Rachel hatten wir nicht einmal auf dem Radar.«

»Auf jeden Fall, schön, Sie getroffen zu haben. Ich gehe hinein und sehe mich um.« Erneut hatte ihn Hollein enttäuscht. Er war nicht bloß ein Lügner, sondern ebenso infantil. Gleich darauf bereute der Sprengmeister den Gedanken. Wer hatte nicht schon einmal unter Freunden blödsinnig über das Unheil anderer gelacht? Wie gut der Architekt die Künstlerin kannte, wusste er nicht.

Bevor Johannes die Tür erreicht hatte, packte ihn der Architekt an der Schulter und hielt ihn zurück. »Dort drinnen werden sie ihre Gesuchte nicht finden. Ich habe es bereits versucht. Sollte sie bereits hier sein, hält sie sich noch hinter den Kulissen auf.« Obwohl Johannes ihm innerlich bereits wieder verziehen hatte, riss er sich los und erwiderte ungewollt scharf, dass er sein Glück dennoch versuchen werde, verschwand im Inneren, entzog sich dem Gespräch. Der Architekt sah ihm durch die Scheiben hinterher, und als Johannes sich umwandte, trafen sich ihre Blicke, sodass er peinlich berührt Zuflucht hinter dem massiven Leib einer nackten Frauenfigur aus Gips suchte. Im Ausstellungsraum befanden sich kaum Menschen. Nur vereinzelt wandelten welche zwischen den Kunstwerken umher. Johannes schlug die Augen nieder. Er verbat sich die weitere Betrachtung der Kunstwerke. Wenn ihn bereits die Skulptur draußen vor der Tür derart in Verwirrung stürzen konnte, dann konnte er das Risiko nicht eingehen und musste jede Ablenkung vermeiden. Nur die fein Gekleideten betrachtete der Sprengmeister, jedoch auch nur kurz, eben lang genug, um Geschlecht und Körpergröße einzuschätzen. Er kannte die Künstlerin zwar nur aus jener Nacht in Rausch und schlechter Verfassung, doch er glaubte, sie im Bruchteil einer Sekunde wiederzuerkennen. Die erste Runde durch die vier hohen Räume der Galerie blieb erfolglos. Die Künstlerin war nicht hier. Eine zweite Runde drehte Johannes über die umlaufende Galerie. Hier begegnete er überhaupt niemandem. Gerade als er die enge Wendeltreppe wieder hinabsteigen wollte, verstummte draußen das Streichquartett, ließ die letzten für Johannes' Ohren schiefen Töne aus Skjarbins Sinfonie in c-Moll verhallen. Diese hatte man gut vernehmbar als einziges der Stücke angekündigt – auf Wunsch des Direktors.

Nun strömten die Gäste herein, entrissen den Kellnern im Vorbeigehen neue Champagnerflöten und verteilten sich wie angeordnet gleichmäßig über die Räumlichkeiten. Von den Stufen aus genoss Johannes einen fabelhaften Überblick – doch auch von hier war die Künstlerin nirgends zu entdecken. Zu seinem Unglück konnte er sich in seiner erhobenen Position nicht verbergen und wurde seinerseits entdeckt. Friedrich Hollein, den er vor wenigen Minuten noch vor dem Eingang hatte stehen gelassen, strebte unter sanftem Ellbogeneinsatz auf ihn zu.

»Herr Eichinger! Kommen Sie, ich möchte Ihnen etwas zeigen. Etwas, das Ihnen vielleicht etwas mehr Verständnis erlaubt.« Er packte den Sprengmeister am Unterarm, zog ihn über die letzten Stufen und führte ihn in Ausstellungsraum Nummer vier, der auch von der Galerie aus zu sehen war. Der Raum war karg bespielt. Drei der vier Wände beheimateten bloß einen einzelnen Rahmen und die vierte einen Nagel, an dem nichts mehr hing. »Dieses Bild«, sagte der Architekt triumphierend und bereite beide Arme aus, »dieses Bild beinhaltet und bringt auf den Punkt, was ich Ihnen vor ein paar Tagen erklären wollte.« Er holte tief Luft und trat zur Seite, um Johannes mit dem Kunstwerk alleine zu lassen, blickte ihn jedoch erwartungsvoll von der Seite an.

»Time – forward«. Ein Quader, fest mit grauem Stein verbunden, verflog, wie aus Sand, in einen perfekt blauen Himmel, während sich daraus in der Ferne vor einer beinahe kitschigen Gebirgskulisse ein neuer formte, der weder den Stein berührte, noch mit dem ersten die Dimensionen teilte. Darüber das stilisierte Ebenbild eines Atoms, doch die Umlaufbahnen seiner Elementarteilchen verliefen in perspektivischer Unmöglichkeit. Trotzdem erkannte man das Atom als das, was es war. »Sehen Sie, was ich meine?«, fragte der Architekt nach einigen Momenten des Abwartens. »Sehen Sie, was ich sagen will?« Johannes verneinte. »Dann lassen Sie es mich Ihnen erklären.« Er schob sich wieder zwischen den Sprengmeister und das Bild. »Ein Ding verschwindet, um sich zu erneuern. Es ist immer noch in Teilen es selbst und doch anders und besser – der kleinste seiner Bausteine in all seinen Möglichkeiten zugleich. Und wo es unendlich viele Möglichkeiten gibt, müssen sie zwangsläufig durchexerziert werden, und trotzdem findet sich niemals ihr Höhepunkt.«

Johannes schnaubte. »Und das war Ihr Gedanke, als Sie den Turm gebaut haben. Sie haben ihn gebaut, um zu scheitern?«

»Nein, natürlich nicht. Aber gescheitert sind wir gleichermaßen. Nur sollten wir keine Tränen deshalb vergießen. Wir können es doch einfach noch einmal versuchen. Und wir können es besser machen. Wissen Sie, was Franziska mit dem Grundstück des Hotels vorhat?«

»Nein.«

»Ich auch nicht. Und ist das nicht unheimlich aufregend? Ich bin so gespannt, was sie mich zu entwerfen bitten wird. Eines kann ich Ihnen versichern: Es wird besser sein als alles, was sich bisher auf diesem Stück Erde befunden hat.«

»Für wen wird es besser sein?«

»Für alle, Herr Eichinger.«

»Ich bin mir sicher, dass es nicht für alle besser sein wird.«

»Nun, das tut mir leid für Sie. Ich habe das Gefühl, Sie stellen das Projekt aus Prinzip infrage, und obwohl ich Prinzipien im Prinzip durchaus lobenswert finde, denke ich nicht, dass Sie auf diese Weise irgendetwas verstehen können. Nehmen Sie einmal, was Sie sehen. Nehmen Sie das Bild vor Ihnen. Es bildet Körper ab. Drei, um genau zu sein. Stellen Sie den Grund für die Existenz dieser drei Körper infrage? Stellen Sie infrage, dass diese auf ein Stück Leinwand gemalt wurden? Nein. Aber genauso real wie dieses Bild ist die Tatsache, dass in naher Zukunft der Turm verschwunden sein wird. Was jedoch nicht real ist, ist, wofür der Turm hätte geschaffen werden sollen. Er ist es schlicht und einfach nicht geworden, und nicht Gewordenes ist nicht. Obwohl er natürlich nun dort steht, wo er steht – ein Gerippe, eine Fehlgeburt –, müssen wir ihn loswerden, damit an seiner Stelle etwas Wirkliches entstehen kann.«

»Was ich mich frage, ist, warum man ihn überhaupt gebaut hat, wenn man ihn nicht vollenden konnte? Und warum man ihn nicht vollenden konnte.« Der Sprengmeister war über Holleins Worten wütend geworden. »Gab es keinerlei Gedanken daran, was selbst der Schatten eines unfertigen Hauses bedeutet, was der Turm mit der Gegend machen würde? Oder war es bloß Selbstzweck? Ich könnte Ihnen davon erzählen, was zumindest dieses für Sie womöglich unwichtige Detail bedeutet. Ich selbst habe den Turm über Jahre hinweg jeden Morgen vom Fenster aus gesehen – und seinen Schatten. Eine Ruine tut, was sie ist. Sie ruiniert.«

»Aber aus Ruinen entsteht Neues. Wie gesagt: Ich denke, Sie sind gar nicht in der Lage, es zu verstehen.«

Der Rezeptionist, den Tränen nahe, kam Johannes in den Sinn. Er sah die bebenden Falten im Gesicht des alten Mannes und er sah die halbverfallenen Lagerhallen, das bröckelnde Treppenhaus der fremden Frau und das Bild des Toten. Es fiel ihm schwer, die Faust gesenkt zu halten. Geballt hatte sie sich bereits. Wenn alles einen Grund hatte und alles Geschaffene einen Sinn, nur der Turm als Einziges nicht, wenn es nichts bedeutete, dass er da stand, wo er stand, und wenn es nichts bedeutete, dass sein Inneres vom scheinbaren Schwachsinn gepackt war, dann waren Hollein, Nim und Dr. Herzog nicht verrückt – sie waren verabscheuungswürdig. So einfach konnte es nicht sein, und so wollte der Sprengmeister weiterhin glauben, dass der Architekt ihn immer noch belog. Er bedankte sich für die Erläuterungen, sagte nichts weiter, ergriff Holleins Hand, löste den Griff nach einem angedeuteten Schütteln und strebte dem Notausgang zu. Kein Alarm. Die Tür schwang auf und hinter ihm zu. Ein eisiger Wind pfiff gegen das Glas der Galerie und gegen Johannes' Gesicht. Seine Hände zitterten. Er musste rauchen, musste mit dem Feuer die Kälte bezwingen und mit dem Gift die Nerven.

Das Knirschen schwerer Reifen auf Rollsplitt und eine vertraute Stimme zu seiner Linken, als der Notausgang, wieder ohne Alarm auszulösen, betreten wurde, befreite den Sprengmeister aus seinen gefrorenen Gedanken. Er wandte sich um und Mag. Nim zu, der dem Fahrer eines Kleintransporters zuwinkte, der eben vor der Galerie eingeparkt hatte. Er hatte Johannes, der im Schatten – bis auf den orangen Punkt seiner Zigarettenspitze – verborgen unter einem ausgeschalteten Heizpilz an einem wackeligen, ausgemusterten Tischchen stand, nicht gesehen. Eine Frau in grauem Hosenanzug entstieg ihrerseits dem Schatten des Vordaches über der Seitentür des Lieferanteneingangs. Sie marschierte durch den feinen Streifen Straßenlaternenlichts zwischen dem Haus und dem Transporter, schüttelte die Hand des Fahrers und tauschte ein paar Worte mit ihm aus. Nim stieg die auf dieser Seite viel schmaleren Stufen hinab. Er rief einen Namen, verbeugte sich im Gehen, die Hand auf dem Herzen, dann schüttelte er ebenso Hände. Der unentdeckte Sprengmeister machte sich daran, Mag. Nim zu folgen. Er schlich näher, obwohl er nicht wusste, warum er es in dieser Heimlichkeit tat, und hielt sich an der gläsernen Fassade. Seine Zigarette verglomm im Wind und er ließ sie in eine ölige Pfütze fallen. Auf halbem Weg erschienen zwei gebeugte Männer, strebten auf die Gruppe zu. Johannes sah eine absurde Kreatur mit vier Beinen, einem winzigen Kopf und einem steif erhobenen Schwanz, dazwischen ein leicht geneigter rechteckiger Körper. Ein Fabelwesen, einem Albtraum entsprungen. Es bewegte sich langsam, wankte, ließ die Beine schleifen und er glaubte, es würde jeden Augenblick aus der Dunkelheit über die Sprechenden herfallen. Obwohl er Furcht fühlen wollte, fühlte er Nostalgie. Es verlangte ihn nach einer Zeit, da ihm die Vorstellung eines rechteckigen Ungetüms tatsächlich plausibel erschienen war. Und wenngleich er ein klares Bild vor Augen hatte, wusste er, dass es bloß ein Streich war, den ihm seine Sinne spielten. Da war kein Monster und niemand würde gefressen werden. Da waren bloß zwei Männer, die ein mannshohes Gemälde, gefasst in einem schweren Ebenholzrahmen, schleppten. Sie traten in den Schein der Laterne und waren entzaubert, und Johannes tat es ihnen gleich, entzauberte sich, gab seine Beobachterrolle auf. »Herr Mag. Nim!«, rief er aus und hob die Hand zum Gruß.

Nim erkannte ihn nicht. Das Menschen-Dreieck faltete sich zur Linie auf. Der Fahrer löste sich heraus, um den Trägern den Laderaum zu öffnen. Erst als der Sprengmeister auf wenige Schritte an den Bauherren herangetreten war, klärte sich die Konfusion in dessen Augen und er nahm eine entspannte Haltung ein. »Herr Sprengmeister. Großartig, Sie heute

wohlbehalten anzutreffen. Sie waren plötzlich unauffindbar.«
»Mir ging es nicht mehr allzu gut. Ich dachte, es sei klüger, nachhause zu gehen.«

»Das kann ich Ihnen nicht übelnehmen.« Er wandte den Körper halb der Frau im grauen Kostüm zu. »Ich darf Ihnen Frau Auberger vorstellen. Ihres Zeichens Kuratorin.« Johannes grüßte. Die Frau nickte ihm zu und entschuldigte sich. Die gesamte Interaktion, die Übergabe des Gemäldes, schien ihr äußerst unangenehm zu sein. Nachdem sie aus der Sichtweite verschwunden war, lehnte sich Nim an Johannes und flüsterte leiser, als es notwendig gewesen wäre: »Machen Sie sich keine Sorgen. Sie verkraftet den Verlust Ihrer Ausstellungsstücke immer sehr schlecht. Vielleicht hätte sie weniger Probleme damit, wenn sie selbst oder die Galerie dafür das Geld bekäme – anstatt der Künstlerin.« Er trat zurück bis an den seitlich abgesplitterten Lack des Kleintransporters. »Sie kommen genau richtig. Es ist die letzte Chance, das gute Stück zu bewundern, bevor ich es meiner Sammlung einverleibe. Sie erinnern sich, ich habe es der guten Rachel abgekauft, und heute darf ich es endlich mit nachhause nehmen.«

»Und Sie bringen es nicht übers Herz, es der Öffentlichkeit noch einen Abend lang zur Verfügung zu stellen?« Johannes war nicht überrascht.

»Ich will das Bild nicht vor den ahnungslosen Blicken der Leute da drinnen bewahren, wenn es das ist, was Sie vermuten. Ich verlasse lediglich morgen früh das Land für ein paar Tage. Ich möchte bei einem solchen Stück zugegen sein, wenn es abgeholt wird. Um ehrlich zu sein, vertraue ich dem Gewimmel und der Betriebsamkeit nicht, wenn morgen alle Werke eingepackt und an die unterschiedlichsten Museen und Besitzer oder an die Künstlerin selbst zurückgegeben werden. Zu wahrscheinlich, dass mein Erwerb beschädigt wird oder gar nicht bei mir ankommt. Wollen Sie es nun sehen?«

Er sprang mit einem Satz in den bis auf das in dicken Filz gepackte Bild leeren Laderaum. Johannes folgte ihm. Nim begann mit den Fingernägeln das Klebeband zu bearbeiten, das den Filz an den Ecken am Rahmen fixierte. Es löste sich nicht. Dann versuchte er den Filz vorne aufzureißen. Auch das gelang nicht. Schließlich kam der Fahrer hinzu und schlug vor, das Bild umzudrehen und sich von hinten an der Abdeckung zu schaffen zu machen. Nichts rührte sich. »Haben Sie vielleicht ein Messer bei sich?« Johannes verneinte. »Einen Schlüssel?« Er schüttelte den Kopf. »Sie vielleicht?«, an den Fahrer gewandt. Auch dieser konnte damit nicht dienen. Die Schlüssel des Transporters sowie Firmenschlüssel und Wohnungsschlüssel des Mannes waren Sensorchips. »Meine sind auch keine echten Schlüssel«, sagte Mag. Nim kopfschüttelnd. »Und Sie haben wirklich keine? Irgendetwas Scharfes?« Der Sprengmeister schlug vor, einen Mitarbeiter der Galerie um Hilfe zu bitten. Mit einem Blick auf die Uhr verneinte der Bauherr. »Ich bin wirklich schon in Eile.« Noch einmal hockte Johannes sich vor das Gemälde und zerrte an der Filzabdeckung. Endlich löste sich eines der Klebebänder ein Stück weit vom Rahmen. Nicht ganz, doch es gelang Johannes, ein gutes Drittel des Bildes freizulegen. Gegen die Dunkelheit zückte der Fahrer sein Mobiltelefon und beleuchtete damit die Leinwand. Er bedauere, aber die Lichter im Laderaum seien kaputt. Der Sprengmeister kniff die Augen zusammen. Er konnte nichts erkennen, oder sah er es nicht richtig? Das sollte das große Wandgemälde sein? Das Kunstwerk, dem man die gesamte Nordseite des Turmes hatte opfern wollen? Bis auf wenige Millimeter schob er sein Gesicht heran. Ja, Pinselstriche waren da – aber keine Farben. Nur

Textur. Die Poren der Leinwand bedeckt, doch womit? Weiß. Weiße Farbe, vielleicht ein paar schmutzig graue Schlieren, doch nichts Erkennbares, keine Formen, keine Gestalt. War es das? So sah die Mauer doch bereits aus. Nein, es musste noch mehr auf dem Bild geben. Johannes packte das gelöste Ende der Filzdecke und riss daran, zerrte mit einem gewaltigen Ruck am Rahmen – und plötzlich gab es einen Knall, das Zischen einer Peitsche und der metallene Haken eines der Expander, die das Gemälde an den Laderaum banden, schnellte an seinem Gesicht vorüber, prallte gegen Nims Wange und warf ihn unter spitzem Aufschrei auf den Rücken. Ein Rinnsal von Blut strömte zwischen seinen Fingern hervor, durchfloss die Windungen seines Ohres und über das schüttere Haar auf seinen Hinterkopf. Es war nicht genug, um eine Pfütze zu bilden. Nur ein paar dunkle Tropfen blieben zurück, als sich der Bauherr aufsetzte. »Das war ein Zeichen«, sagte er ruhig. Kein Anzeichen von Zorn, als er sich an dem ausgestreckten Arm des Fahrers aufrichtete. »Eine Strafe Gottes.« Nun lachte er sogar. »Oder der Göttinnen vielmehr. Die Musen strafen mich. Ich soll nicht mit der Kunst prahlen, die ich nicht einmal geschaffen habe.« Nim verabschiedete sich entschieden von Johannes, er habe wie gesagt keine Zeit mehr und müsse sich nun sogar noch verarzten lassen. Bevor der Sprengmeister widersprechen konnte, hatte man ihn bereits nach draußen gelotst und die Türen geschlossen. Nim war von der Ladefläche zur anderen Seite des Wagens gesprungen, vorne eingestiegen und hatte den Motor heulend in Gang gesetzt. Der Sprengmeister wollte noch hinterherrufen, dass er das Bild unbedingt sehen müsse, ob er sich eine Einladung in Nims Privatsammlung erbitten könne, doch der weiße Transporter war bereits rechts abgebogen und außer Reich- und Hörweite.

Währenddessen ergriff die Kuratorin in Ausstellungsraum Nummer eins ein Mikrophon und stieg auf die improvisierte Bühne, die für den zweiten Auftritt des Streichquartetts errichtet worden war. Sie bedauerte mitteilen zu müssen, dass Rachel Elijah aus terminlichen Gründen nicht an der heutigen Finissage teilzunehmen imstande sei. Die Künstlerin sei bereits am Morgen abgeflogen, wünsche von ihrem Appartement in Boston aus all ihren Gästen einen wunderschönen Abend und bedanke sich für diese inspirierenden vergangenen Wochen.

Rebecca stand in der Einfahrt der Baustelle vor verschlossenem Tor und besah sich die Kiesel, anstatt den Blick zum Turm zu heben. Sie scharrte nachdenklich mit den Schuhen. Der flackernde Neonschriftzug über dem Eingang des ruinösen Hotels hinter ihr färbte die Ränder ihres Schattens abwechselnd gelb und grün, dann rot und blau. Sie spürte, wie ihr die Kälte der Nacht unter die Kleidung kroch, schlotternd lief sie die wenigen Schritte zur Umzäunung, wo sie die Finger durch den Maschendraht des Tores schob, um zaghaft daran zu rütteln. Wollte sie denn überhaupt, dass es sich öffnen ließe? Das Tor bewegte sich nicht – ein Vorhängeschloss auf Hüfthöhe sperrte sich gegen ihr Ziehen und Schieben. Darüber klettern? Dafür trug Rebecca das falsche Schuhwerk, und ihr langer Rock war auch nicht für solch abenteuerliche Kunststücke geeignet. Kurzentschlossen trat sie gegen das Schloss, verlor das Gleichgewicht und fiel rücklings auf den Schotter. Im Sitzen sah sie in den Himmel, am Turm entlang – ein grauer Streifen fader Leere, den man aus dem Firmament geschnitten hatte. Einen Moment lang hielt er ihren Blick gefangen, drückte sie nieder, als presste er sie mit Gewalt gegen die Kieselsteine. Sie schloss die Augen, um sich davon zu befreien, dann stand sie auf, strich über Rock und Jacke und marschierte fluchend davon. Es war ihr, als hätte man ihr eine Last von der Brust gehoben.

XI

Zeit war also richtungslos. Oder war sie vorwärts gerichtet? Das war es, was der Sprengmeister Rachel Elijahs Blick auf die Welt entnommen hatte. Stillstand oder stetiger Strom? Beides womöglich und beides half nicht weiter. Man verweigerte ihm alles, und wenn man ihn schon nicht belog oder ihm in Rätseln antwortete, dann entzog man sich ihm. Was half es also zu suchen, zu jagen, zu fragen und sich dabei aufzureiben? Was war denn der Turm schon mehr als ein Auftrag, der auf vorangegangene folgte und dem weitere folgen würden? Es war bloß ein Haus, und wenn ein Haus nicht mehr gebraucht wurde, dann sollte man es sprengen. Die Entscheidung lag bei der Stadt, und Entscheidungen der Stadt infrage zu stellen war, das sah Johannes endlich ein, eine Torheit. Niemals könnte man nachvollziehen, was dieses System aus Behörden, mittleren und hohen Entscheidungsträgern, wirtschaftlichen Interessen und darüber noch staatlichen Richtlinien genau bezweckte, wenn durch die Ränge der Befehl vor Herberts Tür landete: Weg damit! Die Aufgabe, die ihm also zugekommen war, würde erfüllt werden, mochte er noch so viele Fragen haben, mochte ihm dabei noch so unwohl sein, denn niemanden – abgesehen von ihm selbst – kümmerten seine Gefühle. Weg damit also! Auch der letzte Versuch einer Klärung durch eine allerletzte Expedition war fehlgeleitet gewesen. Johannes verbat sich alle weiteren. Was fing er auch in seinem Alter noch an, Interesse an Dingen zu entwickeln, die ihn nichts angingen? Er dachte an das Licht, das bald – zumindest bis ein neuer Moloch an der Stelle des Alten errichtet sein würde – auf die Häuser der Menschen fiele. Ein wenig Licht vielleicht. Ihm selbst war es gleichgültig. Der Schatten hatte ihn nie wirklich belastet, und nun wohnte er nicht einmal mehr an dessen Rand. Auch das war ein Problem, das er sich nicht eher zu lösen imstande sah, als bis seine Arbeit getan war.

In den Tagen, die folgten, schritt die Dekonstruktion des Hotels stetig voran. Die unaufhaltsame Gemächlichkeit, mit der Möbelstück für Möbelstück die Zimmer ausgeräumt wurden, die Heizkörper demontiert, in Teilen des Hauses der Strom abgestellt, Getränkeautomaten abgeholt, war wohl das Schmerzvollste für den Rezeptionisten. In Johannes' Gegenwart bewahrte der alte Mann Haltung, erlaubte sich keine Tränen und verlor auch kein Wort über die Vorgänge. Er bereitete dem Sprengmeister Kaffee mit der Espressomaschine auf den schmutzverkrusteten Fliesen der ehemaligen Küche. Er bereitete Abendessen und Frühstück aus Rohkost, Brot und aufgeschnittenem Käse. Der Sprengmeister bedankte sich und sprach ihn nicht auf seine trotzdem offenkundige Verzweiflung an; er wusste nicht, ob sein Mitleid dem Gastgeber geholfen hätte – sollte er ihm denn eine Zukunft vorlügen, die etwas anderes als perspektivlos war? So blieb ihm nur die Hoffnung, dass seine Anwesenheit etwas Trost spenden würde.

Ein Antiquar kam und begutachtete die Wandteppiche, bezahlte den Rezeptionisten nach einigen Minuten zahnloser Verhandlungen mit einer Handvoll Geldscheinen und gemeinsam beluden sie den Transporter der gleichen Firma, die Rachel Elijahs Gemälde für Mag. Nim verfrachtet hatte. Johannes beobachtete die Szene von seinem Container aus. Dann machte er sich daran, erneut die Pläne zu studieren, während die Arbeiter den Sprengstoff in den Wänden des siebzehnten Stockwerks versenkten. Der letzten Krisenansprache seines Chefs war er ferngeblieben. Er wusste, was sie beinhalten würde. Lust- und hoffnungslos überquerte er die Straße und setzte sich nach Langem wieder in seinen Wagen. Das Gefährt war in erbärmlichem Zustand. Vorüberfahrende Autos hatten es braun besprenkelt, Herbstlaub, dessen Herkunft unerklärlich schien, hatte sich auf den Lüftungsschlitzen unter den Scheibenwischern mit dem Regenwasser zu einer ekelhaften Masse verflüssigt, während einzelne Blätter wie geleimt auf Lack und Scheiben klebten. Der Motor heulte auf und für einen Moment hatte der Sprengmeister ein Fünkchen Hoffnung. Die Maschinerie erstarb jedoch nach kurzem Röcheln, Johannes sprang aus dem Wagen, prügelte auf die Motorhaube ein, trat gegen die Reifen und beruhigte sich. Anstatt ein Taxi zu rufen, schloss er das Baustellentor auf, schritt nun beherrscht über den Schotter, betrat den Turm, nahm den Aufzug ins erste Geschoss, um den Vorschlaghammer zu holen, und kehrte zu seinem Pick-up zurück. Er holte mehrmals weit aus und ließ den Hammer auf das arme Vehikel niederfahren, zerschmetterte die Scheiben, verbeulte das Blech und löste alle vier Airbags im Inneren aus. Er bezwang das funktionslose Ding und fühlte Triumph und die Versuchung, den übrig gebliebenen Haufen Schrott in Brand zu stecken. Doch was brächte das? Reichte es nicht, das dumme Stück zu zerschlagen? Irgendwann würde er es abholen lassen. Es begann zu regnen. Als die Arbeiter das Wrack passierten, sahen sie darin ein Mahnmal ihrer zerbrechlichen Sicherheit. Auch wenn es nicht Johannes' Hammer oder gar Herberts Strafentlassung war, die ihnen dräute, hing die Aussicht auf Beschäftigungslosigkeit über ihren Häuptern. Nutzlosigkeit. Johannes ließ sie alleine. Er hatte Herberts Eindringlichkeit nichts hinzuzufügen.

Und so vergingen die Tage ereignislos. Keine neuen Fragen stellten sich, und Mag. Nim tauchte nicht auf, um den Sprengmeister zu entführen. Herbert verbarrikadierte sich hinter seinem Schreibtisch, der Rezeptionist stand wortlos am Tresen und sah zu, wie sein Besitz verschwand. Endlich vermochte der Sprengmeister sein Leben zu ertragen. Immer noch hallten Fragen in den Tiefen seines Schädels, doch nicht laut genug, um sie nicht überhören zu können. Bald schon würde er Pläne machen und sich um all das kümmern, dem der Turm und auch das Hotel im Weg standen.

In Zimmer Nummer zwölf verblieb bloß noch das Bett, das Waschbecken und die Dusche. Vom Rest war nichts als Silhouetten an der Tapete und auf dem Teppichboden geblieben. Johannes konnte sich kaum daran erinnern, jemals mehrere Nächte in Folge so lang und tief geschlafen zu haben. Träume erlaubte er sich nicht oder vergaß sie mit Gewalt, sobald er erwachte. Er wusste trotzdem, was sie ihm zeigen wollten. Dafür brauchte er keine Erinnerungen. Zerrissenen Filz und getrocknete Farbe.

Rebecca erzählte er davon, wie gut er schlafe und wie produktiv die Arbeiten voranschritten. Von der Ausstellung berichtete der Sprengmeister nicht. Die Genugtuung wollte er ihr nicht gönnen. *Ich denke, du solltest mit ihr sprechen.* Gänzlich im Recht war sie mit dieser idiotischen Aussage natürlich nicht gewesen, doch allein, dass es die Möglichkeit gegeben hatte, die Künstlerin anzutreffen, genügte, um es ihr zu verheimlichen. Endlich war es nun an ihr zu erzählen. Sie hatte ihn nie in ihr Studium eingeweiht, und er wusste eigentlich nicht, was sie tat, wenn sie nicht im Rachel die Bar betreute. Ihre Freundschaft hielt sich in fest abgesteckten Grenzen innerhalb der vier Samtvorhänge um das Separee. Manchmal waren Rebecca unverbindliche, aber verräterische Anekdoten entkommen, die sie dann umständlich zu relativieren versuchte. Johannes fragte niemals nach. Er respektierte, was gesagt und was verschwiegen werden sollte. Sie sprachen über was auch immer sie preiszugeben bereit waren, und der Sprengmeister war es zufrieden. Nun aber war die Zeit gekommen, die Rollen umzukehren. Jetzt, da es nur noch Tagwerk war, hatte er keine Lust mehr, von diesem zu berichten. Sein Plan verlangte Disziplin.

»Wie läuft es an der Uni?«, fragte er, während er einen Schluck von seinem dritten Bier nahm, und erfreute sich prompt der Schockstarre seines Gegenübers. Johannes wartete einen Moment, dann wiederholte er die Frage. »Wie läuft es bei dir mit der Uni?« Sie sagte nichts, blickte ins Leere, stand still wie ein eingefrorener Computerbildschirm. »Du musst es mir nicht erzählen. Aber du solltest auch nicht überrascht sein, dass ich dir ebenfalls manchmal zuhöre. Du hast dir ja nicht so viel Mühe mit deinen Lügen gegeben.«

»Ich habe nicht gelogen. Vielleicht ein wenig, aber nicht böswillig.« Sie sah ihm nicht in die Augen.

»Es ist nicht schlimm. Ich habe nur nichts mehr über den Turm zu erzählen und auch nichts vom Hotel, nicht von Kunst und großen Gedanken. Ich habe gar nichts zu erzählen und hoffe, diese Situation eine Weile beibehalten zu können.«

»Was hat dich befreit?«

»Ach ich bin einfach zur Vernunft gekommen. Ich habe mich durch nichts und wieder nichts aus der Ruhe bringen lassen. Sinnlos!«

Rebecca runzelte misstrauisch die Stirn.

»Du brauchst gar nicht so überrascht zu schauen. Ich sage dir schon die Wahrheit.«

»Natürlich, ich glaube dir.« Sie erhob sich. »Ich muss arbeiten. Es ist Zeit.«

Johannes ging nicht darauf ein und sprach weiter. »Ich habe einfach beschlossen, in die Zukunft zu schauen. Das ist es, was zählt.«

»Ja, stimmt schon.«

»Genau.«

Hatte der Sprengmeister das Rachel in den Tagen der Normalisierung, wie er diese Phase bei sich, stolz seine Neugier endlich im Griff zu haben, nannte, jeden Abend in dem Bestreben besucht, sein Handeln zu ritualisieren, so kehrte er von da an einige Tage lang nicht dorthin zurück, sondern verbrachte die Nächte stattdessen in seinem kargen Zimmer Nummer zwölf unter der immer noch staubigen Decke, versuchte das Buch zu lesen, das er dem Rezeptionisten nie geschenkt hatte. Eine Seefahrergeschichte, die ihm nicht viel gab, zu umständlich die Sätze, zu schleppend die Geschichte. Trotzdem las er darin, bis er einschlief, stets aber nur wenige Zeilen.

Rebecca wollte nicht, dass irgendjemand auch nur die leiseste Ahnung davon hatte, was sie in der anderen Hälfte ihres Lebens tat. Die Bar und die Universität, und dazwischen ihre Wohnung, in der sie vom einen ins andere Kostüm wechselte. Vielleicht, so dachte sie, als sie hinter die Theke trat, gedankenlos ein Bier zapfte und zu trinken begann, musste eine der beiden Hälften verschwinden. Da sie die eine offensichtlich nicht vor der anderen trennen, bewahren konnte, musste vielleicht das Leben sich irgendwann als etwas einheitlich Ganzes sinnvoll zusammenfügen lassen. Es fiel ihr nicht leicht, diese Gedanken durchzuspielen. So viel musste geschehen, so viel getan werden, um die verbundenen Zwillinge zu trennen, ohne einen der beiden zu töten. Eine komplexe Operation mit sorgfältiger Vorbereitung.

Sie nahm eine Serviette und begann aufzuschreiben, welche Schritte sie tun musste, um guten Gewissens den Sprengmeister und das Rachel hinter sich lassen zu können. In ihrer Wohnung stapelten sich mittlerweile gut einhundert beschriftete Servietten und daneben deren Abschriften, elektronisch getippt und ausgedruckt. Sie war nie ganz damit fertig geworden, Ordnung in die Notizen zu bringen. Nicht nur hatte ihr die Zeit dazu gefehlt, sie war sich dessen bewusst, dass sie nicht dazu in der Lage sein würde, die Fragmente zu systematisieren. Was sie mit diesen Daten einer zeitlich begrenzten Studie machen sollte, fragte sie sich, während sie durch den Hinterhof schlich, um ungesehen nachhause zu kommen. Die Sonne lugte bereits über die Dächer, sie würde also keinen Schlaf mehr vor den Vorlesungen bekommen. Wie hätte sie dem Sprengmeister auch helfen sollen? So stur, wie er war. So unaufmerksam und feindselig gegen jeden Rat, der nicht war, was er hören wollte. Eine Studie konnte abgeschlossen werden, nur musste sie dazu zeitliche Parameter definieren oder eine bestimmte zu erlangende Erkenntnis. Bevor das nicht erreicht war, eine komplette Datensammlung im Rahmen des Forschungsziels, wollte sie nicht damit anfangen, das Einzelne zum Ganzen zu machen. Aber was fehlte ihr zu ihrem Forschungsziel? Was wollte sie überhaupt wissen? Als sie in ihre Gasse eingebogen war, glaubte sie, eine Antwort darauf gefunden zu haben. Sie wollte wissen, was den Sprengmeister derart aus der Fassung gebracht hatte. Was war es, das ihn trieb, Fragen zu stellen? Seine Frau hatte ihn nicht aus seiner apathischen Ruhe gebracht, weder mit Worten noch mit ihrem Verschwinden. Seine Kinder ebenso wenig. Aber der Turm, oder was sich darin verbarg, hatte nur wenige Tage dazu benötigt, Johannes auf eine Reise zu schicken, deren Ziel ihm wie das Paradies erschienen war.

Rebecca hatte in seinen Worten die Formen und Räume des Turmes gesehen, hatte die Ausschweifungen in Nims Appartement miterlebt, die Flucht der Künstlerin und die Jagd nach ihr. Nun galt es nur noch, diese Erzählungen mit der Realität zu vergleichen. Ein Referenzrahmen für all ihre Notizen, ein Labyrinth-Schlüssel.

Die Weihnachtsferien standen bevor, kaum noch Kurse und die Prüfungen waren noch fern. Nun fühlte sie sich bereit, die Sache in die Tat umzusetzen, packte Taschenlampe und Notizblock in einen kleinen Rucksack und stopfte ihre Bücher dazu. Vielleicht würde sie es nicht heute tun, aber womöglich morgen oder am Ende der Woche.

Nun, da das Foyer des Hotels nicht nur ein trauriges Bild abgab, sondern die Umzugskisten und der Staub ihm das ganze Elend ins Gesicht schrieben, rührte es den Sprengmeister so sehr, dass er alle Abende mit dem Rezeptionisten verbrachte. Sie unterhielten sich über Dinge, die nichts mit dem Hotel oder dem Turm zu tun hatten. Ein Fußballspiel hatte stattgefunden, dessen Ergebnis ungewöhnlich genug war, um darüber zwanzig Minuten zu sprechen. Eine Wahl stand an. Sie würden beide nicht wählen gehen. Darauf gaben sie sich ihr Wort. Jede Nacht versuchte der Sprengmeister auf irgendeine Art von seinem Gastgeber zu erfahren, wer er war. Was er jedoch von dem einzigen Zeugen einer verblassenden Vergangenheit erhielt, war Stückwerk, Halbsätze aus groben Erinnerungen. »Mein Vater war ein wütender Mann«, begann der Rezeptionist. »Meine Mutter malte am liebsten ihre Heiligenbilder, doch nicht immer gab es Heilige zu malen. Manchmal waren es Bauern, und diese Bauern wurden in ihren Bildern zu schmutzigen Heiligen mit krummen Nasen.« Dem Sprengmeister waren selbst diese wenigen Nichtigkeiten angenehm. Vielleicht würde sich daraus irgendwann ein Ganzes zusammensetzten. Sie hatten hier nicht mehr viel Zeit gemeinsam. Sollte er dem Rezeptionisten vielleicht seine eigene Wohnung vermachen? Schließlich gehörte sie ihm, und auf die Mühen, sie zu verkaufen, konnte er verzichten. Er war bereit, ein solches Geschenk für ein Stück Vergangenheit auszutauschen, das ihm bereits jetzt mehr bedeutete als seine eigene, deren Leere er mit den über sechzig Jahren seines Gastgebers zu füllen hoffte. »Ich hasste mein Dorf, als ich ein Kind war«, schloss der Rezeptionist seine Erzählung am Ende eines Abendessens, »und verachtete es als junger Mann. Heute, da ich weiß, dass niemand mehr dort lebt, den ich kenne, wünschte ich, nie fortgegangen zu sein.« Johannes fühlte sich schuldig. Hatte er sich nicht eben erst der Zukunft verpflichtet? Nein, er war verpflichtet worden, und eine Zukunft, die ihm nicht gehörte, musste auf einer Vergangenheit fußen, die ebenso nicht die seine war. Solange er noch hier war, der Gegenwart verbunden blieb, erlaubte er sich, der Vergangenheit seine Zeit zu opfern.

Die Arbeiter hatten an jenem Tag ihre Sprengsätze im neunzehnten Stock angebracht. Zwei Tage noch – und sie wären fertig. Dann ein Bericht an Herbert und an die Stadt, und das Festlegen des Sprengtermins würde wohl bereits am nächsten Tag erfolgen.

Schließlich brach der letzte Tag der Arbeiten an. Johannes fühlte sich ausgeruht, er hatte acht Stunden geschlafen und beobachtete die versammelte Menge der Arbeiter bereits von fern. Sie lachten und schüttelten einander zur Begrüßung die Hände, gratulierten einander ob der erfolgreichen Fertigstellung ihres Werks. Der Sprengmeister wollte sich davon anstecken lassen, wollte teilhaben an ihrer Euphorie. Er legte seine Tasche im Container ab und trat nach draußen. Die Arbeiter waren bereits verschwunden. Johannes war erleichtert. Er konnte seine freudige Erwartung für sich behalten und sich hinsetzen. Ein letztes Stockwerk. Zweiundzwanzig. Nein, dreiundzwanzig mussten es sein. Aber das dreiundzwanzigste Geschoss gab es doch gar nicht. Die Treppe endete bei zweiundzwanzig und der Aufzug ebenso. Die Zahl dreiundzwanzig existierte nicht im Inneren des Turmes, nur auf den Plänen. Der Sprengmeister zählte die Fensterreihen. Dreiundzwanzig waren es. Hielt ihn der Turm zum Narren? Vielleicht würden die Arbeiter aber auch hier einfach mit schwerem Gerät die Wand durchbrechen und ein ganz normales Geschoss betreten, ihre Bohrlöcher stechen, sie befüllen und nachhause fahren, ohne einen weiteren Gedanken daran zu verschwenden. Er würde es abwarten. Er würde es hoffen und einfach hier in seinem Stuhl sitzen bleiben, bis das Werk entweder getan war oder eine Entscheidung von ihm verlangt wurde.

Vier Stunden später erfuhr er von der dienstältesten Sprengtechnikerin, man sei fertig.

Der Sprengmeister vermochte nicht die Geduld aufzubringen, um auf den Lift zu warten. Es dauerte eine Ewigkeit, bis die hell erleuchtete 22 erlosch und die 21 an ihre Stelle trat. Er begann zu steigen, Stufe für Stufe, bis er oben angekommen war, dem freudig grinsenden Begrüßungskomitee am Treppenabsatz des zweiundzwanzigsten Stockes entgegentrat, das sich durch die Treppenhaustür und über die Stufen hinauf gebildet hatte. So erschienen ihm die Arbeiter viel zahlreicher als sonst. Nun überraschte ihn die vorzeitige Fertigstellung nicht mehr, sehr wohl aber ihre Leichtigkeit. Auf den letzten Stufen hielt ihn jene Arbeiterin, die ihn geholt und schließlich mit dem Aufzug überholt hatte, zurück. Keuchend spürte er die Strapazen des Aufstiegs in den Lungen und den Knien. Als Einziger nach Atem ringend, fühlte er sich alt und seine Munterkeit schlug in Erschöpfung und Ärger um. Was enthielt man ihm vor? Was wollte man ihn noch länger von der Antwort fernhalten?

»Das ist eine Sackgasse«, sagte die Frau.

»Ich weiß, aber ihr habt doch wohl die Wand eingeschlagen!«, fuhr sie der Sprengmeister an und stützte sich an ihrer Schulter ab, während er die wenigen Stufen zurückstieg. »Nein wir haben die andere Treppe genommen«, antwortete sie gleichmütig. Sie zog ihn am Arm in den hohen, ungeteilten Raum, den Saal des zweiundzwanzigsten Stockwerkes und auf die blank polierte thronende Sphäre zu. Gerade als Johannes fürchtete, sie würden damit kollidieren, beschrieb seine Führerin einen Kreis und sie umschritten eine Halbkugel, durch deren hohles Inneres steil aufsteigende Stufen aus perforiertem Aluminium nach oben führten, durch ein kreisrundes Loch in das letzte Geschoss des Turmes.

Nichts Außergewöhnliches. Johannes stand inmitten des höchsten Raumes, die Arme in die Hüften gestemmt, den Mund weit offen und allein. Nichts Außergewöhnliches! Wie konnte sie das sagen? Genau wie Rebecca waren weder die Arbeiterin noch der Architekt noch Mag. Nim in der Lage zu begreifen, dass absolut nichts an diesem Ort nicht außergewöhnlich war. Sie hatte recht, dass es bloß ein leerer Raum war, keine Wände, ein paar tragende Säulen in regelmäßigem, statisch wohldurchdachtem Abstand, und auch damit, dass dies die Erscheinung vieler unfertiger oberster Stockwerke unfertiger Gebäude war, doch das hier war außergewöhnlich. Hatte sie nicht gesehen, wie es darunter aussah? Hatte sie die letzten Tage blind verbracht? Nahm sie etwa nichts von alledem wahr? Niemand? Der Wind schnitt beißend durch die hohlen Fensterrahmen. Das war nicht außergewöhnlich. Der Fußboden war unbelegt. Kahler Beton war nicht außergewöhnlich und auch die einzelne leere Bierdose war es nicht, die im Windschatten einer der Säulen lag und aus der es tropfte. Der Plan hatte keine Wände für dieses Geschoss angezeigt – trotzdem war Johannes überrascht, wie armselig sich dieser Ort ihm darstellte. Rund um die Treppe und das Loch wand sich ein hüfthohes weißes Geländer, eine Reling, die niemanden vor einem unbedachten Schritt bewahren konnte, sondern einen Fallenden bloß zum Überschlag bringen musste. Wer hier fiel, der fiel in den Tod. Mit dem Kopf voraus musste man unweigerlich an so einem Sturz sterben. Drei Meter in den Tod. Der Sprengmeister betrachtete die Bohrlöcher in den Säulen und wie die Kabel daraus hervorhingen. Gelbe Adern, die aus allen Himmelsrichtungen auf das Loch zuführten, wo sie sich zu einem einzelnen Strang verbanden und hinabflossen. Er machte eine Runde an den Fenstern entlang, dann eine an den Säulen – nichts. Es trieb ihn in den Wahnsinn. Er wiederholte die Runde, während unten die Stimmen der Arbeiter lauter wurden. Sie unterhielten sich ungeduldig, konnten sich kaum mehr gedulden, endlich nachhause entlassen zu werden. Das Anschwellen ihrer Stimmen irritierte den Sprengmeister noch mehr, und er schrie durch das Loch hinab, sie sollten doch einfach abhauen. Sie könnten gehen, er brauche sie hier nicht mehr. Noch einmal erschien der Kopf der Arbeiterin im Geländer-Kreis. Ob sie Herbert Loos von der Fertigstellung berichten solle? Johannes winkte ab. Sagte weder Ja noch Nein, und der Kopf verschwand. Nachdem alle das Schiff verlassen hatten, hockte er sich hin und Tränen drohten ihm in die Augen zu steigen. Er schluckte sie. Nichts Außergewöhnliches.

Der versprochene Termin nicht nur eingehalten, sondern sogar unterboten! Das Haus zur Sprengung bereit und die Finanzen stabil genug, um auf das Geld der Stadt zu warten! Seit einer Woche keine Entlassungen mehr! Im Büro herrschte Hochstimmung. Herbert Loos erklomm den Tisch seiner Sekretärin, hob die Zigarrenschachtel seines Vaters hoch über den Kopf und schüttete den Inhalt vor sich auf den Teppichboden. Er winkte den Mitarbeitern, sich eine zu nehmen, griff nach einer von zehn Flaschen Sekt, die die Sekretärin in wilder Hast von der Tankstelle geholt hatte, und ließ den Korken knallen. Man trank aus Plastikbechern und rauchte ungehemmt. Die Feuermelder hatte man ihrer Batterien beraubt.

Drei Worte hatte Johannes zu Herbert gesagt: »Wir sind fertig«, und aufgelegt. Bestimmt hatte Herbert ihn noch fragen wollen, ob er auch zu den Feierlichkeiten stoße und ob er sich denn gar nicht freue. Es störte ihn gewiss auch nicht zu sehr, dass er keine Antwort bekam. Es war vollbracht, all sein Zittern und der unruhige Schlaf an seinem Schreibtisch hatten vorübergehend ein Ende. Anschließend hatte Herbert vermutlich erneut den Hörer in die Hand genommen, um dem Beamten gerade noch mitzuteilen, dass man bereit sei, in nächstmöglicher Zukunft einen Sprengtermin anzusetzen. Bei einem Haus dieser Größe müssten natürlich Vorsichtsmaßnahmen getroffen werden. Frühestens in zwei Tagen konnte die Sprengung stattfinden, da eine zeitweise Evakuierung der Umgebung organisiert werden musste. Doch die Zeichen standen schon auf Erfolg. Sie hatten ihre Versprechungen übertroffen und das bedeutete gewiss eine baldige Flut neuer Aufträge. Es gab so vieles abzureißen.

Als Johannes den beigen Hörer auflegte, der einmal weiß gewesen war, sprang ein Stück Plastik von der Hörmuschel ab. Er sah sich schuldbewusst nach dem Rezeptionisten um, doch er konnte ihn nirgends entdecken, weder durch die offene Tür zum Hinterzimmer noch in den Korridoren rechts und links der Rezeption, wo man bereits den Teppichboden herausgerissen hatte, als ob dieser noch etwas wert gewesen wäre. Johannes rief nach ihm, dann zog er sich in sein Zimmer zurück, duschte, zog sich bequemere Kleidung an, die er stets aus den Beständen des Rezeptionisten des Abends auf seinem Bett vorfand. Er wollte sich hinlegen und ein paar Seiten lesen, bis der Rezeptionist ihn zum Abendessen riefe, – doch der Ruf kam nicht zur gewohnten Zeit und auch nicht eine Viertel-, eine halbe, nicht eine Stunde später. Es blieb still im Hotel. Der Sprengmeister dachte sich wenig dabei. Als jedoch zwei Stunden vergangen waren und er immer noch nichts gehört hatte, hungrig wurde und das Buch ihn zu langweilen begann, erhob er sich, um nach dem alten Mann zu sehen. Im Hinterzimmer brannte eine Kerze. Ihr Wachs tropfte bereits über die Ränder der Untertasse, auf der sie stand. Anders als bei seinem ersten Besuch wirkte das Zimmer aufgeräumt. Die kyrillischen Bücher lagen gestapelt in einem Umzugskarton bereit. Die Wände waren bereits von allen Bildern, Postern und Spiegeln befreit. Die Perserteppichimitation war zusammengerollt neben die Tür gelehnt. Kommode und Fernseher waren nicht mehr da. Auch das Bett war fort, bloß die Matratze lag noch auf dem Fußboden, ohne Laken und ohne Polster darauf.

Der Sprengmeister wandelte planlos durch die Korridore,

stieß wahllos Türen auf, tat dasselbe auf jeder Ebene des Hauses und fand nur die Auflösungserscheinungen des Hotels, die Leere und eine Handvoll zurückgelassener Wandteppiche vor, die nicht einmal mehr für den Antiquitätenhändler von Wert gewesen waren. War er denn ausgegangen? Vielleicht gab es einen Keller, von dem Johannes nichts wusste, und der Rezeptionist war dort. Das war wahrscheinlicher als der Gedanke, der Rezeptionist könnte ausgegangen sein. Unvorstellbar.

Am Eingang entdeckte der Sprengmeister einen eingerahmten Evakuierungsplan für den Brandfall. Sämtliche Fluchtrouten waren darauf verzeichnet sowie jeder Raum des Hauses samt Zimmernummer oder Zweckzuschreibung. Kein Untergeschoss, keine Treppe ins Fundament und – auf Johannes' nun wiederaufgenommenes Rufen – keine Antwort. Er trat vor die Tür und ließ den Blick die Straße auf und ab schweifen, als könnte er den Rezeptionisten irgendwo in der Ferne erspähen. Der Schrei einer Hupe und Motorengeräusch schreckten ihn auf. Noch einmal die Hupe. Am Steuer eines grauen Kleinwagens am Ende des Parkplatzes saß der Rezeptionist. Durch die schlierige Frontscheibe war schwer zu erkennen, ob der alte Mann ihn heranwinkte oder zur Begrüßung die Hand erhob. Das verrostete Fahrzeug entstammte einer Zeit, da man froh war, etwas wie ein Auto zu besitzen, und selbst für diese Zeit erschien es wie ein überdimensioniertes Kinderspielzeug, von dem Johannes nicht einmal im Traum gedacht hätte, es könnte dem Rezeptionisten gehören, obwohl es sich auf dem Parkplatz vor seinem Hotel befand. Johannes hatte ihn nie hinter dem Steuer eines Fahrzeuges gesehen, als einen Mann, der außerhalb des Hotels existieren konnte, nur vielleicht in einer undurchsichtigen Vergangenheit einmal, da er vielleicht einmal jung gewesen war.

Der Rezeptionist öffnete ihm vom Fahrersitz aus die Beifahrertür. »Setzten Sie sich«, sagte er. »Wollen Sie mich begleiten? Ich muss etwas überprüfen und fahre ungern alleine.«

Das Dorf lag nicht weit von der Stadt. Sie waren bloß eine Stunde gefahren, erst über die in Schlingen gelegte Stadtautobahn, wo tausende Fahrzeuglenker mit dem vereisten Niederschlag des Tages kämpften, hupten, rutschten, stellenweise Stoßstangen touchierten und den Verkehr vor jeder Ausfahrt zum Stillstand brachten, dann entlang einer Serpentine hinauf durch Wälder und auf der anderen Seite der Hügel hinab. Aus dem Radio überschlugen sich die Stimmen einer politischen Diskussion und verstummten später, um dem monotonen Bericht eines Nachrichtensprechers Platz zu machen, der wiederum zwei Minuten später das Wort an die Sängerin einer wehmütigen Ballade übergab. Sie selbst sprachen nicht. Der Rezeptionist verriet nicht, wohin die Reise ging, und Johannes fragte nicht, da er es bereits wusste. In den Geschichten des Alten hatte es den Anschein, als läge seine Heimat im Niemandsland fernab jeder Zivilisation, eine kleine Anhäufung von Bauernhäusern, Kapellen und einer Kirche und mittendrin das Haus und Atelier seiner Familie, doch nun sah der Sprengmeister bei ihrer Einfahrt in den Ort einen Supermarkt, eine Schnellstraße jenseits davon – und das Licht der Stadt, das gut sichtbar über die Wipfel am Hügelkamm strahlte. In seiner Jugend musste es dem Rezeptionisten unendlich fern erschienen sein, die Arme der Stadt hatten sich damals noch nicht so weit nach seinem Zuhause gestreckt. Eine einzelne Straßenlaterne erleuchtete den gepflasterten Kreisverkehr inmitten des Dorfplatzes. Ihn umringten mehrstöckige Stadthäuser, so fehl am Platz zeugten sie von einer Zeit, in der man Ambitionen hatte, denen die Realität niemals nachgab. Sie waren eine Fassade für den Rest des Dorfes, das sich dahinter vor Durchreisenden verbarg. Der Rezeptionist steuerte seinen Wagen über den Fußgängerbereich des Platzes direkt auf eines der pompösen schmiedeeisernen Tore zu und hielt davor. Er zog einen primitiven schmiedeeisernen Schlüsselbund aus einer Laptoptasche auf dem Rücksitz, stieg aus und humpelte – war er immer schon gehumpelt? – bedächtig durch das Scheinwerferlicht, drehte den Schlüssel und schob das Tor auf. In der Dunkelheit erkannte der Sprengmeister nichts als die rankenden Blätter von Efeu und den Beginn eines Schotterpfades. Als der Rezeptionist das Auto wieder in Bewegung setzten wollte, starb der Motor ab und das Licht erlosch.

In diesen wenigen Augenblicken, bis der Motor wieder zum Leben erwachte, war Johannes zuversichtlich, dass der Pfad und die Pflanzen verschwunden sein würden, sobald das Licht wiederkehrte. Hinter dem Tor müsste ein gepflasterter Hof liegen, wie es ihn die Stadt über Jahrzehnte hinweg gelehrt hatte. Aber da war nur der Schotter – und da waren die Efeublätter und Ranken an den Gartenmauern – und sie fuhren einen Fußweg entlang, als wären sie zwischen dem Dorfplatz und dem Pfad meilenweit in ein gänzlich anderes Dorf und ebenso in eine andere Zeit gereist, die Zeit geschmiedeter Eisentore, die man händisch aufschloss, und reicher Bauern, deren Eitelkeit eine Familie von Ikonenmalern ernähren konnte.

Das Haus präsentierte sich dem Sprengmeister anders als er es sich während der Fahrt und bei ihren abendlichen Gesprächen vorgestellt hatte. Für ihn war es grau gewesen, mit blinden Fenstern und bröckelndem Putz, unlackierten Türen und rostigen Gittern vor den Fensterrahmen – doch so war es nicht. Es war ganz und gar nicht die Ruine, die es hätte sein müssen.

Es war blau gestrichen, mit roten Türen, die Fensterläden in sattem Grün. Die Scheiben reflektierten den Mond, als wären sie frisch poliert. Im Vorgarten kletterten Rosensträucher ein Rankgitter empor und winterlich tote junge Thujen wuchsen an der Innenseite des Maschendrahtzaunes um das Grundstück. Ein buntes Haus, gepflegt, schön gar, und trotzdem schnaubte der Rezeptionist bei seinem Anblick, spuckte aus, und jeder Schritt auf den Gartenzaun zu kostete ihn sichtbar die allergrößte Mühe. Drinnen bot sich den beiden das gleiche Bild. Die Wände frisch ausgemalt, der Fußboden gesaugt und gewischt, abgestaubte Bilder. Doch die Luft roch nach alten Menschen, war schwer und drückte auf ihre Lungen. Als sie in die Küche traten, stützte sich der alte Mann am Türstock ab, und verharrte beim Anblick des Esstischs, der wie auf dem Gemälde seines Vaters als einziges Möbelstück im gesamten Haus mit selbstverständlicher Autorität alles ihn Umstehende dominierte. Auch der Tisch war frisch gestrichen, die Scharten, die Johannes ihm angedacht hatte, hatte er nicht – und die altertümliche Küche, die er sich in den Hintergrund gedacht hatte, stand aus Marmorimitat und mit verchromten Küchengeräten da. Kein verfallendes Geisterhaus jedoch hätte dem Rezeptionisten solche Furcht und solchen Schmerz bereiten können wie dieser reale Ort realer Geister.

»Helfen Sie mir den Tisch zu tragen«, seufzte er. »Wir bringen ihn vors Haus.« Das taten sie, manövrierten das Möbelstück unter Drehen und Wenden durch die schmalen Durchgänge und öffneten eines der Doppelfenster im Wohnzimmer, schoben den Tisch auf der Platte über die Fensterbank und ließen ihn ins Blumenbeet fallen. »Und was machen wir jetzt damit? Ins Auto können wir ihn nicht laden«, keuchte Johannes.

»Wir lassen ihn liegen.« Der Rezeptionist kehrte wortlos in

die Küche zurück, der Sprengmeister hinterdrein. »Wir sind wegen etwas anderem hier. Ich muss etwas holen.« Johannes folgte ihm über die finstere Kellertreppe – und als der Rezeptionist an der Schnur zog, die von der nackten Glühbirne zwischen zwei hohen Holzregalen baumelte, den Raum grell mit warmem Licht durchflutete, schloss der Sprengmeister weder die Augen noch schützte sie mit den Händen, da die Neugier jener Momente jede Furcht vor Blindheit oder Schmerz übertraf. Endlich bot sich das Bild, das Johannes die Fahrt über erwartet hatte, sich gewünscht, da es ihn in seinem Verständnis der Dinge bestätigte. Spinnweben durchspannten die Durchgänge zwischen den Regalen, allerlei Kartons und Kisten stapelten sich in den Ecken und milchige Einmachgläser voll schimmelnder Marmelade, in geronnenem Fett eingelegtem Knoblauch standen neben abgelaufenen Konserven. Die Bretter eines Regals füllten geöffnete Farbdosen, halb ausgedrückte Tuben und versteinert eingetrocknete Pinsel. Dieser Ort allein zeugte von der ehemaligen Bewohnerschaft in diesem Haus. Während Johannes interessiert die Reihen entlangschritt und das verdorbene Essen wie einen Goldschatz bestaunte, zerrte der Rezeptionist hinter leeren oder zerrissenen Leinwänden einen Rahmen hervor und das darübergelegte Leintuch herunter, lehnte das Gemälde vor sich gegen die bröckelnde Wand und trat einige Schritte zurück.

»Gut, ich habe es gefunden. Schaffen wir es ins Auto, dann können wir wieder fahren. Sie müssen ja todmüde sein.« Er lächelte verzagt, hatte das Leintuch bereits wieder über den Rahmen geworfen.

Das Bild passte nicht in den Kofferraum, und am Ende einiger Versuche, es erst aufrecht, dann seitlich auf den Rücksitz zu zwängen, stellten sie es ab, und der Rezeptionist, die Fäuste in die Hüften stemmend, deklarierte: »Ich habe eine bessere Idee!« Und leiser, doch bestimmter wiederholte er: »Ich habe eine bessere Idee. Wir zünden es an.« Und so geschah es. Der Sprengmeister entnahm seiner Hosentasche zwei Feuerzeuge, der Rezeptionist nahm eines davon, löste den Zündmechanismus vom Plastik und tröpfelte das Feuerzeugbenzin über den Stoff und setzte ihn in Brand, dann legte er das Gemälde behutsam, ja zärtlich auf den Schotter und die beiden sahen ihm dabei zu, wie es quälend langsam in Flammen aufging. Sie rauchten eine Zigarette, lachten und scherzten, und als rundum Lichter in den Fenstern umstehender Häuser angingen und Schatten hinter den Scheiben erschienen, bestiegen sie den Wagen und fuhren immer noch kichernd in die Nacht davon.

»Danke, dass sie mich begleitet haben«, sagte der Rezeptionist und steuerte das Fahrzeug, ohne auf den Weg zu achten, mit größter Sicherheit. Er erzählte sein Leben fort, und Johannes verlor zuhörend seine Angst. Dass er nie ein Talent für Malerei gehabt habe und auch nie Maler habe sein wollen, seiner Mutter jedoch stets versichert habe, nächstes Jahr, immer nächstes Jahr, damit anzufangen. Irgendwann war das nächste Jahr aber zu spät gewesen, er ein ausgewachsener junger Mann und auch deshalb habe er fliehen müssen. Und dann habe er studiert, später das Hotel eröffnet mit seinem Anteil am Erbe der Großmutter, die ihm alles vermacht habe, was sie je besessen hatte – inklusive Kredit. Davon habe er natürlich nichts gewusst und das Hotel hätte er auch ohne das Erbe gegründet. In gewissem Sinne sei das Erbe mittlerweile zum Grund seines Bankrotts geworden. Bloß wegen der großen Summe, die sich plötzlich in seinen Händen befunden hatte, habe er dieses viel zu große Haus gekauft. Vielleicht sei es eine späte Strafe. Aber er glaube nicht an so etwas und könne auch keine Hintergedanken in einem solchen Geschenk erkennen.

Sie erreichten das Hotel kurz vor Mitternacht, und Müdigkeit packte die beiden Reisegefährten, sie schlurften über den Parkplatz, trennten sich in der Lobby mit einem Händedruck und gingen ohne ein weiteres Wort zu Bett. Johannes schlief tief und fest und träumte von einem Leben auf dem Land, einer Flucht vor den Lagerhallen und Türmen – und der Hand der Stadt, die ihm und Herbert Baupläne reichte und Deadlines setzte.

Nichts war von dem Körper des einstigen Hotels mehr übrig, ein Gerippe bis auf zwei Augen, die in leeren Höhlen saßen und sich trotzdem prächtig unterhielten. Abriss war nun einmal beschlossene Sache und nun galt es, ihn zu erwarten. Der Rezeptionist war in bester Stimmung, so hatte ihn Johannes noch nie erlebt. Obwohl es draußen noch hell war, saßen sie, da gerade der Strom abgestellt worden war, im Kerzenlicht, tranken eine letzte Tasse Kaffee und beobachteten, wie sich draußen eine Karawane formte. Hunderte Bewohner des Viertels, denen von der Stadt die Evakuierung befohlen wurde, denen angeordnet wurde, dass sie bis zum kommenden Nachmittag eine Turnhalle als Notunterkunft zu nutzen hätten, um Schäden an Leib und Leben vorzubeugen, strömten aus den Seitengassen, schwärmten lustlos aus ihren Häusern und sammelten sich diszipliniert, um vor einer Reihe Reisebusse Schlange zu stehen. Von fern war es eine biblische Szene, ein Exodus, doch in den Köpfen der Abziehenden bloß eine Unannehmlichkeit. Niemand zog auch nur in Betracht, es könnte zu einem Unfall kommen, der Turm könnte kippen oder ein Trümmerteil als splitternder Steinschlag gegen ihre Häuser regnen. Die Stadt ließ ein Gebäude sprengen, und alles würde genau so ablaufen, wie die Stadt es vorsah. Nicht einmal die Gesetze der Physik oder des Zufalls vermochten gegen ihren Willen zu bestehen. Man raunte einander zu, was das alles für ein Blödsinn sei, und Nachbarn schüttelten einander die Hände in Einigkeit. Bald schon waren alle Listen bis auf den letzten Namen abgehakt, niemand, der nicht erschienen wäre – bis auf einen, aber dieser Missstand bewegte sich im Rahmen des Akzeptablen. Ein Signal zum Aufbruch ertönte, und die Menschen verließen das Gelände um den Turm. – Zurückkehrend würden sie ihre Wohnung, ihre Fenster ebenso vorfinden, wie sie sie verlassen hatten, nur der gewohnte Schatten darauf sollte fehlen. Sie würden ihn nicht vermissen. Auf Nimmerwiedersehen!

XIII

Ein Wurm wand sich am rechten Rand die Straße entlang. Einhundert gelbe Augen in Front, einhundert Rote an der Kehrseite und zahllose fest verschlossene knurrende Mäuler. Das Bild brachte, obwohl es eine Wiederholung, eine Fälschung des ersten Tages war, oder eine Spiegelung, keine Nostalgie mit sich. Nur im Kopf des Wurms saßen dieses Mal Johannes' Arbeiter, drei Männer, zwei Frauen, dann Herbert Loos und dahinter eine Dienstlimousine der Stadt. Die Nachhut bildeten Mag. Nims und Dr. Herzogs Straßenkreuzer. Alle vier Wägen passierten das Tor und Johannes' zertrümmertes Auto, folgten den zum Trampelpfad in den Schotter gezeichneten Fußspuren und parkten auf den vom Regen hell verschonten Umrissen, wo die Container gestanden hatten. Der Sprengmeister beobachtete sie von der Terrasse des Hotels aus. Er zögerte, sich ihnen anzuschließen, wartete auf den Rezeptionisten, um ihm Lebewohl zu sagen. Die Menschentraube um die geparkte

Flotte spaltete sich auf. Eine Gruppe Arbeiter entlud Materialien, Panzerglas, Metallschienen und Werkzeug, und schaffte sie umständlich außer Fallreichweite des Turmes ans Ende des langen Grundstücks, begann sogleich, diese zu einem Sprengschutzunterstand zusammenzuschrauben, während die Zuschauer sich im Kreis unterhielten. Herbert schritt das runde Spalier entlang, um ringsum Hände zu schütteln. Der Sprengmeister schmunzelte beim Anblick seines reihum sich verbeugenden Chefs, Unterwerfungsgesten bei jedem Handschlag, die zweite Hand, wie um sie dem Gegenüber an den Unterarm zu legen, ausgestreckt, doch keine wahre Berührung wagend. Zuerst erspähte Dr. Herzog ihren Beobachter, winkte Johannes zu und stieß Nim mit dem Ellbogen an. Auch dieser hob die Hand, doch sein Winken war ein Heranwinken. Johannes beantwortete es mit einem Abwinken, hob zur Erklärung seine leere Kaffeetasse und zeigte dabei auf eine imaginäre Armbanduhr. Nim nickte und erlaubte ihm, sich Zeit zu lassen. Es war zehn Minuten vor sieben und die Sonne war noch hinter den Hausdächern, der Schlagschatten des Turmes erst zu erahnen und die Zuschauer noch ins Gespräch vertieft. Kein Grund zur Eile. Herbert war zu sehr mit Werben und Buckeln beschäftigt, um ein Auge für seine Umgebung zu haben. Die Abwesenheit des Sprengmeisters fiel ihm nicht auf. Da der Rezeptionist sich nicht blicken ließ, Johannes ihn nicht wecken wollte – sie hatten vergangene Nacht reichlich Wein getrunken –, setzte er sich schließlich unwillig in Bewegung. Auch er musste sich den Ritualen hingeben, ertappte sich dabei, wie er beinahe zur Verbeugung ansetzte im Angesicht der strengen Beamtenminen, doch erwiderte er die Blicke gerade noch, ohne sich abzuwenden. »Sollen wir noch einen Rundgang machen, solange da hinten aufgebaut wird?«, schlug Mag. Nim der versammelten Runde vor und fand allgemeine Zustimmung. Erst wortlos, dann unter begeisterten Erläuterungen, die Herbert Loos ausführte, als habe er den Arbeiten beigewohnt, umschritten sie, wie Johannes und Nim am ersten Tag, den Turm. Johannes' Gedanken hingen am Innenleben des Hauses, er hörte seinem Chef nicht zu. Als sie jedoch an die Nordseite kamen und er erneut mit ihrem Grau konfrontiert war, versuchte er sich vorzustellen, wie hunderte Maler an einem Gerüst ein Wandgemälde von Rachel Elijahs Leinwand übertrugen, riesige Flächen mit ebendiesem Grau bepinselten, das die Fassade bereits auf natürlichem Wege angenommen hatte. Dabei vermochte er nicht, sich anderes vor Augen zu führen, andere Farben, alle Farben, wie Nim gesagt hatte. Nein, das Gemälde war nichts als der Nichtfarbton, den es ohnehin trug. Wie konnte es anders sein? Es gab keine Hinweise, abgesehen von Mag. Nims Worten, die dagegen sprachen. Sie hielten sich nicht lange mit der Nordwand auf und Johannes war froh darum. Er entschuldigte sich am Ende des Rundgangs, er müsse die Verkabelung, die Sprengsätze und anderes noch inspizieren. Es war eine Lüge und Herbert wusste es. Nichts musste mehr inspiziert werden. Die Arbeit war getan. Trotzdem nickte Herbert zustimmend, stolz gar, da er nur vermuten konnte, dass Johannes noch mehr Professionalität zu signalisieren versuchte, als die Firma bereits gezeigt hatte. Der Sprengmeister wusste nicht, warum er log. Es fühlte sich nicht an wie eine Lüge, obwohl er nicht vorhatte, über den ersten Stock hinauszugehen. Der Strom war bereits abgeschaltet, der Aufzug außer Funktion. Nein, sein Ziel lag direkt über ihm, nur eine Treppenflucht, zwölf Stufen, eine Wende, weitere zwölf Stufen und eine Handvoll Schritte nach links. Das Loch klaffte. Ein feiner Luftzug trieb Staubwolken daraus hervor. Es musste Wind aufgekommen sein. Das angebohrte Haus mit seinen Fenstern ohne Scheiben, den Buntglassplittern in den Rahmen schleuste Böen durch seine Mauern – und sie verließen die Wände durch verborgene Kammern. Johannes trat in den Staub, atmete ihn ein und setzte sich auf den Hocker. Er wandte sich von dem Loch ab und starrte gegen seine schwarze Silhouette, wo er die Rückwand der Kammer gegen das Tageslicht abschirmte. Er sah sich selbst, seine Form, ohne von Details abgelenkt zu sein, die Rundung seines Scheitels und die davon wirr abstehenden Strähnen, seine tiefhängenden Schultern und den ausladenden links und rechts über den Gürtel quellenden Bauch. Das war er, und in ihm gab es nichts. Dies alles war er. Nicht mehr – und der Turm um ihn, dessen Gestalt, die sich jeden Morgen und Abend als Schatten über das Viertel legte, war nicht mehr als seine dunkle Form. Und da es also nichts zu sehen gab, schloss er die Augen, lehnte sich zurück und genoss das Orange des matten Lichtes durch seine Lider, bis auch darauf ein Schatten fiel.

Eine Frau, eine Obdachlose in braunem Pullover, die Kapuze tief ins Gesicht gezogen, die Ärmel weit über die Hände, in einer Camouflagehose mit abgerissener Gesäßtasche. Einen Rucksack über der Schulter voller Aufnäher, politische Symbolik vergangener Zeiten. Die Fremde huschte an ihm vorüber zum Stiegenhaus und stieß hastig die Tür auf. Ihre Schritte hallten durch die hinter ihr ins Schloss gefallenen Türflügel. Johannes sprang auf, stürzte hinterher und holte sie ein, bevor sie den mittleren Treppenabsatz erreicht hatte, packte sie am Arm, riss sie mit aller Gewalt herum. Die Fremde entwand sich dem Griff ihres Verfolgers und stürzte mit dem Rücken gegen die Wand. Sie hob die Arme vor das Gesicht und hoffte für einen Augenblick, noch entkommen zu können, bevor ihr der Sprengmeister in den Weg trat und sie sich gezwungen sah, ihm in die Augen zu sehen und sich seinem Zorn zu stellen. Zu ihrer Überraschung fehlte dieses Gefühl in Johannes vollkommen. Erleichterung war darin zu erkennen.

Keine Fremde, eine Freundin hatte er beim Einbruch ertappt und an der Flucht gehindert, daran, sich der versammelten Kongregation von Beamten, Landbesitzern und Arbeitern zu offenbaren. Sie starrten einander wortlos an, und bevor Rebecca atemlos etwas vorbringen konnte, fiel ihr der Sprengmeister ins Wort. »Was machst du hier!«, schrie er wütend. »Bist du dir darüber im Klaren, dass wir dieses Haus in einer Stunde oder so in die Luft jagen?«

»Nein.«

»Hätte ich dich nicht gefunden, dann hätten wir dich womöglich mitgesprengt.«

»Ich wollte ja gerade gehen.«

»Weil ich dich gesehen habe.«

»Nein, weil ich *dich* gesehen habe.«

»Das kommt auf dasselbe raus.«

»Schon gut.«

Vergangene Nacht, am Ende einer Schicht, die mit dem Rauswurf einer Gruppe übergriffiger Freier geendet hatte und einer überlangen Befragung durch drei übermüdete Polizeibeamte, hörte Rebecca, wie lange es gedauert habe, die Evakuierung der Bewohner durchzuführen, und dass Gott sei Dank alle freiwillig gegangen seien. Es war ihre letzte Chance, mit eigenen Augen zu sehen, was Johannes gesehen hatte, um zu verstehen, was ihn dermaßen um den Verstand hatte bringen können. Also entführte sie einen Bolzenschneider aus der Abstellkammer des Rachel, zog einen Pullover über ihre Arbeitskleider, borgte sich eine warme Hose vom tätowierten Barkeeper, um in ihrem Rock nicht zu frieren und machte sich auf den Weg. Sie kletterte über das Tor und brach mit dem Bolzenschneider das Schloss am Ende der Garageneinfahrt auf. Stockwerk für Stockwerk stieg sie empor, betrat jeden einzelnen Raum und notierte sich, was ihr auffiel. Tatsächlich sah auch sie, wie schief und krumm, wie sinnlos die Gestaltung der Räume wurde, je höher sie stieg, und sie verstand Johannes Verwunderung, nicht jedoch seine Besessenheit. Schließlich erreichte sie die geometrischen Körper, die Tetraeder, die Dodekaeder und skizzierte eine Handvoll davon in ihr Notizbuch. Bevor sie die Sphäre, wie vom Sprengmeister beschrieben, erreicht hatte, begann es zu dämmern, da hörte sie die Motoren der ankommenden Prozession, beobachtete diese durch ein Fenster und beschloss zu warten, bis sich eine Gelegenheit für ein heimliches Entkommen ergab. Da die Versammlung vor dem Eingang sich auflöste und niemand mehr zu sehen war, hoffte sie unbemerkt entwischen zu können.

»Ich wollte dich verstehen.« Rebecca verstummte und stemmte die Beine in den Boden, als erwarte sie, Johannes könne jeden Moment über sie herfallen. Er tat es nicht. Er rührte sich überhaupt nicht. »Was, denkst du, bedeutet es?« Die Frage laut auszusprechen, wog schwer. Die Worte zitterten sich zwischen den Lippen hervor.

»Ich glaube nicht, dass es etwas bedeutet.«

»Aber du hast es gesehen.«

»Ja, aber ich denke, es sind einfach, ich weiß nicht, Dekorationen?«

Er konnte es nicht mehr hören, konnte Rebeccas Schwachsinn nicht mehr ertragen, ihre Zweifel und die Ausflüchte, ihm bloß keine Antwort geben zu müssen. Sein Aufschrei drängte Rebecca einige Stufen rückwärts die Stiege hinab, sie strauchelte, klammerte sich gerade noch an das provisorische Treppengelände, um einen Sturz zu verhindern und wich weiter vor dem rasenden Sprengmeister zurück. Seinem Mund entrangen sich ungeformte, unverständliche Gedanken in verzweifeltem Widerstreit mit sich selbst. Und als die Hilflosigkeit nicht mehr zu ertragen war, schlug er um sich, trat mit den Sohlen wieder und wieder gegen die Mauer, bis der Schmerz bis in seine Knie hinaufzog und er gezwungen war mit den Unterseiten seiner Fäuste weiter auf den Stahlbeton einzuhämmern. Als er sich fing und seine Schläge schwächer und immer unregelmäßiger zum Trommeln verkamen, war Rebecca bereits verschwunden. Sie fluchte auf den Sprengmeister, fluchte auf den Turm und ihre Freundschaft zu dem fremden Gast eines Bordells. Sie rannte über den Schotter, nahm aus den Augenwinkeln die neugierigen Blicke der Passanten wahr, erreichte die Straße, hielt aber nicht an, sondern lief immer weiter die Fahrbahn entlang, bis sie endlich an einer Ampel stoppte und sich gegenüber dem Rachel wiederfand. Sie blickte nicht zurück, wog ab, das Lokal zu betreten, sich dort zu verschanzen, bis alles vorbei sein würde, und sich erst, nachdem der Turm gefallen war, weitere Gedanken über die Zukunft zu machen, über das Rachel und Johannes – und ob sie nun alles hinter sich lassen sollte. Sie fürchtete den Sprengmeister nicht, sah aber keinen Grund, ihn weiterhin zu treffen, ihm zuzuhören. Er war nicht ihr Patient. Sie durfte überhaupt keine Patienten betreuen, und fragte sich, ob sie es jemals sollte. Außerdem kannte Johannes sie doch gar nicht und wusste auch nicht, wo sie lebte, nur wo sie arbeitete, und damit war es nun vorbei. Rebecca schrieb ihm eine kurze Nachricht und schaltete ihr Telefon aus.

Er konnte sich seinen Ausbruch nicht erklären. So etwas passierte ihm für gewöhnlich nur, wenn er alleine war. Es geschah ihm. Er tat es nicht. Es kam über ihn wie eine Welle. Bedächtig schob er mit dem rechten Fuß die bunten Scherben eines der Turmfenster hin und her. Als er sich seine Hände besah und den vier schmalen Blutspuren folgte, die seinen Knöcheln entsprangen und über den Handrücken flossen, und an den blutenden Wunden schwach seinen Puls erkannte, kam ihm ein viel besserer Vergleich. Ein gebrochenes Rohr, ein Schwall, der nicht zu stoppen war, erstickte man ihn nicht an der Quelle, nahm ihm den Druck, und genau das versuchte Johannes zu bewerkstelligen, indem er mit den Scherben ein Spiel spielte. Er formierte sie in vier einfarbigen Reihen und setzte den Reihen vier umgekehrte entgegen. Es waren zwei aufmarschierende Armeen, und Johannes dirigierte sie wie auf einem Schachbrett gegeneinander, sie schlugen einander und nahmen sich aus dem Spiel, bis nur noch je eine rote und eine blaue Scherbe einander gegenüberlagen. Die Spielzüge folgten keiner Regel, es gab keine Strategie, und bevor die Blaue, die am Zug war, ihre Gegnerin schlug, wischte der Sprengmeister beide zur Seite, stand auf, klopfte sich ab und ging zur Tür hinaus, als sei nichts geschehen. Seine Hände verbarg er in der Manteltasche.

»Ich gehe davon aus, dass alles in Ordnung ist?«

»Ja, alles gut.«

Herbert wandte sich seinen illustren Gästen zu, breitete die Arme aus und strahlte. »Da hören Sie es!« Eine Pause, als erwarte er Applaus. Man nickte bloß und das war ihm genug der Anerkennung. Hinter dem Schild hatten die Arbeiter eine behelfsmäßige Tribüne errichtet. Zwei Reihen zu je sechs rot gepolsterten Stühlen, auf denen die Beamten und Dr. Herzog bereits Platz genommen hatten. Wo war Nim geblieben? Schon erhielt er einen Zuruf des Gesuchten, der mit Hollein im Schlepptau herantrottete und den Architekten anwies, Platz zu nehmen.

»Nun gut!« Herbert hatte die Arme wieder ausgebreitet, sich zurück in den Mittelpunkt begeben und setzte zur Rede an. »Sehr geehrte Damen und Herren. Dies ist ein außergewöhnlicher Tag. Einer, an dem wir der Zukunft den Weg bereiten. Wir tragen ab, was war, und schaffen Raum für Neues, für Großartiges, und diese bescheidene Rolle einnehmen zu dürfen, die des Wegbereiters, fühlte und fühle ich mich geehrt. Sie alle sind heute zusammengekommen, um Zeugen zu sein, Zeugen Ihres eigenen Willens. Ich bin stolz, Sie sogar etliche Tage früher, mehr als eine Woche vor dem ursprünglichen Termin, begrüßen zu dürfen, und hoffe inständig, Ihnen mit unserer Strebsamkeit keine allzu großen Unannehmlichkeiten bereitet zu haben. In wenigen Minuten kann die heutige Vorstellung beginnen.« Herbert verneigte sich, dieses Mal wie ein Künstler. Er stieß Johannes mit dem Ellbogen in die Seite und zog ihn verschwörerisch am Ärmel zu sich: »Du kannst dir nicht vorstellen, wie lange ich gestern daran gesessen bin. Wenn wir so etwas öfter vorhaben, muss ich mir einen Redenschreiber anheuern.« In der zweiten Reihe erhob einer der Beamten die Hand. Johannes steckte ihm auffordernd das Kinn entgegen. Der Mann hockte verunsichert in seinem Stuhl: »Sind Sie sicher, dass wir hier sicher sind? Es kommt mir doch arg nahe vor.«

»Keine Sorge. Das Grundstück ist mehr als lang genug. Der Turm müsste in einem Stück umfallen und sich zweimal überschlagen, um uns zu treffen, und die Glaswand vor und über Ihnen kann jedem verirrten Trümmerteil widerstehen. Aber das wird sie nicht müssen. Das Gebäude wird wie ein Kartenhaus in sich zusammenfallen und über uns wird es nicht mehr als Staub regnen. Seien Sie dessen gewiss.« Diese Sicherheit fühlte sich gut an. In zwanzig Jahren war ihm noch nie ein Gebäude gekippt, war noch nie jemand durch Steinschlag verletzt worden und hatte es auch nie einen Unfall mit dem Sprengstoff gegeben. Es gab schließlich einen Grund, weshalb er Herberts liebster Sprengmeister war, wenn auch mittlerweile sein einziger. Was sich auch schnell wieder ändern konnte. Der Countdown wurde auf eine Viertelstunde angesetzt. Zwar gab es keinen Grund zu warten, doch Herbert befand, es bekräftige den dramatischen Effekt.

»Ist er nicht schön?«, richtete der Baumeister das Wort an Johannes. »Verstehen Sie mich nicht falsch, ich bin nicht wehmütig. Ich versuche bloß, mir vor Augen zu führen, wie wir hierhergekommen sind.«

»Stellen Sie die Entscheidung infrage? Hätten Sie lieber weiterbauen lassen?«

»Nein, keine Sorge, ich stelle nichts infrage. So wie es ist, muss es sein – und daran ändern auch fehlgeleitete Zweifel nichts mehr. Manches kann nun einmal nicht entstehen, sosehr man es auch will.«

»Was hätten Sie sich gewünscht?«

»Das Ding zu bauen! Und wie sie sehen können: Da steht es. Aber keine Idee übersteht die Reise aus dem Gehirn. Auch deshalb zweifle ich nicht an der Entscheidung der Stadt. Ich habe sie schließlich auch ein wenig mitbeeinflusst. Lassen Sie mich Ihnen etwas über Zweifel erzählen. Seit so langer Zeit haben wir damit begonnen, unser Vertrauen in alles infrage zu stellen und schließlich sogar in uns selbst, in unsere Augen, unsere Ohren, unser Gehirn, unsere Existenz. Es würde uns nicht einmal stören, gäbe es uns gar nicht. Aber es gibt uns nun einmal – soweit wir wissen zumindest. Und was ist damit zu erreichen? Stillstand«, er wies mit den Armen auf die verfallenen Häuserfronten ringsum. »Und ich sage: Setzen wir das wenige Vertrauen, das uns noch geblieben ist, nicht mehr in die Vergangenheit. Ich sage: Reißen wir alles nieder, wenn es nicht mehr von Nutzen ist. Was helfen uns diese Barracken?«

»Menschen leben darin.«

»Aber sie könnten so viel besser leben.«

»Ich verstehe, was Sie sagen wollen.«

»Ich bin mir nicht sicher, aber das ist schon gut so. Sie müssen es nicht verstehen. Das ist nicht ihr Ressort und meines auch nicht mehr. Da müssen wir uns ganz auf Franziska da hinten verlassen.«

Er wandte sich ab und ging ein paar Schritte über den Schotter auf den Turm zu. »Lassen Sie mich noch ein wenig allein. Ich komme in ein paar Minuten hinter Ihren Schild.«

Während Johannes vor den Sitzreihen entlangschritt, suchte Hollein vergeblich seinen Augenkontakt. Da der Sprengmeister ihn beharrlich ignorierte, stand er auf, zog Dr. Herzog mit sich hoch und trat ihm in den Weg. »Herr Sprengmeister. Haben Sie letztens die Kunst genossen? Ich habe Sie plötzlich nirgends mehr gesehen.«

»Weil ich nachhause gegangen bin.«

»Nun, Sie haben nichts verpasst. Ich weiß, Rachel ist eine begnadete Künstlerin, aber ich genieße auf Vernissagen nur den Champagner.«

»Finissage«, verbesserte Dr. Herzog.

»Finissage. Wie immer hast du natürlich recht. Franziska und ich haben uns gerade unterhalten und wir haben Ihnen einen Vorschlag zu unterbreiten.«

»Ich höre.«

»Wir möchten Ihrer Firma einen Exklusivvertrag anbieten. Franziska hat das beschlossen.«

Sie kicherte in falscher Bescheidenheit dazwischen.

»Es war Friedrichs Idee.«

»Ich habe nur einen Anstoß gegeben. Franziska hat beschlossen, die gesamte Gegend aufzukaufen und alles abzureißen. Die Hässlichkeit fortzuwaschen und mir anschließend die Möglichkeit zu geben, die einzigartige Möglichkeit, ein Viertel nach unseren Vorstellungen zu entwerfen. Ich habe da ein ganz großartiges Konzept aus England erstanden, ein Konzept, ich sage Ihnen, da ist alles dabei und an alles gedacht. Die Pläne sehen großartig aus, und mit meinem persönlichen Akzent sowie Franziskas Namen wird das Projekt in die Geschichte eingehen.«

»Ein Herzogtum, wenn man so will.« Sie erfreute sich ihres Wortspiels.

Johannes hingegen gab sich desinteressiert.»Da müssen Sie wohl mit Herrn Loos sprechen. Es ist ja nicht meine Firma.«

»Aber Sie haben bewiesen, dass Sie in der Lage sind, ein Projekt dieser Größenordnung zu stemmen, eines, wo Zeit tatsächlich Geld bedeutet. Und da die Angelegenheit utopische Summen zu verschlingen droht …«, wieder brachte sich Dr. Herzog ein, »für die ich bereits eine Reihe interessierter Investoren habe«, »… benötigen wir jemanden, dem wir vertrauen. Wir kennen einander ja bereits. Ich möchte sagen, wir sind so gut wie Freunde, auch wenn wir nicht immer einer Meinung sind. Daher haben wir Sie als unseren Ansprechpartner erkoren. Der Vertrag soll Ihre persönliche Beauftragung mit der Aufsicht über sämtliche Abrisstätigkeiten beinhalten, auch deshalb wollten wir zuerst mit ihnen sprechen, bevor wir uns an Ihren Chef wenden.«

»Ich arbeite für Herrn Loos. Wenn er mich damit beauftragt, dann mache ich es.« Innerlich kochte der Sprengmeister. Es verlangte ihn danach, Hollein ins Gesicht zu schlagen, und er gedachte keinesfalls, sich an ihn binden zu lassen. »Das werden wir.« Hollein wollte nach Johannes' Hand greifen, doch dieser zog sie zurück und drängte sich zwischen den beiden hindurch, um nur fortzukommen. Hinter ihm vertiefte man sich sogleich wieder ins Gespräch.

Vor dem Hotel bestieg zur gleichen Zeit der Rezeptionist, nein, der Hotelbesitzer, seinen Kleinwagen, hievte einen halb gefüllten uralten Lederkoffer auf den Rücksitz, legte das Buch des Sprengmeisters, das er aus Zimmer zwölf geholt hatte, auf den Beifahrersitz und startete den Motor. Den Gedanken, sich an diesem Tag von mehr als seinem Zuhause verabschieden zu müssen, ertrug er nicht. Deshalb würde er sich einfach aus dem Staub machen. Kein Wort zu niemandem. Den Schlüssel hatte er für Dr. Herzog unter die Fußmatte gesteckt. Das war seine Nachricht: Man konnte sich nun alles nehmen, was ihm einst gehört hatte. Damit fuhr er los.

Der Sprengmeister erhaschte einen letzten Blick auf das Fahrzeug, bevor es an einer Biegung verschwunden war, während hinter ihm Herbert Loos das Ende des Countdowns verkündete. Man versammelte sich geschlossen hinter dem Schild. Alle nahmen ihre Plätze ein. Der Himmel hing tief und hellgrau, fast weiß. Kein Schnee. Es war nicht einmal kalt. Johannes kümmerte sich nicht darum, nicht um den Himmel und nicht um den Turm. Sein Körper fühlte sich taub an, als seien all seine Gliedmaßen eingeschlafen. Gerade in diesem Moment musste er an seine Wohnung denken, an seine Frau, nicht an die Kinder, doch auch das war ein tauber Gedanke. Er dachte nicht wirklich an sie, erinnerte sich bloß daran, dass er einmal an sie gedacht hatte. Ein letzter Rest Vergangenheit. Vergangen war auch das Rachel und vergangen war das Hotel, obwohl es noch aus hohlen Fenstern über die Straße zu ihnen herüberstarrte. Der Sprengmeister erlaubte sich diesen Moment. Nur einen Moment jedoch. Von irgendwo ein Zeichen.

www.septime-verlag.at